KB253184

國學資料院

朝鮮時代 小說史 研究

― 17세기 小說의 移行過程을 중심으로 ―

金 大 鉉

國學資料院

머리말

    문학의 정신은 과거의 전통을 이어받고 미래를 개척해나가는 것이라고 생각한다. 앞시대의 축적된 역량을 바탕으로 성장하고 발전하는 것은 한국소설사에 있어서도 예외는 아닐 것이다.

    17세기는 고전소설사가 크게 변화하는 시기이다. 한문소설의 오랜 전통에서 국문소설의 창작으로, 단편소설의 전통에서 장편소설의 창작으로, 남성독자층 중심에서 여성독자층으로의 확대 등 새로운 전기를 맞이하고 있기 때문이다. 이러한 변혁시대의 소설을 독립적인 분석이 아니라, 상호 연계적인 역사적 관점에서 바라보고자 하였다.

    17세기 후반에 창작된 <구운몽> <사씨남정기> <창선감의록>과 같은 작품들이 어떻게 갑자기 나올 수 있었겠는가? 그렇다면 이들 소설이 우리 초기 소설사의 중심장르였던 傳奇小說과 어떻게 연결되고 있는가? 17세기 전반 傳奇小說에서 변형된 작품들과는 구체적으로 어떻게 연결되고 있는가? 이러한 물음에서 이 글을 쓰게 되었다.

    필자의 고전소설사에 대한 관심은 계속하여 시대를 거슬러 올라가고 있다. 소설작품을 읽다보면 앞 시대의 문학적인 배경이 늘 새롭게 나타나기 때문이다. 그래서 요즘은 한자문화권의 초기소설 작품집들을 읽고 있다.

이 글은 박사학위 논문을 조금 손질한 것인데, 돌이켜보면 부족한 점이 너무 많다. 그렇지만 17세기 소설사는 앞으로도 계속 관심을 가지려고 한다. 동도의 길을 걷는 여러 선생님들의 가르침을 바란다. 또 책의 출판을 맡아준 국학자료원의 후덕하신 정찬용 사장님께 감사드린다.

1996년 가을

김 대 현

차 례

머리말／3

제 1 장 : 서론 – 17 세기 소설사의 시각

제 2 장 : 傳奇小說에 대한 기본 인식

제 3 장 : 임란 이후 전기소설의 변형양상

제 4 장 : 17세기 소설사의 장편화 문제

제 5 장 : 등장인물의 소설사적 변화과정

제 6 장 : 구성수법의 소설사적 변화과정

제 7 장 : 題材와 主題의 소설사적 변화과정

제 8 장 : 맺는말 ————————— 265

제 1 장

제 1 장 : 서론
-- 17 세기 소설사의 시각

1. 17세기 소설사의 중요성

한국 소설사에는 몇 차례 커다란 전환기가 있다. 그 가운데 가장 중요한 전환기의 하나로 17세기 소설의 변모를 들 수 있다. 만약 한국의 고전소설사를 국문소설의 관점에서만 말하자면 17세기는 <홍길동전>을 비롯하여 국문소설들이 출현하였으므로 이를 전환기라고 할 수는 없다. 그러나 한문소설사와의 연계적인 관점에서 바라보면 17세기 소설사는 우리에게 새로운 모습을 보여주고 있다.

임진왜란 이후 17세기가 되자 소설이라는 장르가 문학사의 전면에 제 모습을 드러내게 되었다. 소설의 양과 질, 그 어느 쪽에서 보더라도 새로운 성과를 보여주고 있기 때문이다.

17세기 소설이 왜 그렇게 변화되었는가는 다양한 관점에서 검

토될 수 있을 것이다. 그렇지만 그 중에서도 가장 먼저 주목하여
야 될 부분은 전대의 소설들이 축적한 역량이다.

바로 앞 시대의 소설 속에 내재된 창조적이고 발전적인 문학적
에너지가 충만하여 새로운 형태의 작품을 생산하였다고 볼 수 있
다. 이러한 소설의 내적인 힘을, 필자는 전단계 소설의 발전과정
을 통하여 확인할 수 있다고 생각한다. 그래서 17세기 소설의 변
화를 살피는데, 우선 그 이전 단계 소설들인 傳奇小說의 발전과정
을 바라보는 일이 반드시 필요하다.

물론 소설사의 내적인 발전과정은 매우 중요하지만, 그러한 발
전을 촉발시켰던 외부적인 여러 요인도 대단히 중요하다고 생각
한다. 어느 것이 먼저랄 것이 없을 정도로, 내적인 요인과 외적인
요인은 서로 상호작용을 하고 있기 때문이다. 주지하듯이 16세기
말에서 17세기 초에 걸쳐 우리가 임진왜란이라고 부르는, 동아시
아의 전쟁은 우리나라와 일본, 그리고 중국이 한반도를 무대로 한
판 격돌을 벌였던 대전쟁이었다.

그 전쟁의 결과 일본은 에도시대 江戸時代가 새롭게 열리고, 중
국에서는 청나라가 새롭게 시작된다. 따라서 17세기는 한국이나
중국, 일본의 세나라가 모두 변화를 맞이하고 있다. 한반도는 전
쟁의 직접적인 무대가 되었으며, 物的, 人的 손상이 이루 말할 수
없었다. 민간의 삶에 전쟁의 영향이 여러모로 나타나게 되었으며,
그러한 전쟁의 여파 속에서 우리나라의 17세기는 재건되었다.

문학분야의 일부 연구자들은 임란 이후 17세기를 정치, 사회,
학문 등 여러 분야에서 갈등과 대립의 시대로, 양반사회의 분열과
권력투쟁의 불행한 시대로 바라보는 듯하다.

그렇지만 필자는 그렇게 부정적으로 볼 것은 아니라고 생각하고 있다. 그토록 처참한 일본의 침략적인 만행을 겪고서도, 왕조가 무너지지도 않았다. 그러면서 전란의 상처를 딛고 새로운 사회질서를 위한 사상투쟁, 외교정책을 둘러싼 정책투쟁 등이 전개되었다고 생각한다.

그러면서 우리나라의 17세기도 변화를 보이고 있는 것은 분명한데, 그 변화는 유교적 성리학의 질서를 더욱 굳건하게 가다듬는 방향으로 변화되었다는 것이다. 이러한 변화는 우리나라와 청나라와의 대립이 격화되면서, 이념적 배경으로 한동안 지속되고 있다가, 18세기 이후의 실학시대를 맞이하는 것이다.

그러한 변화가 잘못된 선택이었을 수는 있지만, 고뇌했던 선조들을 모두 갈등주의자, 파벌주의자로 몰아세울 수는 없다고 생각한다. 유교적 질서의 공고화는 비단 우리나라 뿐만 아니라, 일본에서도 17세기 도꾸가와에 의한 에도 막부에서 새로운 질서이념으로 수용되기에 이른다. 강력한 유교적 이념은 전쟁의 직접적인 피해자인 한국이나, 가해자인 일본에서는 국가의 재건과 통치에 필요한 역할을 수행하였다고 볼 수 있다.

17세기는 이와같이 외부적인 충격의 여파가 그 어느 때보다도 큰 시기였다. 원래 현실을 민감하게 반영하는 것이 문학이며, 특히 소설양식이라고 할 수 있다. 17세기의 이러한 상황변화에 따라 소설적인 대응이 여러 각도에서 일어나게 된다.

처음에는 당시까지 초기 소설사의 주된 양식이었던 傳奇小說로 17세기의 복잡한 체험과 변모된 정신을 담으려고 하였다. 그러다가 내용과 형식의 모순이 일어나게 된 것이다. 내용과 형식의 불

일치는 소설사의 변혁을 예고하는 것이나 마찬가지였다.

그래서 초기소설사를 대표하는 한문으로 된 **傳奇小說**의 양식이 그 시대적 역할을 마치고, 17세기 후반에 일군의 국문으로 창작되었으리라 여겨지는 교훈주의적 장편소설들에 그 자리를 물려주게 되었던 것이다.

2. 17세기 소설사의 두 차례 장편화

위와 같이 바라보기 위하여는 한문소설과 국문소설을 같은 고전소설사의 전개선상에 놓을 때만 가능한 일이다. 그렇게 놓고보면, 17세기 소설의 변모에서 가장 먼저 주목할 점은 작품이 길어진다는 것이다. 17세기의 소설을 읽다보면, 그 이전의 한문으로 창작된 소설들과는 비할 수 없는 작품의 분량에 놀라게 된다.

물론 조선후기에도 **野談**이나, 인물의 **傳**에서 생성된 한문 단편소설들이 끊임없이 생산되므로, 모든 작품이 길어진다는 말은 아니다. 그렇지만 17세기 소설에 비하여 18세기, 19세기에는 한문소설도 장편소설들이 창작되고 있으며, 국문소설은 대장편소설들이 창작되고 있어서, 소설사의 전과정은 장편화의 과정을 밟고있다고 말할 수 있다.

그러한 현상은 조선전기에도 나타난다. <금오신화>에 이르면 작품의 길이가 상당히 길어지기 때문이다. 이는 이미 소설사의 내부에 마치 자라나는 싹처럼 장편화의 요소가 잠재되어 있음을 알려주는 것이다. 이와 함께 이미 조선시대로 접어들면 소설에 대한 비평적 논의가 여러 가지로 나타나고 있는 것도, 소설이 새로운 힘으로 꿈틀대고 있음을 보여주는 것이다.[1]

작품의 길이가 길어지는 것은 소설 외적으로도 여러 가지 이유가 있을 것이다. 점점 복잡해지고 다양한 사회체험을 담아야 하는 작가나 독자들의 의무, 혹은 욕구 등이 소설에 반영된 결과이다.

그뿐 아니라 17세기에는 특히 중요한 외적 요인이 존재한다고 생각한다. 동아시아 전쟁을 거치면서 겪게되는 만남과 이별, 그리고 죽음에 이르기까지 다양한 삶의 체험이 작품 속에 들어가면서 작품의 양적 팽창이 일어나게 된 것이라고 볼 수 있다. 이는 대체로 17세기 전반기에 나타나던 <최척전>이나 <운영전>같은 傳奇小說의 변형형태, 혹은 <홍길동전> 같은 소설로 나타나게 된다.

17세기는 두 가지 종류의 장편화가 일어난다. 첫 번째는 17세기 전반에 보여주는 위에서 든 전기소설의 변형과정에서 일어나는 장편화 양상이고, 두 번째는 17세기 후반에 일어났던 장편화 양상이다.

17세기 전반에 소설의 장편화로 일어난 일련의 작품들로는 전기소설의 변형작품인 <雲英傳>과 <崔陟傳>, 그리고 역사소설류로 일대기 소설의 형태를 갖춘 국문소설인 <홍길동전>, 한문소설인 <崔文憲傳> 등을 중요하게 들 수 있다. 필자는 이들 소설을 한국소설사에 있어서 중편소설의 성립으로 생각하고 있다.

그 가운데서도 <홍길동전>이야말로 작품의 일대기적 구성에 있

---

1) 소설비평은 오춘택교수의 선구적인 업적을 참고할 수 있다. 오춘택, 한국 고소설비평사연구, 고대박사학위논문, 1990

어서나, 국문소설로 되었다는 새로운 의미에 있어서나 중편소설의 성립을 알리는 작품으로 볼 수 있다. 이들 소설들은 전시대의 한문단편으로 된 傳奇小說들과는 비교할 수 없을 정도로 분량에 있어서나, 묘사하는 사건들의 다양함에 있어서 진전을 이루고 있다.

그러다가 17세기 후반에는 또 한차례의 장편화가 이루어진다. 그 무렵 이루어진 소설들은 내용 또한 전혀 다른 종류의 소설로 이행하고 있다. 바로 17세기 후반에 나타난 <구운몽> <사씨남정기> <창선감의록>, 그리고 <소현성록> 등은 소설이 한 세기 만에 얼마나 다른 얼굴을 하고 나타나는가를 보여주고 있는 작품들이다.2) 필자는 이들 소설을 한국소설사에서 장편소설의 성립으로 생각하고 있다. 그 가운데서도 가장 이른 작품으로 보이는 <구운몽>을 고전장편소설의 성립으로 보고 있다.

주인공 한사람의 일대기가 아니라, 이제 家族을 그리고 있고, 삶의 전 과정을 그리면서 당시 사회사상과도 긴밀한 연결을 지니고 있기 때문이다. 이렇게 17세기 후반으로 이행되는 과정에서 작품의 인물이나, 구성, 제재에서 많은 변화가 일어나고 있다.

이러한 변화가 이루어진 문학사상적인 배경으로, 이를 傳奇小說의 存在論的 삶의 문제에서 17세기 후반의 장편소설들에서는 價値論的 삶의 문제로 이행되고 있다고 생각한다. 이를 좀더 도식화시키는 것을 허용한다면, 불교적인 존재론의 문제에서 유교적인 가치론의 문제로 이행되는 것이다.

---

2) 박영희 선생은 최근에 <蘇賢聖錄>이 17세기 후반에 창작된 소설임을 밝혔다. 이는 그 당시 장편소설의 성립을 알려주는 중요한 연구이다. 박영희, <蘇賢聖錄> 連作研究, 이대박사학위논문, 1994

그 이행의 중간에 <구운몽>이 자리잡고 있어서, 불교적인 틀에 유교적인 내용을 담은 소설이 되었다. 그러다가 <사씨남정기>나 <창선감의록>, 그리고 <소현성록>에 이르면 점점 유교적 가족제도와 유교적 인간상의 문제를 그리려고 한다. 이러한 이행은 물론 유교적 이념이 이제는 소설이라는 재미있는 도구를 통하여 전달되는 새로운 통로를 얻은 것이라고 생각한다. 유교의 교훈과 독자의 재미가 이들 소설을 통하여 새롭게 만나고 있는 것이다.

필자가 파악하고 있는 17세기 소설사는 이런 전개과정을 지니고 있다. 따라서 앞시대 소설들의 어떠한 문학적 토양이 이렇게 중편소설의 성립을, 장편소설의 성립을 재촉하게 되었는가 하는 점이 중요하다고 생각한다.

그래서 임란 이후 17세기 전반에 나타난 傳奇小說의 변형양상을 살펴보고, 그렇게 약동하는 소설사의 변화과정에서 나타난 17세기 후반의 장편소설을 비교 검토해보려고 한다. 이를 위하여 먼저 17세기 소설의 전단계인 傳奇小說에 대하여 간단하게 살펴보겠다.

제 2 장

제 2 장 : 傳奇小說에 대한 기본인식

1. 傳奇小說에 대한 시각의 변화

1) 傳奇小說에 대한 기존의 두 가지 개념

우리는 지금 전기소설에 대한 여러 가지 성과를 거두고 있다. 다음에서 말하는 전기소설의 개념이 어떻게 달라졌는지만 들어도 금방 알 수 있을 것이다. 그래서 기존의 연구는 새로운 국면에 접어들고 있다고 할 수 있다.

그렇지만 고전소설의 연구가 아직도 국문소설에 치중되어 있기 때문에, 초기소설사의 중심 유형인 전기소설에 대한 인식이 모두 일치하고 있는 것은 아니다.

그래서 어떻게 보면 한국소설사에서 傳奇小說의 개념은 현재 합의가 되지 않았고, 연구자에 따라서 다르게 쓰여지고 있다. 이제 기존의 개념 가운데 두가지를 들어 살펴보려고 한다.

　먼저 우리는 장덕순 교수의 설을 들 수 있다. 이는 古小說 일반을 傳奇小說이라고 부르는 경우로, 「古代小說」 「李朝小說」이라는 말대신에 아예 「傳奇小說」이라고 부르자고 하는 견해이다. 이러한 이유의 하나로 조선시대의 여러 기록 속에는 소설을 '傳奇'라는 명칭으로 불렀다는 점을 들고 있다. 또 傳奇를 서구의 중세소설인 Romance와 같은 개념으로 파악할 수 있기에 가능하다고 하였다.3)

　이러한 견해는 일찍이 李家源 교수도 말씀하신 바가 있다. 이가원 교수는 이조소설을 광의로 볼 때는 전기체소설이라고 말하였으며, 협의의 전기소설은 국문으로 표기된 것이 없다고 하였다.4)

　필자는 조선시대에 소설을 '傳奇'라고 불렀던 까닭 가운데 하나는 앞시대의 소설유형이 주로 傳奇小說이었기 때문이라고 생각한다.

　또 고전소설의 다양한 유형을 모두 傳奇小說로 부르는 것은 많은 문제를 지닌다. 우선 傳奇的인 내용이 主가 된 작품은 실상 그렇게 많은 것이 아니다. 또 이는 고전소설 작품의 변별성을 없애버리기에 소설의 유형을 분류하거나, 고전소설사의 역사적인 발전단계를 파악하기에는 매우 난점이 많다.

　두번째로 김기동 교수의 견해를 들 수 있다. 그는 傳奇小說을 '奇異한 이야기'라는 뜻에 중점을 두어서 '超現實的이고 非人間的인 내용'을 지닌 소설의 유형으로 설정하고 있다. 그래서 傳奇小說을 '超現實的이요 非人間的인 奇怪하고도 夢幻的인 내용'으로 파악하여, 金時習의 　<金鰲新話>부터 金紹行의 <三韓拾遺>에

────────────────────

3) 장덕순, 한국문학사, 동화문화사, 1980, 177-186면
4) 이가원, 이조전기소설연구, 현대문학 7,8호, 1955년 7,8월

이르기까지 夢幻의 세계, 神仙의 세계, 天上의 세계, 冥府의 세계, 龍宮의 세계 등을 그런 모든 작품을 들고 있다.5) 이러한 견해는 金光淳 교수도 따르고 있는 듯 하다. 6)

이러한 관점에서는 文體가 漢文이건 國文이건, 形式이 短篇이건 長篇이건 문제삼지 않고 위와같은 傳奇的인 요소가 많은 소설을 전기소설이라고 부르고 있다.

그러나 傳奇小說을 마치 奇怪한 이야기인 것처럼만 파악하는 데는 문제가 있다. 그렇게 본다면 오늘날도 기괴한 내용의 소설들은 계속하여 창작되고 있다. 이는 너무 素材的으로만 용어를 풀이하여 유형을 설정하는 것이어서, 傳奇小說의 실상과 부합되지 않는 점이 많다. 전기소설은 또한 비록 超現實的인 내용을 지니더라도, 주인공들이 그 사건을 대하는 태도는 매우 절실하다. 또 삶이란 무엇인가에 대한 시각을 견지하고 있어서, 막연히 기괴한 이야기라고 치부해 버릴 수는 없다.

전기소설의 문제의식은 男女間 情의 문제를 비롯하여 삶의 문제를 진지하게 고찰하고 있는 것이다. 또한 소설의 史的인 發達過程을 해명하기에도 이 용어를 전 소설사에 사용하는 것은 적절하지 못하다.

이들 先學들께서 이미 오래 전에 말한 의견들이지만, 기존의 전기소설에 대한 견해는 크게 위의 두 가지로 요약된다. 이제 전기소설에 대한 새로운 시각을 살펴보기로 하자.

---

5) 金起東, 傳奇小說의 槪念, 韓國古典小說研究, 5면
6) 金光淳, 韓國古小說의 類型的 考察, 경북대학교 인문학보 12권, 1987년

2) 傳奇小說에 대한 최근의 시각

위의 두가지와 다르게 보는 경우가 최근에 논의되는 傳奇小說에 대한 견해이다. 우리 소설사 연구에서는 새로운 견해라고 할 수 있는 최근의 시각은 傳奇小說을 東洋文學의 普遍的인 槪念에 따라서 이해해야 된다는 점에서 출발하고 있다.

말하자면 傳奇小說은 원래 中國의 唐代에 발전한 소설양식이며, 그 보편적인 성격은 文人知識層 사이에서 발생 발전하였다는 점이다. 그리고 비록 文人들에 의하여 창작되고 수용되었지만, 작품이 담고있는 세계는 小市民들의 삶을 그린 것이라는 것이다.

그 表現形式은 文語體로 된 漢文短篇小說이다. 따라서 文人들의 文辭가 필요하였고, 그 때문에 唐代의 고문운동과의 연결도 가능한 것이라고 하겠다. 그러한 문학현상이 중국에서 뿐 만이 아니라, 우리의 문학사에서도 발전하였던 것이다. 따라서 그 무렵에 중국은 물론, 우리나라와 일본, 그리고 월남 등 동양문학에서 이루어졌던 그 普遍性에 입각한 傳奇小說의 개념을 사용해야 된다는 것이다.

이러한 논의는 일찍이 林熒澤교수의 견해였고 7) 그 후에 朴熙秉교수를 비롯한 여러 논자들이 이를 이어 연구를 진척시키고 있다. 8)

---

7) 林熒澤, 羅末麗初의 傳奇文學, 한국한문학연구 5집, 1981
8) 朴熙秉, 한국고전소설의 발생 및 발전단계를 둘러싼 몇몇 문제에 대하여, 관악어문연구 17집, 1992.

3) 동아시아 소설사에서 傳奇小說

소설은 이야기 형식의 발달 단계가 있기 때문에 그러한 발달단계를 살피기 위하여는 小說史的인 관점이 필요하다고 생각한다. 소설사의 전개과정에서 이른 바 傳奇小說은 중국에서 위진남북조 志怪小說의 다음으로 등장한다. 우리에게도 현재 중국의 지괴소설과 비슷한 작품들이 제법 남아있다. 잃어버린 작품들까지 말한다면, 우리도 수많은 지괴소설이 있었을 것이다.

중국에서는 최근들어 대체로 志怪를 소설의 출발로 삼고 있지만, 우리는 이 부분을 설화로 다루고 있다. 그래서 우리 소설사 연구에서 임형택교수, 박희병 교수를 비롯한 여러 연구자들은 說話에서 傳奇小說로 이행되는 것으로 파악하고 있다.

전기소설이 중국문학사에서 唐代소설을 대표하는 명칭인 것은 잘 알려져 있다. 당나라의 전기소설에서 소설의 내용과 형식이 갖추어졌다는 魯迅의 언급이나, 의식적인 창작이 비롯되었다는 胡應麟의 언급은 일찍부터 자주 거론되는 말이다.

잘 알려진대로 傳奇는 晚唐 裴鉶의 ʼ傳奇ʻ에서 나온 말이다. 그런데 배형은 바로 高駢의 막하에서 書記를 맡기도 하였다. 바로 그 몇년 후에 최치원이 고변의 막하에서 4년간 종사관으로 書記 활동을 하였다. 현재 배형의 傳奇로 알려진 작품은 주로 <太平廣記>에 실려있는 약 30편이 남아 있는데, 이들 작품이 우리 소설과 관련을 맺고 있는 흔적도 확인할 수 있다.

오늘날 唐代傳奇는 단편작품만도 왕도의 <古鏡記> 등 초기 작품부터 시작하여 약 40 여편이 남아있으며, 그 대부분이 <太平廣記> 속에 들어 있다. 그에 비해 우리는 상당수의 작품이 인멸되어, 아쉽게도 <殊異傳>이나 <太平通載>와 같은 작품집들이 거의 전하지 않고 있다.

필자가 생각하기로는 우리도 초기의 지괴류 소설들이나 전기소설들은 <殊異傳>과 <太平通載> 안에 들어갔던 것 같다. 하지만 오늘날 이 두가지 중요한 작품집이 제 모습을 보이지 않고 있어서, 초기 소설사의 구성에 결정적인 문제가 되고 있다. <태평통재>는 100여권에 가깝거나, 아니면 200여권이 넘을 것이라는 추정이 있지만, 필자가 확인한 바로는 현재 12권이 남아있다.9) 또 이인영교수가 소장하였다는 <태평통재>는 지금 김일성대학 도서관에 있는 것으로 추정된다.

중국의 전기소설은 송원 양대를 거치면서 좀 쇠미하였다가 명초에 이르러서 새로운 전기를 맞게 된다. 바로 瞿友의 <剪燈新話>와 李禎의 <剪燈餘話>가 나타난다.

주목할 만한 사실은 이 <剪燈新話>가 동아시아 각국의 전기소설의 발달에 큰 자극이 되었던 점이다. 일찍부터 우리의 <金鰲新話>와 <剪燈新話>의 관계가 거론되었으며, 또 한영환 교수 등은 일본의 <도기보오꼬 (伽婢子)>와의 세 소설작품을 비교하기도 하였다. 10) 또 최근에는 베트남의 <傳奇漫錄>과의 관계가 언급되고

---

9) 이내종교수는 최근 <태평통재>에 대한 논문에서 모두 8권이 남아있다고 하였지만, 정신문화연구원 소장본을 빠뜨린 것 같다. 이내종, <태평통재> 일고, 대동한문학 제 6집, 1994. 이인영 교수에 이은 두 번째 논문으로 <태평통재> 이해를 깊게 해주고 있다.

10) 한영환, 한중일 소설의 비교연구, 전등신화, 금오신화, 도기보오꼬를 중

있다.

한자문화권인 네 나라가 <전등신화>라는 작품집을 둘러싸고, 깊은 영향을 주고받았다는 것은 매우 의미있는 일이라고 생각한다. <전등신화>가 14세기 후반에 이루어지고, 우리의 <금오신화>는 15세기 중반에, 베트남의 <전기만록>은 16세기 전반에, 일본의 <伽婢子>는 17세기 초반에 이루어졌다.

그러나 필자는 이중에서도 <금오신화>가 가장 뛰어난 줄거리와 발전적인 형태를 지니고 있다고 생각한다. <전등신화>의 20편은 사실 작품마다 구성이 다양하지 못하다. 그러한 점은 완서의 <전기만록>도 마찬가지이다. <전기만록>도 <전등신화>처럼 4卷 20편으로 되어있는데, 이들 작품들은 전대의 지괴적인 요소가 물씬 나타난다. <伽婢子>는 일본에서도 스스로 <전등신화>의 번안작품이라고 할 정도로 그 독창적인 창작성을 인정받지 못하고 있다.

하지만 <금오신화>는 대체로 편폭이 길고, 다양한 구성을 지니고 있다. 또한 단순한 지괴담이 아니라, 역사적 현실을 잘 드러내고 있는 듯 하다. 또 인간의 유한한 삶에 대하여, 남녀의 결합을 주 모티브로 하면서도, 삶의 무한성을 꿈꾸고 있는 작품이다. 다만 현재 5편 밖에 남지 않아서, 원래의 모습을 볼 수 없는 것이 아쉽다.

우리의 전기소설은 나말여초에 발생되어 <금오신화>에 이르면 작품 속에 유불선 삼교의 사상이 녹아들어가 완숙한 단계를 보인다.11) 그러다가 세번째 단계로 壬辰戰爭과 丙子胡亂을 어름으로

심으로 , 정음사, 1985

11) <금오신화>의 이러한 사상적 기반에 대하여 안동준, 김시습 문학사상

한 17세기 전반에는 변모를 맞이하는 것이다.

2. 傳奇小說의 문예적 특징

우리의 전기소설은 여러 가지 특징적인 모습을 보이고 있다. 여기서는 그러한 특징을 여덟가지로 나누어서 살펴보고자 한다.

가) 만남에 대한 간절한 욕구를 지닌다

우선 첫 번째로 傳奇小說의 남녀는 '만남에 대한 간절한 욕구'를 지니고 있다. 그래서 우리의 전기소설은 남녀의 애정문제를 주요한 소재로 삼는 경향이 뚜렷하며, 단순한 지괴적인 경험보다는 훨씬 진지한 삶의 문제를 다루고 있다. <調信傳>의 조신은 여인과 혼인할 수 있도록 간절하게 빌었고, 여인 또한 마찬가지였다. '저는 일찌기 스님을 잠깐 보고 속으로 사랑하여 아직 잠시도 잊지 못하였으나 부모의 명에 못이겨 억지로 다른 사람에게 출가하였습니다. 지금 동혈의 짝이 되고 싶어 왔습니다. / 兒早識上人於半面 心乎愛矣 未嘗暫忘 迫於父母之命 强從人矣 今願爲同穴之友 故來爾'라고 하는 것으로 보아 그녀도 조신을 간절하게 사랑하였던 것을 알 수 있다. 처음 보자마자 서로 사랑을 하였지만 현실은 그들의 만남을 허용하지 않았다. 허용하지 않은 현실은 부모의 명이

연구, 한국정신문화연구원 박사학위논문, 1994에서 자세하게 고찰하였다.

었지만, 그 이면에는 건널 수 없는 신분의 차이가 가로놓여 있기 때문이었다. 그래서 꿈속에서의 만남으로 처리된 것이다.

<金現感虎>에서 탑돌이하는 福會의 내용은 알 수 없지만, 그 또한 좋은 짝을 만나게 해달라는 것이었음을 추정할 수 있다. <崔致遠>도 현실에서는 불우하지만 아름다운 만남을 갈구하는 남녀가 등장인물이다. 남녀주인공의 적극적인 갈구가 서로 다른 세계의 만남을 가능하게 만든 것이다. '쌍녀분'은 '고금명현 유람지소'였지만 유독 최치원이 쌍녀분의 주인을 만날 수 있었다. 그만큼 최치원의 등장인물들이 지닌 만남에 대한 욕망이 컸다는 것을 보여준다.

異界의 상대를 만나는 일은 보통의 열정으로 되는 일이 아니다. 서로 다른 두 세계가 만나는 것이 단지 기이한 경험만이 아니라 그 속에는 서로의 잠재된 욕망이 간절하다는 것을 최치원과 두 여인이 주고받는 말에서 확인 할 수 있다.

그들은 꽃다운 인연을 이루는 것이 소원이었다. 이 '인연(姻), 만남(逢,遇), 그리고 하룻저녁의 즐거움(一夕之歡)'이란 것은 전기소설들의 중심어라고 할 만하다. <금오신화>에 이르면 하룻저녁의 즐거움이 아니다. 양생도 만복사에서의 첫날밤, 그후 사흘이나 여인의 거처에 머물렀고, 다시 보련사에서 밤을 함께했다. 이생은 더 많은 밤을 보냈다. 환생한 여인과 몇년을 함께 살았기 때문이다.

그러나 지속된 즐거움을 누릴 수는 없었다. 이생이 마지막에 여인에게 백년해로하는 것이 어떻겠냐고 간절하게 원하지만 그 꿈은 이룰 수가 없었다. 그렇지만 그 이별과 죽음을 극복하고자 하는 만남에 대한 간절한 욕망은 전기적 인간의 특성이다.

자유로운 만남이 현실적으로는 매우 어려운 것이었음을 여러 전기소설들은 보여주고 있다. <수삽석남>의 최항과 여인도 최항 어머니의 반대로 말미암아 서로 헤어져야만 했다. 조신도 물론 김흔공의 딸과의 애정을 김흔공의 명으로 인하여 이룰 수 없었다. 김현과 관계한 치녀도 힌사코 김현이 따라오는 것을 사양하고 거절하였다는 것을 보면 현실적인 한계를 인정한 것이라고 하겠다. <최치원>의 여주인공들 또한 부모의 명에 못이겨 억지로 장사꾼에게 출가하였다. 그러나 작품에서는 모두 그러한 운명에 대항하는 모습을 그리고 있다. 전기소설들은 남녀의 자유로운 만남과 결연이 현실적으로는 불가능하다는 내용을 지니고 있다. 이는 당시의 현실인 것이다.

그러나 남녀간의 자유로운 만남도 당시 몇몇 사료에서 보여주고 있기도 하다. 이른바 야합을 하는 예들이 나타나고 있다. 김춘추와 문희의 경우도 그러하고 <삼국유사, 기이 2, 태종춘추공>, 강수도 '與釜谷 冶家之女 野合' <삼국사기, 열전 제 6>을 하였다고 되어있다.

이러한 자유로운 만남은 보편적인 것은 아니었겠지만, 어느 정도 인정을 받은 것도 사실이 아닐까 여겨진다. 김춘추야 제한된 범위내에서의 만남이지만, 강수는 파격적이다. 이러한 특별한 경우가 있었고, 또한 가끔 인정되기도 하였음을 보여준다. 그러나 남녀의 자유로운 만남에 대한 갈구는, 작품내에서 이루어지는 비극적인 횡포가 크면 클수록 뚜렷하게 돋보인다.

나) 남녀주인공의 적극적인 성격

남녀주인공들은 그들의 만남을 간절히 바라는 만큼 과감하고 적극적인 성격들이 나타난다. 박희병 교수는 전기적 인간은 섬세하고 내면적이며 고독한 인간상이 그 중요한 미학적 표상을 이룬다고 하였다.[12] 그러나 무덤에서나, 부처님 앞에서, 퇴락한 사찰 등 그 공간적 배경에서 쓸쓸하고 고독한 정황을 드러내기는 하지만, 만남에 대한 간절한 욕구를 언제나 적극적으로 표현하고 있다는 데서 반드시 내면적이고 섬세하지만은 않다.

어떻게 보면 과감하고 장난스러운 모습을 보여주기도 한다. <최치원>에서 남주인공 최치원은 두 무덤 속 여주인공의 심부름 온 시녀에게도 손을 둘러 허리를 감싸려고 하였다. 최치원의 이러한 행동으로 꾄다는 의미의 挑라는 표현이 나오는데, 이는 다른 전기소설들에도 가끔 나오는 표현이다.

김현이 탑돌이를 하다가 눈을 맞추면서, 은밀한 곳으로 들어가 通한다거나, 조신이 부처님 앞에서 인연을 맺도록 소원을 비는 일들은 내면적이고도 쓸쓸한 모습들만은 아니라고 생각한다.

특히 傳奇的 女性은 매우 적극적인 성격을 지니고 있다. 사실 전기소설은 여성의 운명을 매우 비극적으로 그리고 있다. 죽어서 무덤속에 있는 사람은 모두 여성이다. 여성의 뜻과는 무관하게 이루어지는 이러한 행위는 당시 사회의 여성차별이 작품에 투영된 것이다. <만복사저포기>에서 작품의 말미에 여인은 말하기를 '낭군의 은덕을 입어 다른나라에서는 이미 남자의 몸으로 태어났다

---

12) 앞의 논문, 35면

고’ 하였다.

전기소설에서 여인의 삶은 자신의 뜻과는 무관하게 시집을 갔던 김흔공의 딸, <최치원>의 장여랑 등으로 부터, <금오신화>에서 전란으로 억울한 죽음에 이르기까지 여성들의 삶이 질곡으로 표현되었다. 그러나 그러한 운명에 대하여 전기소설은 여성의 적극적이고도 자주적인 형상을 이룩하고 있다.

비록 꿈속에서나 혹은 무덤속에서나 비현실적인 쓸쓸한 공간이지만 여주인공들은 매우 적극적으로 자신들의 욕망을 성취하여 나간다. <조신전>에서 여인은 ‘同穴之友가 되기 위하여’ 조신에게 돌아왔다고 한다. 좋아하는 남자를 위하여 시집에서 도망친 셈이다.

<최치원>에서 한을 품고 죽었던 두여인도 그러하다. <최치원>의 두 여인은 張氏의 두 딸이었다. 그 부친은 매우 부자였고 사치한 생활을 하였다. 혼기가 되어 부친은 한 딸은 소금장수에게, 다른 딸은 차장수에게 시집보내려고 하였다. 두 여인은 모두 마음에 맞지않아 울적한 심사를 이기지 못하고 죽어버렸다. 죽은 다음에도 왕래하는 자들이 다 우둔한 남자들이었는데, 다행히 최치원을 만나 玄玄之理를 이야기할 수 있게 되었다. 두 여인은 자기들을 알아줄 남자를 기다렸던 것이다. <최치원>의 두 여인은 기다림 끝에 드디어 짝할수 있는 사람을 만나서 먼저 시비를 보내어 시를 전하고 이어서 답을 받고 찾아나온다.

이 부분은 작품에 매우 서정적으로 그려져 있다. 갑자기 향기가 다가오더니 이윽고 두 여인이 나란히 이르렀다. 마치 한쌍의 빛나는 구슬과 같고, 두 송이의 깨끗한 연꽃과 같다고 하였다.

　여주인공의 적극적인 행위는 그들의 애정을 일시적으로 이루도록 하였지만, 끝까지 지켜나갈 수는 없었다. 그리하여 이별의 순간을 겪게 된다. 이별과 죽음에서도 여인들은 과감하다. <조신전>에서의 조신부부는 자녀 다섯을 두었지만, 큰아이는 굶주려죽고, 나머지 아이를 둘씩 나누어서 서로 헤어지게 된다.

　그런데 헤어지는 것을 조신은 크게 기뻐하였다. 조신이 기뻐한 이유는 작품에 분명하게 나오진 않았지만 그의 수동적인 행위를 엿 볼 수 있다.

　<조신전>에서는 여인이 먼저 헤어지자고 말을 한다. 인간과 이류와의 만남으로 처리된 <김현감호>도 福會를 행하다가 서로 관계하게 된다. 사찰의 깊은 밤에 그들은 만난다. 그런데 여인은 집안의 재앙을 홀로 받아 자신이 희생되기를 원한다. 희생에 따른 이별을 비장하게 감수하는 여인의 이러한 희생정신을 통하여 적극적인 성격을 엿볼 수 있다.

　집안의 재앙이 무엇인지는 분명하지 않지만, '너희들이 너무 생명을 많이 해하는 구나, 마땅히 한놈을 죽여서 그 악을 징계하리라. / 爾輩嗜害物命尤多 宜誅一以懲惡'라는 하늘의 소리로 미루어 피할 수 없는 형벌이 분명하다. 그 형벌을 스스로 받아 한 번 죽어 다섯가지 이익을 얻을 수 있다고 하였으니 가치있는 죽음인 것만은 분명하다. 그러나 죽음이야 가치가 있다고 하여도 그 때문에 이별은 피할 수 없게 되었다.

　<만복사저포기>에서도 여인의 모습은 매우 적극적이다. 양생은 여인이 시키는대로 일을 한다. 양생은 처음에 부처님께 기원하여 여인을 만나 유인하여 좁다란 판자방으로 가는 것, 마지막에 여인

을 위해 齋를 지내는 것 정도가 스스로 하는 일이다. 여인과의 만남에서는 여인이 모든 사건을 주도하고 있다.

<이생규장전> 또한 여인의 주체적이고도 적극적인 성격을 보여주고 있다. 둘 사이의 관계가 탄로날까봐 걱정하는 이생에게 말하는 여주인공의 모습은 그 성격을 단적으로 보여준다. 또 원통한 죽음을 거부하고 다시 환생하는 여인의 모습에서도 그 점을 발견할 수 있다. 전기적 여인은 남성들에 비하여 훨씬 더 운명에 대항하는 적극적인 성격을 지니고 있다.

다) 서로 다른 세계의 기이한 만남

傳奇小說은 서로 다른 두 세계의 기이한 만남으로 되어 있는 경우가 많다. 超現實的이고, 非人間的인 세계를 표현한 소설이라는 견해를 보인 것도 그 때문이다. 그러한 세계로 夢幻의 세계, 神仙과 仙女의 세계, 天上과 冥府의 세계, 龍宮의 세계 등 다양한 초현실 세계가 등장하고 있다.

서로 다른 두 세계의 만남이야말로 전기소설의 중심 구성이라고 할 수 있는데, 이러한 사건은 앞서 말했듯이 등장인물들이 만남에 대한 욕망을 강하게 가지고 있는 인물들이었기 때문이다.

그러나 이러한 세계를 표현한다고 하여도 그 서술태도까지 비합리적인 것은 아니었다. 비록 환상적인 만남을 그리고는 있지만 그 서술태도는 매우 현실적으로 그려져 있다.

흔히 전기소설을 奇異한 내용을 다룬 것으로 말하고 있다. 하지만 필자는 그러한 기이함을 다루는 것은 전생과 현세, 그리고 이승이 서로 연결되어 있다는 세계관에서 나온 아주 근원적인 사고의 일단이라고 생각하고 있다. 죽은 사람과의 만남을 통하여 현세의 삶을 확인하기도 하고, 유한한 생을 무한으로 넓히는 상상력이 발휘되었던 것이다.

서로 다른 두 세계의 만남으로 <崔致遠>처럼 무덤 속의 여인과의 만남이라는 구성수법, 말하자면 살아있는 남자와 이미 죽은 무덤 속의 여인이 만나는 것(人鬼交歡)은, <崔致遠> 이래로 <金鰲新話>에도 모두 나타나고 있고, <何生奇遇傳>까지 이어져 오고 있다. 무덤 속의 여인과 만나는 것은 이승의 삶과 저승의 삶이 重疊되어 있는 구성이다.

무덤 속의 여인과 만나는 방법 이외에 또 다른 만남의 방법은 꿈을 통해 다른 세계를 만나는 것이다. <調信傳>은 저승의 삶이 아니라 또 다른 현실의 삶을 꿈속을 통하여 경험하는 것으로 두 세계가 만나고 있다. 이러한 신이한 경험은 모두 초월적인 세계와 만나는 것이다. 초월적 세계와의 만남을 통하여 현실의 의미를 찾으려는 이러한 구성은 소설이 지닌 문학적인 구성법이라고 할 수 있다. 그런데 그러한 기이한 만남이라는 사건도 임란 이후 17세기 소설에 오면 상당히 제거되고 있다.

라) 액자 - 몽유 형식의 구성

다음으로 초기 전기소설부터 이미 액자 - 몽유 구성이 이루어지고 있다는 점을 지적할 만 하다. 현실공간과 비현실공간의 연결을 위하여 처리된 문학적인 기법이 바로 액자 - 몽유형식이다.

<조신전>은 우리나라에서의 몽유담과 액자구성의 소설사적인 원형이라고 여겨진다. 초기 전기소설들이 보이던 액자 - 몽유 구성은 <금오신화>를 거치면서 여러 몽유류소설들에도 계승되고 있다. <조신전>에서 뚜렷하게 모습을 보인 액자구성은 <최치원>에서 하룻밤의 환상적이고도 기이한 인연, <김현감호>에서 지난날의 기이함을 기술하는 것으로 액사구성의 모습을 보이고 있다. 꿈이라고 하는 몽유 구성은 아니지만 기이한 경험이라고 한데서 모두 액자구성이라고 할 수 있다.

액자구성은 반드시 꿈으로만 처리 된 것은 아니다. <최치원>은 꿈대신에 하룻밤의 기이한 경험으로 처리되어 있다. 아름다운 밤이라는 환상적인 공간설정은 <최치원> 내부의 초현실적인 공간이라고 할 수 있다. <조신전>은 꿈으로 처리되었지만 <최치원>은 꿈이라고 하지 않았다. 아마 <최치원>은 그러한 만남의 가능성을 버리지 못한 때문이 아닌가 한다.

몽유 구성은 모두 액자구성이지만, 액자구성이 반드시 몽유담으로 된 것은 아니다. 또한 몽유구성으로 처리된 것은 다분히 교훈적이다. 중국 당의 전기소설인 <침중기> <남가태수전> 등이 모두 액자 - 몽유 구성이면서 교훈성을 강하게 지니고 있는 점으로도 알 수 있다.

이러한 몽유구성은 조선전기 몽유록계소설이라는 전기소설의 또다른 모습으로 나타난다. 그러다가 17세기 <운영전>이나 <구운몽>에 이르면 더욱 뚜렷한 형식적인 특징을 보이고 있다.

마) 詩와 對話體가 많이 사용된다

　남녀주인공의 酒宴을 통한 對話와 詩會는 전기소설의 또다른 특징이다. <만복사저포기>나 <이생규장전>은 모두 시녀의 등장과, 詩會가 이루어지는 점이 매우 주목되는 구성법이다.

　이러한 구성법은 <최치원>의 전례를 그대로 이어받고 있는 것이라고 하겠다. <만복사저포기>의 여인은 시녀에게 주연을 차릴 준비를 하라고 말하였다. '오늘 일은 아마 우연한 일이 아닐 것이다. 하느님이 도우시고 부처님이 돌보셔서 한분의 고운 임을 만나 백년해로를 하기로 했다. 부모님께 알리지 않는 것은 예절에 어긋난다고 하겠으나 서로 즐거이 맞이하게 된 것은 또한 기이한 인연이라 하겠다. 너는 집에 가서 앉을 자리와 주과를 가져오너라.' <만복사저포기>의 이러한 주연은 앞 시대의 <최치원>을 비롯하여 <이생규장전> <하생기우전>에도 모두 베풀어진다.

　주연을 통하여 벌어지는 詩會에는 남녀 주인공의 내면적 세계가 잘 드러나 있다. 시의 많은 내용은 남녀의 만남이 주조를 이루고 있다. 雲雨之夢에 대한 고사가 자주 등장하는 것도 그 점을 보여준다.

　또한 삽입시가 사건의 진행에 관여하고 있는 것도 중요한 특색이다. 단순한 심경의 토로 만이 아니라, 사건 전개의 수단으로 쓰이고 있기도 하다. 그 점은 일찌기 <최치원>에서 잘 보여주고 있다.

　최치원의 석문제시를 통한 만남의 희구, 두 여인의 답시를 비롯한 여러 시들은 사건의 진행에 직접 관여되어 있다. 단순한 서정적인 감정의 표현만은 아닌 것이다. 또한 다음날 아침에 다시 쌍녀분을 찾아 하룻밤의 사건을 회상하며 지은 長歌는 63 구나 되는 긴 시이다.

<최치원>은 삽입시 뿐만 아니라 대화체로 이루어진 특징도 보인다. 최치원과 취금과의 대화, 최치원과 두 여인과의 대화는 작품의 전개방식이라고 할 수 있을 정도로 풍부하다. 당의 전기도 일찌기 대회체를 이름하기도 하였다. ‘범문정은 <악양루기>에 대화체가 들어가 있어서, 어느 평자가 ‘전기체로군’ 하였다는 말은 그 점을 잘 드러내주는 말이다.13)

이러한 삽입시와 대화체는 <금오신화>에도 더욱 잘 드러난다. <금오신화>는 詩話集이라고 할 수 있을 정도로 시가 많이 포함되어 있으며, 또한 생동감있는 대화체로 되어 있다. 시와 대화의 적절한 구성이 <금오신화>에는 잘 이루어져 있다. 서정과 서사의 만남, 시와 산문의 아름다운 조화는 전기소설이 이루어낸 업적이기에, 우리는 늘 두 가지의 조화로움을 가지고 전기소설을 읽어나가야 될 것이다.

바) 매우 아름답고 다양한 문체로 되어 있다.

전기소설의 문체는 매우 주목된다. 시와 대화의 사용이외에도, 경치를 묘사하는데 매우 아름다운 분위기로 묘사된다. 서로 다른 두 세계의 남녀가 만나는 시점이 주로 달밤이기 때문에 경치묘사가 신비스러울 정도이다. 최치원도 양생도 이생도 하생도 모두 달밤에 다른 세계의 여인을 만난다. 달밤이라는 배경이 서정적인 묘

---

13) 宋, 陳師道 , <後山詩話> 丁範鎭, 唐代傳奇硏究에서 재인용함

사를 풍부하게 하였다. 사건의 단순한 서술이 아닌, 각 부분의 섬세한 묘사와 등장인물들의 생동감있는 묘사는 전기소설이 지니고 있는 문체의 특징이다.

또한 문체의 다양성도 주목할 만하다. <만복사저포기> 가운데 여인의 축원문, 양생의 祭文 등은 시와 더불어 문체의 다양성을 보여준다. 문체는 서정적이고도 만연체의 모습을 띠다가도, 또한 압축된 간결체를 보이기도 한다. <이생규장전>에서 이생과 최씨처녀가 혼례하고, 이생이 대과에 합격하여 명성이 널리 퍼진 것과, 홍건적의 난, 임금의 피란, 서생 가족의 이산 등이 매우 압축되어 간결하게 처리되어 있다. 이러한 문체가 지니는 속도감의 변화는 매우 주목되는 점이다. <금오신화>가 수준 높은 작품임은 주제의 구현 뿐만이 아니라, 이러한 문체의 특징에서 연유된 점이 많다.

사) 우리나라 傳奇小說은 불교적인 색채가 강하다.

중국 唐代의 전기들은 꿈으로 처리되지만 道敎적인 색채가 짙게 드러나 있다. [14] 裴鉶의 <傳奇>도 거의 도교적인 색채로 이루어져 있으며, <침중기>의 노생이나 <남가태수전>의 순우분은 모두 꿈 속에서 일생의 부귀영화를 겪고 꿈에서 깨어났다. 노생에게 가르침을 준 여옹은 신선술을 터득한 도사였는데 노생은 여옹에게 감사하고 길을 떠나갔다. 순우분은 남가의 허무함과 인생의 무

---

14) 정범진, 당대소설과 도교와의 관계, 대동문화연구 제 29집, 대동문화연구원, 1994. 이 글에서는 특히 裴鉶의 <傳奇>를 중심으로 도교적 경향을 설명하고 있다.

상함을 절실히 깨닫고 道門에 귀의하였다고 하였다. 이들 唐代의 전기소설들은 唐의 2대 종교였던 道教, 佛教의 사상 아래 이루어졌는데, 특히 그 중에서도 道教의 영향이 크다.

그렇지만 우리의 전기소설들은 대체로 불교사상의 영향이 짙게 드러나 있다. 편자 일연이 승려인 것과 위의 당대 전기작자들인 심기제나 이공좌는 모두 관리늘이었고, 또한 當代의 종교적인 배경이 다른데 그 차이가 있을 것이다.

<조신전> <김현감호>가 불교적인 결구로 되어 있음에 비하여, <최치원>은 뜻한 바의 세상을 만난다는 남주인공 최치원의 포부나, 여주인공의 뛰어난 선비에 대한 갈망 등 불교적인 인간형은 아니다. 따라서 <최치원>은 불교적 인연보다는 유교적인 틀인 '만남', 즉 세상을 만나 공명을 얻고, 아름다운 배필을 만나 정을 이루려는 욕망이 내재되어 있다. 그래서 <삼국유사>에 실리지 않았을 것이다.

<금오신화>가운데 애정류 전기소설들은 불교적인 색채가 짙게 그려져 있다. <취유부벽정기>와 같은 작품에는 도가적 사상이 짙게 배어있다고 설명하는 경우도 있다. [15)] 필자가 생각하기에도 신선과 선녀의 이야기, 不死의 사상 등은 중국의 초기 지괴소설 등의 중심된 내용인데, 이들 도가적인 사상이 우리의 조선 전기 사상계에도 제법 퍼져있었던 것 같다. 그래서 김시습도 2200여수의 한시 가운데 도교적인 사상이 담긴 遊仙詩나, 內丹 수련의 경지를 읊은 시들도 많이 남기고 있다.

---

15) 이상택, <취유부벽정기>의 도가적 문화의식, 한국고전소설의 탐구, 1981.

그렇지만 <금오신화>에는 <취유부벽정기>를 제외하고는 대체로 불교적인 배경이 들어가 있다. 양생과 여인이 서로 만나는 곳도 만복사, 보련사라는 사찰이다. 불교의 삼생설은 이들 소설에 공통되는 세계관이다. <만복사저포기>에서의 여인이 다른 나라에서 태어났다는 결구나, <이생규장전>에서 환생한 여인이 삼세의 인연을 이야기하고, <하생기우전>에서도 여인이 삼생설을 이야기하고 있는 점 등이 바로 그러한 것이다.

아) 대체로 비극적인 세계관이 나타나 있다

傳奇小說은 대체로 현세에 대한 비극적인 세계관을 지니고 있다. 우리나라 전기소설들은 거의 이별과 죽음으로 결말되어 있기 때문이다. 전기소설 가운데서 <하생기우전>의 결말이 행복되게 끝난 것은 매우 주목된다. 대단한 벼슬을 하였던 관원이었던 작자의 세계관이 작품에 투영된 것일까. 그런데 <하생기우전>과 같은 유형은 필자가 보기에 중국의 지괴소설에 많이 나타난다. 따라서 그렇게 독창적인 플롯이 아니었으며, 작가의 문제의식이 심각하게 투영된 것이 아니다.

<김현감호>에서 남녀주인공은 비록 一夕之歡이지만 부부의 의를 맺은 것이나 다름없다고 하였다. 그런데 이별은 피할 수 없는 운명이다. <최치원>의 여인도 一夜之歡을 누렸지만 이로써 천년의 한이 생겼다고 하였다. 그리하여 다시 한밤중의 즐거움을 누릴 계책이 없다고 하였다. 최치원도 이별의 아픔을 눈물로 슬퍼하였다.

초기 소설의 이러한 비극적인 결말은 <금오신화>에 이르러도

마찬가지일 뿐만 아니라 더욱 선명하게 그려져 있다. 이러한 비극이 가장 선명한 작품이 <이생규장전>이라 여겨진다. 이 작품이 수준높은 이유는 비극의 깊이가 가장 깊기 때문이다. 이생과 최씨 처녀는 서로 살아있을 때 만난 남녀이다. 위험을 무릅쓰고 둘 만의 애정을 나누었으며 주위의 반대를 극복하고, 끊어졌던 사랑을 다시 이었기에 그 즐거움은 비길 데 없었다. 그러다 전란으로 인한 이별과 죽음, 재회 또다시 이별을 한다. 이 작품은 세번의 이별을 거치면서 그 깊이를 점점 더해가서 마지막은 영원한 이별로 결말을 맺는다.

<만복사저포기>의 여인은 양생 덕분에 잘 되었다고 하였으므로 이별의 깊이가 덜하지만, <이생규장전>은 이별의 깊이를 가장 잘 그리고 있다고 여겨진다. 이러한 이별과 죽음은, 또 그에 대한 원망 등은 전기소설이 보이는 결구인데 이는 본질적으로 세계를 바라보는 비극적인 관점이 바탕이 되었기 때문이다.

제 3 장

제 3 장 : 임란 이후 전기소설의 변형양상

　조선초부터 임란 전까지 창작된 뚜렷한 전기소설은 <金鰲新話>와 <企齋記異>를 들 수있는데, 많은 연구자들이 지적하듯이 <금오신화>는 전기소설의 훌륭한 면모를 보이고 있는 작품이다. 반면에 <기재기이>에 대하여는 여러 가지 평가가 있지만, 필자가 보기에는 구성에 있어서 중국소설의 영향을 많이 받은 작품이다.

　전기소설의 흔적은 이러한 소설창작 이외에 여러 雜錄에도 스며들어가 있다.16) 그러다가 임란을 거치면서 전기소설의 새로운 변형이 일어난다. 그 첫 번째 작품으로 <주생전>과 <위경천전>의 창작을 들 수 있다.

---

16) 소인호, 선초 잡록의 성행과 전기소설의 변모, 고소설연구 제 1집, 한국
　고소설학회, 1995에서도 그러한 점을 살핀 바 있다.

1. 〈周生傳〉과 〈韋敬天傳〉의 경우

1) 두 作品의 背景과 구성

<周生傳>은 이른 시기에 알려진 반면에, <韋敬天傳>은 최근에
야 학계에 알려지게 되었다.[17] 두 소설은 여러가지로 비슷한 면을
지니고 있는데, 그 가운데 한가지는 題材가 남녀간의 애정문제를
다루었으며, 또 이를 비극적인 관점에서 다루고 있어서 전래되던
애정류 전기소설의 흐름을 이어받고 있다는 점이다. 먼저 이들 작
품을 이해하기 위한 몇가지 점을 살피기로 한다.

두 작품은 石洲 權韠(1569 - 1612)이 지은 소설이거나, 아니면
權韠의 이름을 빌린 소설이다. 이 두 소설이 쓰여진 시기는 <周生
傳>은 작품 말미의 기록을 믿는다면 1593년에 지은 것이다. 말미
에 ‘癸巳年 仲夏에 無言子 權汝章은 쓰노라’라고 명기해 놓았기
때문이다. 또한 이 기록은 작품의 내용과도 일치하고 있다. 작품
은 辛卯년 봄에 주생이 배도와 선화를 만나는 때부터 시작하여
壬辰년 봄을 지나고 癸巳년 봄까지로 되어 있다.

그러니 작중의 시간적인 배경과 著作記의 시간은 일치하고 있
다. ‘내가 마침 일이 있어 송도에 갔다가 객사에서 그를 만났다’
로 시작되는 저작기는 저작기 내에 詞가 등장하고, 주인공과의 대

---

17) <周生傳>은 文璇奎 譯, 花史 외 2 편, 통문관, 단기 4294년(1961년)이 나
　　와 일찍부터 알려졌지만, <韋敬天傳>은 林榮澤, 傳奇小說의 戀愛主題와
　　<韋敬天傳>, 동양학 제 22 집, 단국대 동양학 연구소, 1992 년에 이르러
　　알려지게 되었다.

화가 소개되고, 저자의 느낌과 위로가 소개되는 등 일반적인 저작기보다 더욱 풍부한 모습으로 기록되어 있다.

<韋敬天傳>은 저작기사는 없고 다만 '그것을 들은 사람들이 다투어 손에다 적었다' '聞之者 爭爲掌記'[18) 고만 되어 있다. 이 작품은 저작기사가 원래 없었는지 아니면 전사과정에서 탈락되었는지는 알 수 없다. 시대적 배경은 壬辰년 봄부터 시작되고 분명하지는 않지만 詩의 내용 등으로 미루어 그해 겨울무렵 위경천이 죽을 때까지로 되어 있다. 그러니 <周生傳>은 辛卯, 壬辰, 癸巳년 三年에 걸친 일인데, <韋敬天傳>은 단지 壬辰년 一年에 걸친 일이다.

<周生傳>은 저작기를 믿는다면 1593년의 작품이고, <韋敬天傳>은 임형택 교수에 따르면 어느 잘 알려지지 않은 文人의 손에 의하여 <周生傳>으로부터 멀지 않은 시기에 창작되었을 것으로 보인다고 하였기에, 두 작품 모두 16세기 말의 작품일지도 모른다. 그렇다면 두 작품이 임진전쟁의 와중에 창작되었다는 것이라고도 할 수 있다.

시대적 배경이 위에서 말한대로 비슷하게 설정되었고, 중국 강남에서 조선으로의 이동과정이 다루어져 있으므로, 두 작품은 시간적 배경이나 공간적인 배경이 유사하다.

두 작품은 또한 세부적인 구성면에서도 매우 유사한 점을 보이고 있다. <周生傳>은 未完의 이야기이고, <韋敬天傳>은 完結된 이야기로 결말이 서로 다르게 나타나지만, 서두와 전개과정은 매우

---

18) 林熒澤 교수는 掌자가 아니라 傳일 것이라고 지적하였다. 林熒澤, 위의 논문, 47면.

유사하다.

<周生傳>은 주생에게 들은 이야기를 소설화시킨 것이고, <韋敬天傳>은 <周生傳>의 영향을 받아 이루어진 것으로 생각할 수 있다. 그러나 두 작품은 전래되던 傳奇小說과도 깊은 연계를 갖는다. 그렇다면 먼저 이들 보다 앞서는 작품으로 <金鰲新話>를 생각할 수 있다. 그 중에서도 이 두 작품의 서두는 <醉遊浮碧亭記>와, 후반부는 <李生窺牆傳>과 상당히 밀접한 관계를 맺고 있다. 서두에서 유사성을 보이는 <醉遊浮碧亭記>의 단락을 나누어 보자.

가) 남주인공이 배를 타고 이동을 한다.
나) 친구와 술자리를 벌이고 감회에 젖는다.
다) 남주인공이 혼자 낯선 곳으로 찾아간다.
라) 여인과 만나 즐거운 시간을 갖는다.
마) 여인과 이별을 한다.
바) 남주인공은 여인을 잊지 못하여 병들어 죽는다

이상의 여섯 단락으로 나누어 볼 수 있다. <周生傳>이나 <韋敬天傳>은 <醉遊浮碧亭記>의 여섯가지 단락을 비슷하게 지니고 있다. 이러한 여섯 단락은 넓게 보면 애정류 전기소설에 자주 나오는 낯선 곳으로 찾아가서 기이한 경험을 하는 구성인데, 이 두 소설로 이어지고 있음을 알 수 있다.

낯선 곳으로 찾아가서 여인과 만나는 것은 <崔致遠>에서 일찍이 그런 모습을 보여주고 있다. 따라서 <醉遊浮碧亭記> 또한 전래되던 <崔致遠>의 영향을 받아 이루어진 점을 알 수 있다. 그런데

<醉遊浮碧亭記>에는 장사를 하며 배를 타고 이동한다거나 하는
설정이 새로 만들어졌는데, 그 구성이 바로 이 두 傳奇小說에 이
어졌다. 이 구성에 따라 <周生傳>과 <韋敬天傳>의 모습을 살펴보
기로 한다.

가) 남주인공이 배를 타고 이동을 하는 대목이다.

두 작품의 서두는 모두 남주인공이 배를 타고 이동을 한다. 周
生은 장사를 하기 위하여 배를 타고 다녔으니 <醉遊浮碧亭記>의
洪生과 같은 신분이다.

배를 타고 다니며 장사를 하거나 사건을 전개시키는 것은 당시
널리 퍼진 이야기였던 것 같다. <太平廣記> 諺解本 卷 之 一 <뎡
덕닌뎐>도 鄭德璘과 韋生의 딸이 양자강의 동정호 위를 오고 가
다가 만나서 사랑을 나누는 이야기인데, 이런 이야기가 널리 있었
음을 보여준다. 韋敬天은 장사하는 건 아니지만 친구 張生과 함
께 배를 타고 유람하려고 양자강으로 따라나선다.

나) 친구와 술자리를 벌이고 감회에 젖는다는 대목

말하자면 남주인공이 친구와 술자리를 벌인다. 洪生이 城 안의
李生을 만나 술자리를 벌인 것은 周生이 城 안의 羅生을 만나 술
자리를 벌인 것과 비슷하다. 韋生은 같이 간 친구인 張生과 술에
취한다.

다) 남주인공이 혼자 낯선 곳으로 찾아가는 대목

술자리를 벌이던 남주인공은 혼자 낯선 곳으로 찾아간다. 홍생

은 다시 작은 배에 올라서 혼자 물을 따라서 올라갔다. 주생도 다시 배를 타고 錢塘으로 간다. 위생은 술에 취한 장생을 두고 혼자 배에서 내려 낯선 곳으로 간다. 그러나 경험의 공간은 서로 다르다. 촉주가 집인 주생은 羅生과 작별하고 배에 오른다. 그런데 배는 주생의 원래 고향이었던 전당으로 흘러가 버렸다.

이는 위경천의 경험 공간과는 반대이다. 위경천은 장생과 함께 양자강을 따라 유람을 하다가 岳陽城 아래에 닿는다. 혼자 배에서 내려 어느 집 안으로 들어가 蘇淑芳을 만나게 된다. 裵桃나 仙花는 전당의 여자이고 蘇淑芳은 악양의 여자이니 서로 공간적 배경은 차이가 있지만 남주인공이 찾아가서 인연을 맺는다는 것은 같은 구성이다.

라) 여인과 만나 즐거운 시간을 갖는다는 대목

洪生은 浮碧亭에 가서 箕子의 후손이라는 아름다운 여인을 만나서 詩를 주고 받으면서 회포를 풀고 청아한 이야기를 나누었다. 그러나 이야기를 다하지 못하고 이별하는 것이 아쉽다고 하였으니, 이는 애정류 전기소설에 흔히 나타나는 이별의 아픔과 유사하다.

<周生傳>은 여인과 만나는 사건이 매우 독특하다. 먼저 주생은 裵桃를 만나게 된다. 주생이 바로 仙花를 만나는 것으로 설정되지 않고 배도를 먼저 만나는 것으로 되었기에 작품이 풍부한 구성을 지니게 되었고, 이 점은 구성의 독창성이라고 생각한다. 여인과 만나는 대목에서 홍생의 일회적인 경험이 아니라, <李生窺牆傳>의 이생처럼 밤이면 만났다가 새벽이면 헤어지는 일을 되풀이하듯

한다. 따라서 만남의 방법은 <李生窺牆傳>과도 유사하다고 볼 수 있다. 그러나 <韋敬天傳>의 韋生은 崔致遠이나 홍생처럼 하룻저녁의 만남을 다루고 있다. 이 점에서 <周生傳>은 서사적인 편폭이 길어지고 있음을 보여주고 있다.

그런데 두 작품 모두 만나는 여인이 현실적인 공간에서의 여인이다. 죽은 여인이나 선녀를 만난다는 <金鰲新話>의 환상적인 人鬼結緣 대신에 실제로 현실공간의 여인을 만난다. 이 점에서 두 작품이 이전의 전기소설과는 다르게 현실성을 추구하고 있다고 할 수 있다.

마) 여인과 이별을 하는 대목

홍생과 위생은 아침이 되자 배로 돌아와서 여인과 이별을 한다. 그런데 주생은 아침에 이별하는 것은 아니고, 상당히 오랜 기간의 戀情을 이룬다. 그러다가 國英과 裵桃가 죽자 할 수 없이 仙花와 이별을 하고 배에 오른다.

여인과의 이별은 실상 愛情類 傳奇小說에 모두 등장하는 중요한 사건이다. 崔致遠이 아침에 이별을 하고, 梁生이 몇 밤을 보내다가 이별을 하고 李生도 이별을 한다. 이별은 필연적인 사건이기에 <周生傳>이나 <韋敬天傳>도 모두 남녀의 이별 과정을 갖추고 있다.

바) 남주인공이 병들거나 죽음에 이르는 대목

홍생은 집으로 돌아와서 여인을 잊지 못하여 병이 들고 나중에는 죽게된다. 그러나 上帝가 그를 牽牛星의 屬官으로 예속시킨다는 것으로 되어있는데, 이는 도가적 분위기가 풍기는 결구라고 할 수 있는데, 일찍이 이상택교수도 지적하였다.[19]

남주인공이 여인과 만남을 이룬 다음에 괴로워 하다가 병들거나 죽거나 하는 것은 傳奇小說에 자주 나타나는 모습이다. 주생이나 위경천은 각각 여인을 잊지 못해서 相思病이 드는데, 그만큼 남녀의 情을 중시하는 것이라 할 수 있다.

그런데 <周生傳>이나 <韋敬天傳>은 이러한 이별에 그치지 않고, 현실적인 결연을 시도하려고 한다. 이는 마치 전대 전기소설의 결말에서 다시 시작하는 것과 같다. 周生은 國英과 裴桃의 죽음으로 仙花와 이별을 하지만, 다시 중매가 오고 가며, 韋生도 중매가 오고 간다. 주생은 張氏노인에게 사실을 털어놓고 媒者를 보낸다. 韋生도 그리움으로 사경을 헤매다가 매자를 보내려고 한다. 이렇게 매자를 보내서 서로 혼인을 하거나 약속하는 것은 확실히 <李生窺牆傳>과 관계가 깊다.

두 작품은 임진전쟁이 작품에 투영된 터라, 전란의 의미가 매우 확대되고 있다. 이별을 한 뒤에 다시 중매가 오고가고, 그러다가 전란으로 인해 다시 이별하는 것도 <李生窺牆傳>과 연결이 된다고 말할 수 있다. 따라서 두 작품의 구성방식은 서두의 전반부는 <醉遊浮碧亭記>와, 후반부는 <李生窺牆傳>과 서로 연결되어 있다.

두 작품 모두 詩詞 뿐만 아니라 書簡文이나 祭文 등의 다양한 문체를 지니고 있다. 문장의 표현법에서는 <周生傳>이 대단히 뛰어나다고 할 수 있다. 임형택 교수도 지적하였지만 <韋敬天傳>은

---

19) 李相澤, <醉遊浮碧亭記>와 도가적 문화의식, 韓國古典小說의 探究, 中央出版社, 1981

<周生傳>과 동일인의 필치는 아닐 것 같다. 추측컨대 <韋敬天傳>은 어느 무명의 문인의 손에서 씌여진 것이 아닌가 한다. 언제인지 확인할 수 없으나 필시 <周生傳>을 읽고 자극을 받아서 이 작품을 쓰게 되었을 것이다.

2) 結緣過程과 그 性格

두 작품은 남녀들이 만나는 방법에서 큰 차이를 보이고 있는데, <周生傳>은 複線的인 만남이고, <韋敬天傳>은 單線的인 만남이다. 복선적인 만남은 작품의 구성을 치밀하게 만들었기에, 등장인물인 주생과 배도, 주생과 선화의 관계는 매우 짜임새있게 그려져 있으며, 성격도 뚜렷하게 부각되어 있다.

裵桃는 성격이 매우 적극적이다. 그녀는 주생을 자기 집으로 데리고 가서 좋은 배필을 구해주겠다고 한다. 이는 배도 자신이 주생을 사모해서 하는 말이었다. 또 그녀의 詩가 벽에 걸린 외딴 방에 주생을 자게 하여 주생의 마음을 사로잡는다. 그녀는 여러 일을 치밀하게 꾸미며 심지어는 먼 훗날의 일도 미리 예상하는 것으로 되어 있다. 자신을 郭小玉에 비유하는 것이 그것인데, 이는 소설에서 伏線의 기능으로 작용하고 있다. 곽소옥이 李益의 배반으로 죽었다는 고사를 들면서 비단에 주생의 다짐까지 받아 놓는다. 남성의 다짐을 받아놓는 이러한 대목은 후기의 소설들에는 자주 나오는데 일찍이 주생의 모습에서도 보이고 있음을 알 수 있다.

배도의 꿈은 바로 자신의 이름을 妓生名簿에서 빼내서 조상의 이름을 더럽히지 않게 하는 것이었다. 그러나 치밀하고 적극적으로 자신의 삶을 개척하려고 하였던 배도는 주생의 변심으로 인하여 병에 걸려 죽고 만다. 배도의 욕망이 쉽게 이루어지지 못한 것은 기생이라는 신분의 한계가 의외로 깊다는 것을 보여주는 것이다. 失戀으로 죽는 모습은 안타깝지만, 그에 대한 보상은 祭文을 지어 애도의 정을 표하는 것 뿐이었다.

주생도 매우 적극적인 성격으로 그려져 있다. 그는 사랑을 성취하기 위하여 치밀하게 거짓말도 할 줄 아는 인물이다. 선화의 집으로 옮기면서 그 집에 있는 책을 보기 위한 것이라고 둘러댄다. 전래 전기소설의 남주인공과는 달리 여인을 차지하기 위해서 計略的인 사건을 꾸미는 모습에서 주생의 성격적인 특징이 엿보인다.

그러나 그 계략이 악인유형은 아니다. 임형택교수의 지적대로 '절대 선하지도 절대 악하지도 아니한, 사랑과 출세, 이성과 욕망의 어름에서 방황하는' 그런 인간으로 소설은 포착하고 있다고 할 수 있다.[20]

裵桃와 仙花가 주생을 가운데 놓고 서로 질투하는 미묘한 감정은 흥미롭게 그려져 있다. 주생이 선화와 밀회를 거듭하던 중에 하룻 밤에는 배도의 집을 찾아갔다. 그 사이 선화는 주생의 주머니에서 배도의 시를 보고, 필묵으로 새까맣게 지워버리고 '恨兒唱'이라는 詞를 지어 다시 주머니에 넣어 놓는다. 배도는 다시 그 詞를 보고 선화의 소행임을 알고 성이 발칵나서 자기의 품안에

---

20) 林熒澤, 앞의 논문, 35면.

넣어놓고 날이 새기를 앉아서 기다렸다는 대목은 여성들의 심리 묘사가 재미있게 되어있다. 주생이 둘러치기하는 모습이나, 배도가 선화와 느끼는 갈등을 그리는 재미있는 묘사는 소설을 흥미롭게 만들고 있어서 작가의 필치가 능숙함을 보여주는 대목이다.

<周生傳>은 이처럼 주생과 배도, 선화와의 만남의 과정이 매우 독창적인 구성을 지니고 있다는 점에서 傳奇小說의 새로운 구성을 개척해가는 모습을 보여주고 있다.

<韋敬天傳>은 남녀의 결연이 <周生傳>에 비하여 단선적으로 되어 있다. 이는 남녀 결연이 韋敬天과 蘇淑芳의 만남으로 제한되어 있기 때문이다. 두 남녀가 만나는 방법은 매우 즉흥적이다. 주생은 계획적으로 선화의 집에 들어가지만 위경천은 우연히 악기와 노래소리에 귀가 팔려서 어느 대문 안으로 들어간다. 그리하여 情慾을 참지못하고 침실로 뛰어드는 것이다. 주생은 이미 계획적으로 일을 추진하였기에 낮은 목소리로 詞를 화답하며 선화의 침실로 들어가는 여유를 보인다.

선화의 슬그머니 자리에 누워서 기다리는 것과 소숙방의 모습은 사뭇 다른 모습이지만, 두 여인 모두 남성과의 만남을 기다리던 터였다. 그런 점에서 소숙방의 모습이나 선화의 모습 등은 <何生奇遇傳>에 나오는 여인이 좋아한다는 韋蘇州의 시구와 분위기가 비슷하다.

韋蘇州 즉 韋應物의 시에 '對殘燈'이라는 詩가 있다.

　　　홀로 푸른 창을 오래도록 비추다가
　　　차가운 밤이 되니 가물가물 꺼져가네

외로운 이 밤 잠들려 하는데
띠풀고 덥석 안아 사랑을 맺었네

獨照碧窓久/ 欲隨寒燼滅
幽人將遽眠/ 解帶飜成結

위경천은 위응물의 후손이라고 하였는데 위응물의 이러한 시와 위경천의 행동은 매우 유사하여 주목된다.

전래의 傳奇小說은 매우 즉흥적으로 남녀가 만나는 모습을 보여주었는데, 위경천은 전래의 전기소설적 인물의 성격을 많이 이어 받고 있다.

그리고 두 작품은 모두 情으로 만나서 禮로 결합하는 모습을 보여주고 있다. 만나는 대목은 男女之情으로 만나지만, 이별 후에 모두 媒者를 통한 결합의 과정을 거치기 때문이다. 중매의 과정이 <韋敬天傳>은 조금 단순하지만, <周生傳>은 좀 더 복잡하고 아직 끝나지 않았다.

張老人의 처가 편지를 써서 혼사를 의논하게 하고, 이어 선화의 집에서는 9월로 정혼하고 선화의 편지까지 전해온다. 그러나 전란에 참전하므로 혼사가 중단되고 말았기에 주생은 이별의 과정이 아직 끝나지 않았다.

주생은 선화의 눈물에 '대장부가 어찌 한낮 여자를 취하지 못하겠소? 내 마땅히 媒婆를 보내어 婚約을 정중히 하고 禮로써 그대를 맞이할 것이니 그대는 너무 번뇌하지 마오'라고 말한다. 그에 대해 선화는 '반드시 낭군님의 말씀과 같을진대 제가 비록 婦

德이 부족하여 시댁의 무던한 며느리는 못될지언정 정성을 다하여 조상의 제사를 받들겠습니다' 라고 대답한다. 媒婆를 보내서 禮로써 맞이하는 婚姻, 그리고 정성을 다해서 조상의 祭祀를 받들겠다는 여인의 말에서 그들의 혼인관은 상당히 현실적으로 다듬어져 있으며 당시의 유교적 규범에 따라 禮로써 결합하려는 모습을 보이고 있다.

3) 두 작품의 主題

<周生傳>은 著作記를 통한 작가의 개입이 심한 소설이다. 傳奇小說이 대체로 작품의 뒤에 議論을 붙이고 있는 것은 唐代 傳奇에도 잘 나타난다. 물론 뒤에 붙이는 의론은 <三國遺事>에도 두루 실려있으므로 전기소설만이 그러한 것은 아니고 당시의 敍事的 기록에 널리 쓰이는 방법이었다고 할 수 있다.

작가는 주생에게 '대장부로서 근심할 바는 공명을 이루지 못하는 바라, 천하에 어찌 미인이 없으리오 …' 라고 말하며 위로한다. 이러한 주인공에 대한 시각은 만남이란 문제에 대한 진지한 고뇌를 희석시키고 있기 때문에 작품의 비장감을 떨어뜨리는 한계를 지닌 요인이라고 임형택교수는 지적하였다. 그런데 이러한 작자의 견해는 말미의 저작기에 해당되는 기록에 있으므로 작품의 주된 사건과는 거리가 있다고 생각한다. 또한 작품내에서 사건이 아직 완결되지 않았으므로 그렇게 표현했다고 볼 수 있다.

주생은 이별하면서 '지난밤에 말씀드린 것은 한갖 웃음거리에 지나지 않으니 부디 전하지 마소서'라고 부탁한다. 말미의 이러한 저작기사는 일견 소설의 긴장감을 떨어뜨리고 있는 듯 하다.

그런데 <韋敬天傳>은 完結된 이야기이고, <周生傳>은 未完의 사건을 다루고 있는 점을 주목해야 한다. <韋敬天傳>은 전기소설의 낯선곳으로 찾아가서 인연을 맺는 것을 계속 발전시켜서 현실적인 결연까지 이루어냈지만, 결국 전란에 따른 이별을 다시 그리고 있다. 전래의 전기소설은 만남을 비현실적으로 설정하고 이별 또한 비현실적으로 다루었지만, 이 작품은 모두 현실적인 처리를 하면서 전란으로 인한 이별과 죽음을 다루어 전기소설의 비극성을 이어받고 있다.

<周生傳>은 男女關係의 다양한 모습을 그림으로써 소설의 새로운 면을 보이고 있다. 전기소설이 지니는 순정한 인물의 형상 대신에 다양한 인물을 그린 것은 <周生傳>이 이룩한 성과인데, 이 점에서도 새로운 경험이 작품의 영역을 확대하는 모습을 보여주는 소설이다.

전기소설의 비극적인 관점에서의 연애주제를 잘 이어받은 것이 <韋敬天傳>이라면 <周生傳>은 좀더 새롭게 변화되는 과정 중의 작품이다. 그렇기 때문에 <韋敬天傳>은 연애주제를 표출하기 위해서 한층 대담하게 정욕을 긍정하고 있다.

그런데 男女相感의 古今常情을 이루지 못하게 하는 것은 바로 '戰爭'이라는 외부적인 요인이다. 그들은 다시 결합했거나, 하고자 하였지만 그들의 꿈을 방해하는 것은 전쟁의 발발로 인한 종군이었다. 따라서 두 작품은 남녀개인의 운명을 속박하는 부당한 외부적인 힘인 전쟁에 대한 비판을 작품 속에 짙게 드러내고 있다고도 할 수 있다.

2. 〈雲英傳〉의 경우

1) 〈雲英傳〉의 背景

　〈雲英傳〉은 작품의 서두가 이본에 따라서 다소 출입이 있지만 '이때는 萬曆 辛丑 春三月 旣望이라'[21) 고 되어 있어서, 1601년인 선조 34년 임진왜란이 끝난 직후로 설정되어 있음을 알 수 있다. 작품내에서 밝힌 시대적 배경이 반드시 창작연대라고 할 수는 없 지만, 그 창작연대는 대체로 1601년에 가까운 17세기 초반일 것으 로 보인다.[22)

　작자는 青坡士人 柳泳이라는 견해도 있었지만, 단지 작중의 인 물이 아닐까 생각한다. 〈雲英傳〉의 유영과 비슷한 역할을 하는 유 영은 〈一樂亭記〉의 서두에 등장한다. 유영이 낯선 곳으로 찾아가 는 것으로 되어 있는데, 〈일락정기〉의 유영은 그가 〈望海詞〉를 읊는다는 것으로 보아 중국의 詞人인 柳永을 염두에 둔 것으로 생각한다.[23)

---

21) 〈雲英傳〉 314면, 金東旭 교주본, 한국고전문학전집 4, 보성문화사, 1978 에 실려있는 작품을 대본으로 삼는다.

22) 朴箕錫, 〈운영전〉 연구, 인문사회과학 논총, 5집, 1990, 36면에 저술시기 에 대한 언급이 있다. 여기에서도 임진왜란이 끝난 17세기 초, 즉 선조 말에서 인조연간에 지어진 것으로 추정하였다.

23) 졸 고, 〈一樂亭記〉의 人物形象과 敍事方法, 태동고전연구 8집, 1992, 126면.

실제인물이었던 柳永(1004? -1054)은 원명이 三變이고 자는 耆卿이다. 북송 제일의 詞人으로 詞를 오로지 지었는데, 낮은 벼슬을 일시 하였을 뿐 일생을 불우하게 살면서도 생동하는 속어들과 하층민의 생활을 반영하는 데 힘썼다. 그의 詞는 널리 전파되었고, 그 영향은 매우 컸다. 24)

2) 〈雲英傳〉의 傳奇小說的 구성

유영이 수성궁에 찾아가서 이야기를 여는 것은 전래의 전기소설의 남주인공이 낯선 곳으로 찾아가는 수법과 방불하다. <雲英傳>은 작품 내에서 시대적인 배경을 安平大君 盛時之事로 설정했기에 임진전쟁이 직접 다루어질 수는 없었지만, 전쟁의 傷痕 위에서 柳泳이 壽聖宮을 방문하는 것으로 되어 있어서 임진전쟁 이후에 쓰여진 작품이라고 할 수 있다.

이 작품은 傳奇小說의 전통적인 기반 위에서 쓰여졌다고 생각한다. 그 점은 작품 구성이 額子-夢遊의 형식으로 되어 있을 뿐만 아니라, '男女之情'을 중심된 題材로 하고 있는데서 알 수 있다. 그 밖에도 세부적인 傳奇小說的 구성이 곳곳에 엿보인다.

그러나 전래의 전기소설적인 구성과는 큰 차이를 보이는 점도 많이 있다. 작품의 길이에 있어서도 13000여자가 넘는 길이이기에, 위에서 거론하였던 <周生傳>이 5500 여자임에 비하면 두배가

---

24) <樂章集>에 200 여수의 詞가 있다. 하지만 정전이 없어 생몰연대는 정확하지 않다. <中國古代文學事典>, 文心出版社, 1987년, 443면.

넘는 길이로 길어진 셈이다. 또 많은 등장인물이 나오는데, 인물을 많이 등장시키는 이유는 소설이 이제 좀 더 복잡한 구조를 지녀서 현실성을 획득하려고 하기 때문이 아닌가 생각된다. 또한 많은 사람들의 삶에 동시에 관심을 갖기 시작하였기 때문이라고도 할 수 있다. 많은 사람들의 삶에 대해서 동시에 관심을 기울이는 것은 소설이 그만큼 많은 사람들에게 수용되고 있다는 증거일 수도 있다.

<雲英傳>은 우선 몽유 - 액자구성으로 유영이 꿈속에서 만난 것으로 사건이 이루어져 있다. 이는 바로 전기소설의 구성을 뼈대로 하고 있음을 보여주는 것 뿐만 아니라, 세부적인 여러 모습들이 전기소설의 구성을 이어받고 있다.

青坡士人 柳泳은 폐허가 된 옛 궁궐로 찾아간다. 애정류 전기소설에서 남주인공이 낯선 곳으로 찾아가는 곳은 여러 군데인데, 퇴락한 무덤, 寺刹의 부처님, 別有天地 등이다. 그런데 <雲英傳>은 폐허가 된 궁궐이 새롭게 등장하고 있다. 바로 壽聖宮의 옛터에서 유영과 김진사, 운영이 만나지만, 그러나 산 者와 죽은 者가 서로 애정을 나누는 것은 아니다.

<雲英傳>은 전기소설과 세부적인 구성에서 유사한 대목이 많이 나오고 있다. 유영은 雲英과 金進士를 만나게 된다. 운영은 소리를 나직히 하여 茶喚을 불러 '오늘 저녁에 옛사람과 놀던 곳에서 또 기약치 않은 아름다운 객을 만났으니 오늘 밤을 가히 헛되히 보내지 못할지라 너는 모로미 주찬과 필연을 가져오라'(319면) 고 한 다음에 여인은 詩를 읊고 술을 권한다. 이는 전래의 전기소설에 전승되던 구성법이다.

<萬福寺樗蒲記>의 여인도 양생을 만난 다음에 시녀에게 앉을 자리와 酒果를 준비하라고 하였다. 여인이 먼저 詩를 읊는 것도 여인의 적극적인 모습을 나타내기에 이와 서로 비슷한 수법이라고 하겠다.

또한 김진사가 越牆하여 운영을 찾아가서 밤마다 雲雨의 情을 나누는 것도, 이생이 월장하여 밤마다 최처녀를 찾아갔던 일이나, 주생이 밤마다 여인의 거처를 찾아가는 것과 비슷한 수법이다. 이러한 수법은 전기소설의 유품이라고 할 수 있다.

또 작품 내에 자주 등장하는 挿入詩와 詩會의 모습도 전기소설에서 흔히 등장하는 수법이다. <萬福寺樗蒲記>에서 벌이는 詩會는 그러한 대표적인 예이지만, 초기의 <崔致遠>이나 唐의 傳奇들에도 詩會의 모습은 자주 등장한다.

주생도 <花間集>이라고 이름한 시집을 보여주었는데, 그 속에 서로 부르고 화답한 시를 모은 것이 100여 수가 넘었다고 했으니 詩會의 즐김을 알만하다.25)

그런데 작품 내에서 討論이 이루어지고 있는 것, 예를 들어 浣紗를 어디로 갈 것인가에 대한 토론이나, 供招의 진술 등이 삽입된 것은 그 무렵에 이루어진 歷史類 傳奇小說, 말하자면 몽유록계 소설의 구성수법이 많이 수용된 예라고 할 수 있다.

<雲英傳>은 앞 시대의 전기소설처럼 산 자와 죽은 자 사이의 애정이 다루어 진 것이 아니라고 하였는데, 이러한 현실경험의 중시는 <周生傳>과 <韋敬天傳>에서 이미 보여주고 있었다. 17세기

---

25) <花間集>은 後蜀의 趙崇祚가 편한 중국 최초의 詞集으로, 溫庭筠 등의 詞가 500여 편이 실려있는 작품집이다.

에는 異界의 人物과의 애정이 이미 변화되고 있으며, 이러한 이계의 인물을 만나서 이야기 듣는 것을 가능하게 하기 위해서 액자-몽유 형식을 썼다고 할 수 있다.

<雲英傳>이 夢遊錄構成의 傳奇小說들과 관계가 깊은 것은 현전하는 작품들이 몽유록들과 합본되어 있다는 것을 통해서도 알 수 있다.26) 그러나 몽유의 구성이 뚜렷한 것은 아니다. 유영이 술이 깨어 宮에서 나오다가 한가닥 가느다란 말소리를 듣게된다. 자연스럽게 연결되는 그러한 만남은 전적으로 몽유구성에만 의존하는 것은 아니라고 보아야 한다. 또한 유영이 직접 김진사와 운영의 사건에는 개입하지 않기에 말하자면 몽유전달자일 뿐이다.

위에서 <雲英傳>이 전래의 전기소설적인 수법을 이어받은 모습을 몇가지 면에서 살펴보았다. 우선 유영이 異界의 인물을 만나서 지나간 사랑을 알았는데, 새로운 앎은 바로 '男女의 情欲'이 참으로 중요한 것이라는 사실이다. 이는 작품내에서 자주 나오는 발언으로 되어 있는데, 국문본일수록 더욱 강조되어 있다. 그러한 사실은 자란이 김진사를 나무라는 대목이 한문본에는 빠져있지만 국문본에는 길게 서술되어 있는 점에서도 알 수 있다.

이러한 예로 볼때 한글본의 번역은 여성에 의해 이루어진 것으로 추정되며 번역자는 궁중생활을 잘 아는 궁중여인이거나 사대부가의 부녀자 중의 한사람이었을 것이라고 추정하기도 한다.27)

---

26) 精文研 소장본 한문본 <雲英傳>에는 <金山寺夢遊錄>이 붙어있고, 또한 <金華寺記>라는 몽유록계 소설에 <雲英傳>이 붙어있는 경우도 있다.
27) 박기석, 앞의 논문, 38 면

자란은 '男女의 情欲이야 古今이 다르고 貴賤이 있으리까'(409면)라고 하였는데, 이런 발언은 자주 보인다. 은섬의 초사에서도 '男女情欲은 陰陽으로 稟受함이라, 貴賤없이 사람마다 있거늘 --' (423면)이라고 하였다. 또 자란의 초사에서도 '아비가 大舜이 아니요 어미 二妃가 아닌 즉, 男女情欲이 어찌 없사오리까'(425면) 라고 하였다. 이러한 '男女의 情欲'을 주요한 문제로 삼고 있는 점에서 전기소설의 문제의식을 이어받고 있는 소설이라고 할 수 있다. <李生窺牆傳>의 최씨녀가 '竊念男女相感 人情至重'이라고 말한 바와 같은 문제의식이다.

<雲英傳>은 이처럼 전기소설의 애정갈등을 이어받고 있는 소설이다. 이는 그 異本또한 애정소설들과 합본되어 있는 것으로도 알 수 있다.[28] 따라서 애정소설이나 염정소설 등으로 부르는 것은 가능한 일이지만, 소설사적으로는 傳奇小說의 전통 위에서 이루어진 작품이라는 것을 확인할 수 있다. 전기소설은 몽유록의 구성과 애정갈등을 모두 지니고 있어서, 전기소설의 분화발전과정에서 몽유록구성의 소설이나 애정소설 등의 모습이 뚜렷하게 드러난다고 말할 수 있다.

---

28) 국립도서관 소장인 한문사본 <柳泳傳>에는 책표지가 <三芳要路記>로 되어 있으며, 그 내용은 '王慶龍傳(玉丹傳), 柳泳傳(雲英傳), 相思洞記 (英英傳)'의 세 작품이 합본되어 있고 大明天啓 21년(1641)이라 쓰여져 있다. 이들 세 소설은 모두 傳奇小說의 남녀사이의 人情 問題를 이어받고 있는 것이다.

3) 〈雲英傳〉 구성의 새로운 변형

<雲英傳>은 그 등장인물이나, 사건 등에 있어서 전대의 단편양식 傳奇小說과 뚜렷한 차이를 보여주고 있다. 등장인물은 이제 스무 명이 넘을 뿐만 아니라, 사건의 서술이 주인공들에게만 초점이 고정되어 있지 않고 주변인물에까지 확대되어 있다. 김진사와 운영이 주인공들이라면, 유영이라는 인물이 사건의 전달에 개입하고 있으며, 또한 작중에서 안평대군의 역할이 매우 큰 점도 있다.

安平大君의 역할이 큰 것에 대하여 <雲英傳>이 안평대군 성시의 수성궁의 삶의 모습을 그리고자 한 것이고, 운영과 김진사의 애정사건은 부수적이라는 박기석 교수의 견해도 있다. 그러나 이러한 견해는 <雲英傳>을 전기소설의 바탕에서 파악한 것이 아니라고 하겠다. 운영과 김진사의 사건은 부수적이 아니라 주된 사건이고, 안평대군의 삶의 모습을 그리는 것이야말로 부수적인 사건이다. 작품의 내적인 관심으로 두 남녀의 만남과 그 때문에 일어나는 사건이 중심이 되어있다. 또 박기석 교수는 <雲英傳>의 현실계와 비현실계가 반복교차서술된 것이 새롭게 고안된 장치라고 설명하였는데, 이는 傳奇小說에 자주 등장했던 수법이라고 할 수 있다.

<운영전>은 매우 많은 사건을 지니고 있다. 額子 내의 사건만 하더라도 우선 김진사와 운영이 만나는 과정에서 일어나는 사건들로 안평대군이 수성궁에서 궁녀들을 모아 놓고 詩會를 여는 사건, 김진사가 운영을 만나는 사건, 운영이 김진사에게 연정을 품고 封書를 던지는 사건 등을 들 수 있다. 또 김진사와 운영이 재

회하는 과정에서 일어나는 사건으로는 김진사가 무녀에게 찾아가는 사건, 서궁과 남궁의 궁녀가 浣紗문제로 토론하는 사건, 김진사가 월장하여 雲雨의 情을 나누는 사건 등이 있다.

결말 부분에는 特이 김진사를 부추기는 사건, <홍길동전>의 등장인물과 비슷한 특이 재물을 탈취하는 사건, 궁녀들의 招辭, 운영의 自決, 특의 發願과 죽음, 김진사의 죽음 등의 많은 사건이 있다. 그러나 이들 사건은 모두 김진사와 운영의 관계를 둘러싼 사건이다. 김진사가 운영과 만나는 한 사건을 중심으로, 여러 사건들이 확대되어 있다. 그러면서 서술의 초점은 주변인물들로 이동하기도 한다.

中篇的인 소설은 이처럼 여러 사건이 등장하지만 기본적으로 주인공을 둘러싼 사건이다. 그러기에 주변인물을 그리지만 그들의 역할을 독립적으로 그리는 것이 아니고, 주인공과의 관계에서 그린다고 할 수 있다. <雲英傳>은 그 등장인물이 많아지면서, 작품의 길이가 앞서의 전기소설보다 훨씬 길어지고, 또한 여러 사건이 나타난 점 등을 고려한다면 中篇小說的인 모습을 지니고 있다고 하여야 할 것이다.

<雲英傳>은 男女情欲을 방해하는 社會的 矛盾에 대한 저항정신이 그 주제로 되어 있다고 생각한다. 17세기 전기소설적인 작품들은 현실적인 힘에 의한 주인공의 좌절을 그리고 있다. 전대의 전기소설은 주인공들을 억압하는 현실적인 힘에 대한 저항이 잘 드러나 있지 못하며, 오히려 운명적인 힘에 대한 깊은 좌절을 그리고 있다고 할 수 있다. 그러나 앞에서 <周生傳> <韋敬天傳>이 전쟁이라는 외적인 요소를 저항했듯이, <雲英傳>에서도 궁녀라는 신

분에 대한 모순을 문제삼고 있다. 이러한 사회적으로 존재하는 힘에 대한 저항을 나타내는데서 이들 작품에 드러난 **現實性**의 강화를 읽을 수 있다.

　<雲英傳>이 지니고 있는 비극성은 전래의 전기소설에서 보이던 정서이다. 이러한 비극성이 <周生傳>에서는 작가의 **著作記事**의 개입으로, <雲英傳>에서는 死後談의 설정으로 많이 약화된 것은 사실이다. 그것은 이미 행복된 결말이 소설에 필요하다는 관념이 반영되었기 때문이고, 그러한 행복된 결말은 이별을 거듭하면서도 마지막에는 행복되게 끝나는 <崔陟傳>으로 이어지고 있다.

3. 〈崔陟傳〉의 경우

1) 〈崔陟傳〉의 背景

　<崔陟傳>은 고려대본의 표지에는 <奇遇錄>이라고 전해지고 있다. 玄谷 趙緯韓이 1621년에 지은 작품인데, 이는 고려대본의 말미에 '天啓 元年 辛酉閏二月日 素翁趙緯韓'이라고 되어 있고, 서울대 규장각본에도 '天啓元年辛酉閏二月日素翁題'라 되어 있고, 다시 소주로 '素翁 趙緯韓'이라 쓰여있는 것을 보아 알 수 있다. 天啓 元年은 1621년이고, 청태조 6년, 광해군 13년이다. 조위한은 1558년 명종 13년에 태어나 1649년 인조 27년까지 생존한 인물이다. 그러니 그의 나이 64세에 작품이 쓰여진 것을 알 수 있다.

'환갑이 넘은 나이의 소설가'가 등장하였다는 것도 주목되는 현상이라고 생각한다.

현곡은 91세로 수를 누리면서 매우 박람하였으며 많은 詩文을 남겼다. 그는 象村 申欽이 쓴 <玄谷集> 序에 의하면 莊周씨를 특히 좋아했다고 한다.29) 그러나 그는 장주씨 뿐만이 아니라 佛書까지 넓은 사상적 편력을 하였다. 그가 75세에 쓴 '자조하는 시 세편'이라는 시의 마지막 수에는 '유교도 불교도 아무 효과가 없이/ 헛되이 세간에서 80년을 늙었네' '爲儒爲釋俱無效\ 虛老塵間八十年'이라는 구절이 있다.30) 이 말에서 그는 불교에도 매우 심취했었음을 알 수 있다. 그는 아우인 玄洲 조찬한과 함께 시명으로 이름이 높았다. 그가 교유한 東岳, 石洲, 子漸과 蛟山 등은 당대의 유명한 시인이었다.

허균의 문집 속에는 허균이 조위한에게 보낸 여러통의 편지와 송서등이 실려있다. 허균은 자기와 가장 가까운 벗 다섯을 들면서 그 중에 권필과 조위한을 넣고있다. 이는 <성소부부고> 제 2권 <전오자시>를 참조할 수 있다. 그런데 허균은 11년이나 연하이니 忘年之交인 셈이다.

또 조위한의 <현곡집>에는 허균과의 관계가 거의 없는데 이는 그의 아들 億이 1658년 李景奭의 교정을 거쳐 목판으로 간행할 때 정치적인 이유로 산정해버린 것이 아닌가 한다. 교산은 광해군 10년 1618년에 역적의 죄명으로 처형되었다. 40년 후에도 정치적

---

29) <玄谷集>, 韓國文集叢刊 73, 175면
30) <玄谷集> 권 8, 自嘲 三首, 위의 책, 256면

신원이 되지 않았음을 보여준다.

石洲가 周生에게 이야기를 듣고 <周生傳>을 썼듯이, 玄谷은 崔陟의 이야기를 듣고 <崔陟傳>을 썼다. 작품의 말미에 '내가 남원의 주포에서 우거하고 있을 때 최척이 나를 찾아와 이와같이 이야기하였다. 그리고 자기가 겪은 일의 전말을 기록하여 없어지지 않도록 해달라고 부탁하였다. 나는 거절할 수 없어 대략 그 경계를 서술하였다. 1621년 윤이월 素翁 조위한은 쓰다'라는 著作記가 있기에 알 수 있다. 주생은 쓰지 말아달라고 부탁했는데, 최척은 써달라고 부탁하였다. <주생전>은 미완의 사건이고 <최척전>은 이미 완결된 이야기이기 때문일지도 모른다.

2) 〈崔陟傳〉과 傳奇小說과의 關係

<주생전>이 1593년에 지어졌으니 <최척전>은 28년이나 늦게 지어졌다. 28년이란 세월이 경과되면서 전기소설적인 요소가 많이 변형되었다. <최척전>은 앞서의 전기소설적 구성을 보이던 작품에 비해서 많은 변모를 보이고 있다. 우선 남녀의 애정과 그에 따른 이별과 재회를 다룬 것에서, 한 가족의 이별과 재회로 옮아간 것이 커다란 변화이다. 또 빠른 사건의 전개나, 詩가 몇 수 안되는 점, 등장인물이 확대되고 있다. 물론 주제에 있어서도 애정류 전기소설적 주제를 이어 받는 면보다는 변화된 측면이 더욱 크다고 할 수 있다는 점을 들 수 있다. 그러나 아직도 전기소설적인 요소

가 남아있는 소설이다.

순서를 따라가며 전기소설적인 요소를 지적해보면 다음과 같다. 최척은 우선 공간의 이동을 한다. 城의 남쪽인 정상사의 집으로 가는 것이다. 낯선 곳으로 가는 것은 새로운 경험을 하기 위한 준비과정이다. 옥영은 '摽有梅'시 末章을 써서 던져 넣는다.

'摽有梅' 詩는 <詩經, 召南>에 나오는 시로 매실이 잘 익은 다음에 떨어진다는 의미를 지니고 있다. 일찍이 <萬福寺樗蒲記>의 정씨의 시에 그 모습의 일단이 보이고, 후대소설인 <一樂亭記>에서 여주인공이 다시 '摽有梅'시를 쓴다. 남녀 결연의 婚期를 놓치면 안된다는 내용의 시이기에 男女의 情을 중시하는 내용이지만 어쩔 수 없이 늦게되는 사실을 나타낸다.

옥영이 이 시를 써서 던지는 것은 마치 <雲英傳>의 운영이 연서를 던지는 것과 방불하다. <崔致遠>에서 張女人이 시비를 통하여 詩를 보내는 것이나, 李生이나 崔氏女의 詩를 통한 구애에서도 나타나듯이, 이처럼 詩를 주면서 求愛하는 것은 전기소설에서 자주 쓰이던 방법이다.

옥영은 전란에 쫓겨서 정씨의 집에 의탁하고 있었다. 최척과 만난 옥영은 9월에 초례를 치루기로 하고 중매를 보내지만 최척은 邊士貞의 막하로 종군하게 되어 혼인이 무산된다. 이는 <周生傳>의 선화가 9월에 혼인하자고 중매를 보내지만 주생이 종군하게 되어 혼인이 무산된 것과 같은 구성이다.

전란으로 인한 혼인의 무산은 전기소설에서 잘 쓰이던 구성가운데 하나이다. 일찌기 嘉實의 모습에서도 엿볼 수 있으며, <周生傳>이나 <韋敬天傳> 모두 혼인을 앞두고 있었지만 전란에 종군하게 되어 무산된 경우이다.

또 최척은 진중에서 부친의 편지를 받고 옥영에 대한 그리움으로 병이 든다. 이도 <周生傳>이나 <韋敬天傳>과 비슷한 설정이다. 이별의 아픔으로 병이 드는 것은 전기소설의 등장인물이 겪는 정신적 통과의례와 같다.

종군에서 돌아온 최척은 婚姻을 하게 된다. 그러나 곧이어 전란으로 인하여 가족이 이산하게 된다. 전란으로 인한 가족의 이산은 일찌기 <李生窺牆傳>에도 보인다. 이생과 최씨녀는 혼인을 하였지만 전란으로 인하여 이산을 당하고 최씨녀의 죽음까지 이어지지만, <崔陟傳>에서는 옥영이 죽는 것이 아니라 멀리 헤어지는 것으로 되는 차이가 있다.

최척은 중국으로 가서 余公이 죽자 靑城山의 道士를 찾아가려다가 친구의 만류로 그만둔다. 항주에 사는 친구인 宋佑는 商船을 마련하여 비단과 차를 싣고 吳越間을 주유하자고 권하여, 최척은 그와 더불어 상선을 타고 안남에도 왕래를 한다. 배를 타고 다니면서 장사를 하며 살아가는 것은 홍생, 주생의 모습과 방불하다. 혼자서 혹은 친구와 배를 타고 장사를 하거나 유람하는 것이 <周生傳>과 <韋敬天傳>의 구성인데, 최척은 두 구성을 합해놓은 것과 같이 친구와 장사를 다닌다.

최척은 멀리 安南으로 장사를 나갔다가 아내를 만나 杭州로 돌아와서 아들 夢仙을 낳는다. 며느리로 紅桃를 얻게 되는데, 홍도의 부친 이름이 偉慶이다. <韋敬天傳>의 韋敬天을 연상하게 한다. 더군다나 나중에 다시 살려 부녀가 상봉하는 결구로 되지만, 전개과정에서는 위경도 위경천처럼 동정하다가 죽은 것으로 되어있다.

위경뿐이 아니라 최척도 위경천이나 주생처럼, 또 최치원이 **書記**로 종군하였던 것처럼 **書記**로 종군한다고 되어 있다. 이러한 작품의 세부구성은 <周生傳>이나 <韋敬天傳>과 유사한 부분이라고 할 수 있다.

또 여주인공 玉英은 <三綱行實圖>에 나오는 열녀의 이름이다. <三綱行實圖>의 烈女 玉英은 배를 타고 가다가 정절을 지키기 위하여 변복을 하고 투신자살한다. 배, 변복 등의 소재가 <崔陟傳>의 옥영과 연상되는 점이 많다.

玉英의 인물형상은 전기소설의 여주인공이 그러하듯이 대단히 적극적이다. 먼저 최척에게 구애하는 것부터 시작하여, 모친의 반대에도 굽히지 않고 설득하여 혼인을 이루는 과정이 그러하다. 또한 아들과 며느리를 데리고 항주에서 남원으로 돌아오는데서 보이는 과감성과 機智가 그러하다. 옥영은 萬福寺 丈六佛의 도움을 여러번이나 받는다. 먼저 불전에 기도하여 아들 몽석을 얻게 되고, 난리 중에 승려인 慧正이 夢釋을 구하여 데리고 있었다.

이와 같은 구원자로서의 승려의 등장은 다음에 거론할 장편적인 소설들에 그대로 이어지고 있다. 따라서 <崔陟傳>의 구성은 <창선감의록>에 영향을 주고 있다.

옥영은 투신자살을 하려고 하자 장육불이 현몽하여 '삼가하여 죽지말지어다. 나중에 반드시 기쁨이 있으리라. (愼無死 後必有 喜)'라고 한다. 丈六佛이 현몽하여 이렇게 앞날을 인도하여 주는 것은 세번이나 나온다. 그리하여 일찍이 불교소설이라고 하는 견해도 있었다.[31] 그러나 김기동 교수는 최척을 역사상의 인물로 보았기에 역사소설로 분류하고 있다.

<崔陟傳>이 이전의 소설에 비하여 불교적인 장치가 자주 등장하는 것은 사실이다. 그러나 이전의 전기소설들인 <調信傳>이하 <萬福寺樗蒲記> 등의 여러 소설들에 불교적인 요소가 개입되어, 불교적인 三生說의 바탕이 전대 전기소설의 사상적 배경이 되고 있음을 보여주고 있다. 따라서 <崔陟傳>은 전래의 불교적인 전통을 강하게 이어받았던 것이지, 독창적으로 불교적인 삶을 추구한 작품이라고 할 수는 없다.

3) 〈崔陟傳〉 구성의 새로운 변형

<崔陟傳>이 새롭게 개척한 경지는 현실적인 제재의 수용과 그 사실적인 묘사에 있다. 얼핏보면 <崔陟傳>은 우연한 만남의 연속처럼 보인다. 그러나 우연한 만남이 시대적인 아픔을 그려내고 극복하는 내용으로 이루어져 있다는 것은 <崔陟傳>이 지니는 높은 문학적인 성과라고 할 수 있다. 이 점은 박희병교수도 자세히 살핀 바 있다.[32] <崔陟傳>이 앞 시대 전기소설의 구성을 여러 면에서 보이고 있는 것은 이미 살핀 바와 같은데, 한편으로는 전래의 전기소설을 이어받으면서, 다른 한편으로는 현실의 묘사에 투철하고자 하였음을 알 수 있다.

---

31) 金起東, 佛敎小說 <崔陟傳>소고, 불교학보 11집, 동국대, 1974와 한국고전소설연구, 교학사, 252- 263면
32) 박희병, 최척전 연구 - 16, 17세기 동아시아의 전란과 가족이산-, 고전소설작품론, 김진세선생회갑기념논총, 1990

<崔陟傳>은 中篇的인 소설이라고 할 만하다. 우선 등장인물이 20여명이나 된다. 이는 <雲英傳>의 등장인물 숫자와 비슷하다. <雲英傳>은 초반에 나온 등장인물들이 작품의 결말에까지 이어진다. 물론 특자나 淸寧寺의 승려 등은 작품의 후반에 등장하고 있지만, 대체로 작품의 서두에 등장한 인물들이 마지막까지 이어진다. 그에 비하여 <崔陟傳>은 등장인물이 비교적 골고루 흩어져서 등장한다. 이는 최척의 삶을 일대기처럼 다루면서 각 단계에서 만난 인물들을 등장시켰기 때문이다.

<崔陟傳>은 사건이 많은 소설이다. 이는 전래의 전기소설이 한두가지 사건을 다루던 것에 비하면 뚜렷한 변화의 조짐이다. 많은 사건을 다루다보니 작품의 전개속도가 매우 빠르다.

<崔陟傳>이 지니고 있는 사건은 다음과 같이 매우 많다. 우선 최척과 옥영의 만남과 혼인의 과정에서 이루어지는 사건들로 최척과 옥영의 만남, 옥영의 구애와 약혼, 의병의 참가로 인한 결별, 양씨의 구혼과 옥영의 반발, 최척의 득병과 환향, 최척과 옥영의 혼인 등의 사건이 있다.

여기까지만 하여도 기존의 소설들에 비하여 상당히 많은 사건들을 지니고 있다. 또 여기까지는 남녀 주인공의 만남이 전란으로 인하여 영향을 받는다는 여러 전대의 작품을 연상시킨다.

그러나 두 번째로 사건의 줄거리는 전혀 색다르다. 혼인 후의 이별과 재회의 과정에서는 만복사의 祈子, 몽석의 출생, 정유년 왜적의 남원 함락, 노왜가 이부인을 납치, 최척은 여유문과 중국으로 감, 최공과 심씨는 孫子를 찾음, 남복한 이부인은 남방으로 장사를 따라다님, 최척은 송우를 만나서 안남을 왕래, 최척과 이

부인이 만나서 중국으로 들어가는 사건이 나오고 있다.

그리고 다시 이별과 재회의 과정에서는 몽선을 낳음, 진위경의 딸 홍도의 구혼, 홍도를 자부로 삼음, 최척의 종군과 포로가 됨, 아들 몽석을 만남, 노호의 도움으로 탈출, 최척은 귀향길에 진위경을 만남, 이부인은 몽선, 홍도와 함께 귀향, 온 가족이 함께 만나는 사건을 지니고 있다. 이처럼 이별과 재회를 거듭하며 전개되는 다양한 사건의 묘사는 이미 <崔陟傳>이 短篇樣式이 아님을 보여주는 것이다. <崔陟傳>이 지니고 있는 가장 큰 특색은 여기에 있다고 할 수 있다.

이는 김진사와 운영의 애정이라는 한가지 사건에 따른 여러 문제를 그리는 <雲英傳>과도 다른 모습이다. <雲英傳>은 한가지 사건을 중심으로 다양한 사건이 이루어지지만, <崔陟傳>은 사건이 골고루 다양하게 다루어져 있다. 이렇게 많은 사건을 다루자 작품의 文體에도 변화를 가져와서 삽입시가 대폭 줄어들었다. 전래의 전기소설들이 풍부한 詩를 지녔음에 비추어 볼때, <崔陟傳>은 서정적인 분위기가 상당히 감소되어 있다. 계속되는 이산과 결합을 그리다보니 서사적인 줄거리위주의 서술이 강하게 나타나고 있다.

<崔陟傳>의 이러한 문체의 변화는 <雲英傳>보다 훨씬 많은 사건을 지니면서도, 형태적으로는 <雲英傳>보다 짧은 소설이 되고 말았다. 장편으로 되는데는 쉽게 단정할 수는 없지만 사건을 많이 서술하는 것보다는, 사건의 세부적인 묘사의 중첩과 다양함이 더 필요하다는 점을 보여주는 것은 아닌가 한다.

그렇지만 두 작품은 단편적인 형태의 傳奇小說을 중편의 형태로 발전시키며 머지않아 장편적인 소설의 등장을 예고하는 小說

史的인 임무를 수행하고 있다고 보인다.

<崔陟傳>은 남녀의 만남에서 사건이 시작되어 가족의 이합집산의 문제로 확대되었다. 전란으로 인한 이별은 전대의 소설들에도 반영된 사회현실이었는데, 이제 전면적인 반영이 이루어져 작품에 수용되었음을 알 수 있다. 戰爭이라는 社會的 橫暴가 개인의 삶을 어떻게 抑壓하고 있는가를 보여주는 작품이다.

그러나 批判的이기 보다는 연속되는 재회를 통하여 행복된 결말에 이르는 肯定的인 世界觀을 보여주고 있다. 이 작품은 危機에 처할 때마다 늘 救援해주는 사람이, 혹은 장육불이 존재한다는 믿음을 지니고 있다. 이러한 믿음은 長篇소설들인 <사씨남정기>나 <창선감의록>에 연결되고 있다.

4. 임란이후 傳奇小說의 몇 가지 변형양상

위에서 다룬 소설들은 전래의 傳奇小說을 이어받고 있으면서도, 또한 많은 變貌를 보이고 있다. 전기소설은 성립단계인 羅末麗初에 나온 작품들과 그 다음 단계인 조선 초기 <金鰲新話>의 모습과도 큰 차이를 보이고 있지만, 세번째 단계인 임진전쟁 이후에 나타난 작품들은 더 큰 變貌를 보이고 있다.

17세기 傳奇小說이 지니고 있는 여러 變形된 특징을 몇가지 면으로 나누어, 전대 전기소설들의 일반적인 성격과 비교하면서 거론하기로 한다.

1) 作品形式에 있어서의 變化

우선 가장 쉽게 파악할 수 있는 점은 작품의 외형적인 길이이다. 전기소설은 임진전쟁 이후에는 그 길이가 매우 길어진다. 일찍이 <崔致遠>은 2100 여자로 되어 있었고, <金鰲新話>의 애정류 전기소설인 <萬福寺樗蒲記> <李生窺牆傳>이 3000 여자 내외였다. 그런데 임진전쟁 이후에는 전기소설의 길이가 늘어나고 있어서, <周生傳>은 5500 여자, <韋敬天傳>은 4700 여자로 되었다. 3000 여자 내외의 전기소설의 작품길이에서 이미 벗어나고 있는 모습을 보여준다.

그런데 <周生傳>과 <韋敬天傳>에서 어느 정도 길어졌던 전기소설 작품은 <雲英傳>과 <崔陟傳>에서 다시 한번 長篇化되고 있다. <雲英傳>은 이미 13000 여자가 넘고, <崔陟傳>도 7300 여자 가량이나 된다. 이 두 소설은 전기소설이 이미 단편소설의 범위를 넘어서고 있음을 현상적인 모습으로도 보여주고 있어서, 그 길이에 있어서는 중편소설적인 면모를 갖추고 있다. 이처럼 길이가 확대된 이유는 그 내용과 무관하지 않을 것이다. 요컨대 그 내용에 있어서, 남녀주인공에만 초점을 맞추던 이전의 소설에 비하면, 주변의 많은 등장인물을 다루었기 때문이라고 할 수 있다. 아울러 등장인물의 활동 범위가 넓어지고 그들이 겪는 다양한 사건을 그리기 때문이라고도 하겠다.

앞에서도 언급하였듯이 傳奇小說에 자주 쓰이던 형식가운데 하나가 額子-夢遊 형식이다. 현실공간과 비현실공간의 연결을 위하여 처리된 문학적인 기법이 바로 액자형식이라는 것인데, 이는 비현실적인 세계에서의 신이한 경험을 처리하는 수법이다.

액자-몽유의 구성방법은 임란 이후의 傳奇小說에도 많이 쓰이고 있다. 먼저 일반적으로 몽유록계 소설이라고 부르는 歷史類 傳奇小說들은 모두 이러한 형식을 지니고 나타났다. 그뿐 아니라 애정류 전기소설적 구성을 지닌 <雲英傳>도 액자형식으로 되어 있다.

전기소설의 형식가운데 詩의 빈번한 揷入은 주목할 만 하다. 물론 시의 삽입이 많은 소설에 나타나는 일반적인 현상이기는 하지만, 전기소설은 그 비중에 있어서 매우 크다고 할 수 있다. 따라서 작품속에서 남녀주인공의 酒宴을 통한 對話와 詩會는 <운영전>의 또 다른 특징이다.

2) 登場人物의 모습과 變化

등장인물이 점점 늘어나는 것은 작품의 길이가 길어지면서 나타나는 현상이다. 전래의 전기소설은 등장인물이 몇 안된다. <崔致遠>만 하여도 崔致遠과 두 여인, 그리고 시녀의 등장이 전부이다. 전래의 전기소설은 대개 남녀주인공들의 경험을 중심으로 하여 한 두 가지로 사건이 압축되어 있어서 등장인물이 적다. 그런데 앞에서 살핀대로 임란 이후의 소설에 이르면 등장인물이 점점 늘어난다.

등장인물이 늘어나면서 주목할 점은 주변인물이 사건에 깊게 개입하는 점이다. <雲英傳>에는 주변인물인 紫鸞이나, 安平大君, 그리고 金進士의 婢僕인 特者 등은 사건의 진행에 직접 개입하고 있다. <崔陟傳>도 최척과 옥영만의 사건이 아니라, 그들을 이별하게 만드는 왜구들, 또한 만나게 만드는 중국상인, 전장에 출전하여 탈출시켜주는 인물 등등 주변인물의 사건에 대한 개입이 늘어난다.

임란 이후의 傳奇小說은 등장인물이 계속하여 늘어나고 있지만, 남녀 주인공이 才子佳人으로서의 표면적인 모습은 유지하고 있다. 그런데 그 성격이 다양해지고 있으며, 변모의 양상을 드러내고 있다. <周生傳>의 周生은 과거를 포기하고 장사를 하는 인물로 그려져 있다. 장사를 하는 인물은 <崔致遠>에서는 비판적으로 그려져 있다. 장씨의 두 처녀가 장사치에 시집간 것을 원통해하며 죽은 것을 보아도 알 수 있다.

그런데 주생의 등장은 대단한 성격의 변화이다. <周生傳>의 裴桃는 妓女로 그려져 있으며, 사랑을 빼앗기고 죽는 여인이라는 새로운 성격의 여성을 형상화하였다. <雲英傳>에서도 여주인공인 雲英의 인물형상으로 宮女라는 새로운 인물이 등장하였다. 선비가 아니라 장사하는 남주인공, 妓女와 宮女라는 여주인공의 등장 등을 통하여 남녀주인공의 성격을 다양하게 그리는 것을 알 수 있다.

거의 모든 소설 가운데 남녀주인공은 만남에 대한 욕구를 지니고 있다. 그러나 傳奇小說의 남녀주인공은 그러한 욕구가 남달리 강하다. 남녀의 만남을 삶의 한 과정으로써 대하는 것이 아니라, 삶 그 자체의 의미를 묻고 있는 듯 하다.

전기적 여인은 남성들보다 더 적극적인 성격으로 운명에 대항하고 있다. 이러한 여인들의 적극적인 성격은 임란 이후 전기소설에도 이어지고 있다. <周生傳>에서 배도의 적극성, 운영의 신분이 다른 남성과의 사랑의 시도, 자란의 적극적인 모습, <崔陟傳>의 '摽有梅' 연시를 먼저 던지는 옥영의 모습 등은 모두 전기소설 여주인공의 성격을 이어받고 있다.

그런데 17세기 소설에서는 남주인공도 작품속에서 적극적으로 사건을 만들기도 한다. 주생이 배도에게서 선화에게로 옮겨가는 모습은 이러한 점에서 매우 주목된다. 또한 김진사가 운영을 만나기 위하여 여러가지 방법을 모색하는 것도 남주인공의 積極性이 나타나 보이는 대목이라고 할 수 있다. 따라서 임란 이후 傳奇小說 作品은 여주인공의 積極性을 이어받으면서도 남주인공의 性格을 積極的으로 그려나가기 시작한다고 할 수 있다.

3) 사건의 多樣性과 작품 속의 時間

임란 이후 17세기 傳奇小說은 사건이 多樣해지고 있을 뿐만 아니라, 주인공들이 겪는 사건이 변화되고 있다. 전래의 전기소설은 일회적인 경험을 다루는 것이어서, 그 경험의 폭이 넓지 않은데 비하여, 17세기 소설은 주인공이 겪는 사건도 남녀 두사람의 내밀한 경험이 아니라 주변인물에까지 확대되는 모습을 보이고 있다.

韋敬天은 친구인 張生에게 사건을 말하였고, 周生과 仙花와의 관계도 둘 만의 비밀이 아니라 裵桃가 알게 된다. 이제 두 사람의 은밀한 경험에서 점차로 벗어나고 있다. 이런 모습은 <雲英傳>에 이르면 더욱 뚜렷하다.

김진사와 운영 사이에 일어난 애정 갈등의 과정이 그 예이다. 운영의 곁에는 자란이 있으며 김진사의 곁에는 특자가 있어서 주변인물들까지 개방된 사건으로 서술되고 있다.

<崔陟傳>의 사건도 최척과 옥영 둘 사이의 사건은 작품의 서두에 불과하다. 그들이 이후에 겪는 모든 사건은 둘 사이의 관계가 아니라, 전란이라는 시대적인 삶가운데 전란의 여러 주체들과의 유기적인 관계 속에서 형성되어 있다. 남녀주인공이 겪는 이러한 사건의 개방성은 당연히 단순하게 일회적으로 끝나는 經驗이 아니라 繼續된 經驗을 그리고 있다. 이러한 계속된 경험이 중편적인 소설의 모습을 갖추게 하였으며, 작품의 장편화를 촉진시키고 있다.

앞서도 말했듯이 전래되던 전기소설은 서로 다른 두 세계의 만남이 이루어졌기에 奇異함을 지니고 있다는 것이 한가지 성격이다. 그러나 임란 이후 17세기 소설에서는 이러한 명혼계 여인의 등장이 사라지고 있다. 배도가 다시 죽어 환생하지 않았고, 죽은 위경천이나 죽은 소숙방이 다시 만나 미진했던 애정을 나누는 사건도 없다. <雲英傳>은 유영과 이미 죽은 김진사와 운영이 만나지만, 살아있는 사람과 冥昏界의 사람이 서로 애정을 나눈다는 전기소설의 기이함에서는 이미 벗어나 있다.

<崔陟傳>에도 우연한 만남은 있을지언정, 기이한 만남은 제거되어 있다. 심지어 중국에서 최척이 靑城山의 도사를 찾아가 燒金煉丹과 白日飛昇之術을 배우려고 하였으나, 宋佑라는 벗이 찾아와서

세상에 어찌 이런 일이 있겠느냐고 하니까, 문득 깨달아 入蜀의 계획을 그만둔다.

서로 다른 두 세계의 만남이 전기소설의 한 성격을 이루는데 반해, 17세기 전기소설은 모두 현실적으로 가능한 만남을 다루고 있다. 이러한 기이성의 제거를 통해 17세기 소설에서는 현실적인 요소가 강하게 드러난 면을 발견할 수 있다.

작품속에 現實性의 增加는 戰爭이라는 社會的 經驗을 事實的으로 受容하고 있는 점을 통해서도 알 수 있다. 17세기 傳奇小說은 전쟁을 치르는 중이거나, 치른 후에 쓰여진 작품들이다. 전란의 배경은 전대의 <金鰲新話>에도 잘 나타나 있지만 임란 이후 17세기 전기소설들에는 이러한 전란이 작품 속에 점점 擴大되어 반영된다.

<周生傳>은 그들의 약혼을 전란으로 말미암아 履行시키지 못하고 있으니 아직 전란 중의 소설이다. 이러한 전란의 비중이 큰 점은 <韋敬天傳>도 마찬가지다. 위경천과 소숙방의 결혼생활은 위경천의 참전과 죽음, 그리고 그에 따른 소숙방의 죽음으로 인하여 파탄이 된다. 전란은 작품의 결말에 큰 영향을 미치고 있다.

<雲英傳>은 柳泳이 수성궁에 찾아갈 때는 辛丑年 三月 旣望(1601년)으로 임진왜란이 갓 지난 때라는 서술이외에는 전란이 김진사와 운영의 사건에 직접 나타나지는 않는다. 그에 비하여 <崔陟傳>은 전란 자체가 작품의 중요한 계기가 된다. 말하자면 전란 자체가 작품의 줄거리일 정도로 崔陟이나 玉英이 전란에 대응하는 모습을 그리고 있다.

17세기 전기소설이 작품에서 그리는 時間의 길이는 점점 길어

지고 있다. 이는 물론 초기의 전기소설에 비하면 두번째 단계의 전기소설인 <金鰲新話>에서도 확인할 수 있다.

<崔致遠>은 하룻밤의 기이한 경험을 다루고 있지만, <萬福寺樗蒲記>도 양생이 만복사에서 1박, 여인의 거처에서 3박, 보련사에서의 1박, 그후 사흘 간 齋를 지내다가 지리산으로 입산한다. <李生窺牆傳>은 좀 더 긴 시간적 범위가 다루어져서 이미 남녀 주인공이 만나는 단계를 거쳐서 혼인을 하는 모습까지 그려져 있다. 또한 홍건적의 침입과 가족의 이산과 여인의 죽음, 다시 환생한 여인과의 만남과 몇년 동안의 생활이 그려져 있어서 <萬福寺樗蒲記>보다는 좀 더 긴 시간을 다루고 있다.

그런데 17세기 소설에 이르면 시간의 범위는 <周生傳>은 세 번의 봄이 지나는 것으로 그려져 있고, <韋敬天傳>은 임진년 일년에 일어난 일로 그려져 있다. 기이한 경험은 긴 시간을 필요로 하는 것은 아니다. 따라서 작품이 긴 시간을 다룬다는 것은 기이한 경험만이 아니라 '현실적인 삶'을 그리고 있다는 것이다.

<雲英傳>이 차지하는 시간은 만 2년이다. 김진사와 운영이 가을에 만났다가, 다음 해 가을에 이르러서 浣紗에서 서로 만나게 되고, 다시 겨울의 눈발자욱과 수성궁의 왜철쭉을 거쳐서 봄에 운영이 죽게 된다. 槐黃之節인 음력 7월의 가을을 거쳐서 淸寧寺에서 齋지내고, 김진사도 죽게된다. 작품의 길이에 비하여 차지하는 시간은 만 2년에 불과하므로 작품이 漫延的인 抒情的 描寫體로 쓰여져 있음을 알 수 있다.

그에 비하여 <崔陟傳>은 최척의 一代記가 다루어져 있으며 또한 최척의 家族史가 다루어져 있는 점이 매우 특징적이다. 최척

가족의 삶의 모습이 그려져 家族史 소설의 면모를 보이고 있기에,
사건이 차지하는 時間的 배경이 많이 확장되었다. 그러나 작품의
분량이 <雲英傳>보다 작게 된 까닭은 그 문체가 사건서술 위주의
간결체로 되어있기 때문이다.

4) 主題의 變化

앞에서도 말했듯이 중국 唐代의 傳奇들을 읽으면 사건이 꿈의
형식을 빌어 처리되어 있는 경우가 많다. <枕中記>의 盧生이나
<南柯太守傳>의 淳于棼은 모두 꿈 속에서 일생의 부귀영화를 겪
고 꿈을 깨어났다. 노생에게 가르침을 준 呂翁은 신선술을 터득한
道士였고, 순우분은 남가의 허무함과 인생의 무상함을 절실히 깨
닫고 道門에 귀의하였다고 하였다. 이러한 면은 이전부터 내려오
던 도교사상이 唐代에서 활발해지면서 작품 속에 나타나게 된 것
이다.

우리의 전기소설들은 대체로 佛敎思想의 영향이 짙게 드러나
있다고 생각한다. 위의 당대 전기작자들인 沈旣濟나 李公佐는 모
두 文人관리들이었고, 우리의 경우도 대체로 문인들이었지만 종교
적인 배경이 다른데 그 차이가 있을 것이다.

<金鰲新話>가운데 애정류 전기소설들을 보아도 불교적인 색채
가 짙게 그려져 있다고 할 수 있다. 물론 앞서 말했듯이 道家的인
분위기를 풍기는 작품도 있다.

이러한 종교적인 면에 영향을 받아서인지, 대체로 傳奇小說들

은 悲劇的인 經驗을 그리고 있다. 남녀의 간절한 욕망으로 기이한 만남이 이루어지지만 결국에는 이별하고야 마는 것이 전기소설이다. 말하자면 이별 그리고 죽음은 전기소설의 결구형식이다. 이러한 형식은 <韋敬天傳>에 잘 이어지고 있다. <周生傳>은 미완의 작품이기에 결말이 유보되어 있는 점이 특징이지만, 이별의 슬픔을 그리고 있기는 마찬가지이다.

<雲英傳>은 그들의 애정이 비극적으로 끝났다. 그러나 다시 나타난 그들은 유영에게 말하기를 모두 원통하게 한을 품고 죽었지만, 天上의 樂이 있어 다시 지상에 가기를 원치 않는다고 했다. 그러나 그 점은 액자에서의 발언이고, 恨을 품고 죽었다는 사실에서 비극적인 죽음과 결말이 틀림없다.

남녀가 만났던 구체적인 사건은 비극적인 이별 혹은 죽음으로 끝났지만 액자에서는 그다지 비극이 아닌 것으로 끝났다. 이는 <調信傳> <金現感虎> 등 이른 시대의 전기소설에서도 그 모습이 보이는데, 이는 액자구성에서 보이는 현상이다.

남녀의 만남 자체가 悲劇이 아니라 幸福된 結末로 이루어진 것은 <崔陟傳>이다. 최척은 옥영과의 이별과 재회의 삶을 보내면서 마지막에는 자손도 번성하게 결구되었다. 행복된 결말을 그림으로써 <崔陟傳>은 애정류 전기소설적 구성을 이어받은 작품가운데서, 가장 커다란 變貌를 보이는 소설이다. 그러면서 이제 작품을 통하여 현실적인 행복을 그리기 시작하였다.

제 4 장

제 4 장 : 17세기 小說史의 長篇化 問題

1. 17세기 소설의 장편화 양상

1) 장편소설이라는 개념

短篇이나 長篇, 혹은 그 사이를 가리키는 中篇 등의 말은 매우 상대적이다. 작품의 형식을 가지고 문제 삼을 수도 있겠고, 작품에서 다루는 시간을 가지고 구분할 수도 있을 것이다. 그러니 일률적으로 규정하기란 어려운 문제이지만, 소설사 전개과정의 이해를 위하여 그러한 구분을 하는 것은 바람직하다.

長篇小說은 우선 外形的으로 그 길이가 길면서, 內面的으로도 장편양식적인 특징을 지녀야 된다. 내적인 특징은 바로 個人과 社會의 관계를 總體的으로 反映하는 것이다. 현실에 바탕을 두고 개인의 문제부터 시작하여 가족의 문제로, 다시 사회적인 관계로 확대되는 것이라고 할 수 있다. 이처럼 개인이 처한 사회적인 관계를 풍부하게 다루기 시작한 것은 우리 소설사에서는 近代小說 이후라고 생각한다.

近代小說史에서는 長篇小說의 시작을 근대소설 초기인 1917년 李光洙의 <무정>을 그 출발로 삼고 있지만, 장편소설이 본격적으로 논의되고 창작되는 시기는 1930년대이다.[33] 또한 1930년대는 한 연구자의 논문에 의하면 무려 120여 편의 장편소설이 창작되었다고 한다.[34]

1930년대는 소설사에서 家族史小說과 歷史小說이 등장하여 소설이 장편화되는데 긴요한 역할을 한다.[35] 그런데 이러한 가족의식은 고전소설사에서도 장편화의 중요한 요소이다. 근대소설과 가까운 시기에 존재했던 것으로 1960년대 이후 널리 알려진 이른바 樂善齋本 小說들이 상당히 긴 내용을 지니고 존재하고 있다. 이 소설군은 많은 작품들이 家族史를 다룬 世代錄 형식의 소설들이어서, 이들 작품은 한국 장편소설의 전통을 확인하여준 소중한 자료들이었다.

그러나 그 보다도 앞서서 17世紀 小說史에 이미 長篇化 傾向이 일어나고 있었음을 주목하여야 한다. 17세기 소설을 史的으로 검토하면 한세기 동안 계속된 장편화의 경향을 발견할 수 있다. 앞에서 지적하였듯이 17세기 전반의 短篇的인 모습의 소설들에서 <홍길동전>이나 <雲英傳> <崔陟傳> 등의 상당히 길어진 소설들이

---

33) 김남천, 조선적 장편소설의 일고찰- 현대저널리즘과 문예와의 교섭, 동아일보, 1937년 10월 19-23일에서 장편소설 양식의 문제를 제기한 이래 논의가 활발하게 되었다.
34) 이주형, 1930년대 한국장편소설 연구, 서울대학교 박사학위논문, 1983, 5면
35) 이재선, 장편소설과 역사주의의 현상, 한국현대소설사, 홍성사, 400 면

등장하였는데, 이러한 소설의 장편화는 계속되어 17세기 후반에는
더욱 장편적인 모습을 갖춘 소설들이 창작되었던 것이다.

소설은 장편소설의 內的인 特質도 잘 나타내 보이고 있다. 다시
말하면 그 무렵 나온 小說은 모두 個人과 家族의 삶, 그리고 朝廷
의 상황들까지 폭넓게 다루고 있다. 中心人物인 양소유나 유연수,
화진 등이 家庭을 이루는 모습을 그렸을 뿐만 아니라, 그들과 關
係되는 인물들까지 다양하게 그린다.

中國에서도 長篇小說의 논의는 외형적인 면에서 이루어지기도
한다. 그 중의 하나는 작품이 3만자 내외면 중편소설이고,[36] 章回
가 12回 이상이면 장편소설이다는 의견도 있다.[37] 이는 물론 우리
와 사정이 다르겠지만 참고할 만 하다.

또한 내용 면에서 이루어지는 논의도 있어서 장편소설의 內的
인 특징을 지적하기도 한다. 예를들면 1) 광범위하게 사회생활을
반영하고, 2) 다방면으로 인물의 성격을 묘사하고, 3) 복잡한 구성
과 결구를 지녀야 된다.[38]

이러한 조건을 갖춘 장편소설은 중국의 경우 우리보다 훨씬 이
른 시기인 明나라 때인 14,5세기 무렵에 나타나고 있다. 주지하듯
중국에서는 그 무렵에 <三國志> <水滸傳>등의 章回體 長篇小說이
성립된다.

우리의 경우 17世紀 後半에 이루어진 이들 長篇樣式의 작품을
대하면서 늘 궁금하던 일이 바로 이들의 所從來이다. 이런 정도의

---

36) 孫一珍, 明代中長篇小說類型辨, 人民大學 復印報刊資料, 89년 10월,214면
37) 中國　長篇小說事典, 中國　社會科學院　文學硏究所編, 敦煌文藝出版社,
　　1991년, 凡例
38) 簡明文學知識辭典, 甘肅人民出版社, 1985, 51면

장편이 완성되기 위한 小說史的인 系譜가 불분명하였다. 이는 물론 細流가 합하여져 大河가 이루어지듯이 워낙 多岐한 흐름들이 섞여있기 때문일지도 모른다. 그러나 그 무엇도 前代에 이룩되었던 토양 위에서 성장하는 것이기에, 이들 작품도 長篇이 되기 위해서는 전대의 '비옥한' 토양을 필요로 하였다.

17세기 후반에 이렇게 長篇化된 소설이 성립될 수 있었던 이유는 먼저 사회, 문화적인 배경으로 여성독자들에게 소설수용이 널리 이루어졌다는 점을 들 수 있으며, 다음으로 外的인 影響으로는 中國小說의 영향도 들 수 있다.

그러나 무엇보다 중요한 이유를 우리 소설사의 內在的인 發展過程에서 살펴보아야 한다고 생각한다. 그런 관점에서 보면 바로 이들 장편적인 소설은 전래하던 傳奇小說의 문제를 이어받고 있다. 17세기 후반에 長篇소설이 나타났다는 것은 갑자기 돌출한 사건이 아니라, 소설사의 연계적인 관점에서 파악할 필요가 있다.

17세기라는 한세기 동안에 일어난 傳奇小說의 變化現狀과, 長篇化의 傾向을 따로따로 생각하는 것이 아니라, 이들을 서로 관련지어 相互發展의 契機를 찾아보는 것이 필요하다. 앞의 서론에서 17세기 소설사의 장편화를 간단하게 언급하였는데, 이제 다시 재론하면서 구체적으로 살펴보고자 한다.

2) 17세기 전반 〈홍길동전〉과 중편소설의 성립

임진왜란과 병자호란은 우리에게 커다란 경험이었다. 전쟁의 패

배가 안겨다준 참담한 충격은 쉽사리 헤어날 수 없었기에, 두 전쟁은 문학에 커다란 변화를 가져다 주었다.

전쟁세대인 허균과 권필은 동년배인데, 이들 두 동년배에 의하여 소설이 전쟁에 대응하는 첫번째 변화인 중편화의 길로 접어들었다고 생각한다. 이들은 20대에 두 전란을 겪으면서 내적인 갈등과 다양한 경험을 소설로 나타냈는데, 전대의 단편양식은 이들의 다양한 경험과 진지한 고민을 수용하기에는 부족하였다. 그리하여 단편보다는 분량이 긴 중편을 택하게 된 것이다.

허균(1569-1618)은 <홍길동전>을 비롯한 여러 한문소설인 傳에서 보여주듯이 사회적 비판의식이 강한 소설을 창작하였는데, 권필(1569-1612)은 전래의 전기소설을 이어받아 남녀 간의 애정을 다룬 소설을 썼다.

허균의 <홍길동전>을 비롯한 17세기 전반의 국문소설은 매우 의의있는 작품들이다. 17세기 전반기의 국문소설인 <홍길동전>은 국문으로 창작되었다는 것 뿐이 아니라, 소설이 이제 단편적인 양식에서 벗어나는 중편화의 길로 접어들고 있다는 사실을 보여주고 있다.

17세기 전반에 창작된 국문소설로 <홍길동전> <전우치전> <임진록> <박씨전> 등을 거론하지만, 그런대로 인정되는 <홍길동전>을 제외하고는 대체로 창작연대가 불분명하다.39) 위의 소설들은 모두 전대의 짧은 소설들에 비하여 대단히 발전된 모습을 담고

---

39) 물론 <홍길동전>도 여러 이설이 있다. 작자가 허균이 아닐 것이라는 설부터, 원본은 한문본이라는 설까지 있지만, 아직은 역시 택당 이식의 말을 가장 신뢰할 수 밖에 없다고 생각한다.

있다.

필자가 보기에 <홍길동전>은 <운영전>과 일부 등장인물이, 예를들어 ‘특자’나 ‘무녀’ ‘관상녀’ ‘점쟁이’등의 역할이 겹치고 있어 <운영전>에 영향을 주었다고 생각되며, 따라서 17세기 전반에 창작된 것으로 보인다.

<홍길동전>은 홍길동이 탄생하는 이야기부터, 나중에 율도국의 대왕이 되어 백일승천한 사후담까지 모두 갖추고 있으니 이른바 ‘일대기 소설’이라고 할 수 있다.[40]

조윤제선생께서는 일대기 소설은 장편소설이라고 하였지만, <홍길동전>은 장편소설이 되기에는 부족한 점이 많다. 우선 등장인물은 20명 가까이 되고, 작품의 길이는 한글로 3만자 내외로(완판본은 2만여자) 되어있다. 이러한 표면적인 자료는 <홍길동전>이 장편소설이 되기에는 조금 부족하다는 것을 말해준다.

그런데 더욱 중요한 것은 장편소설이 지녀야 할 소설적인 모습을 제대로 갖추었는가이다. 장편소설은 다양한 인물이 등장하여서, 그 인물들의 삶의 모습이 계속하여 다루어져야 한다.

그런데 <홍길동전>은 홍길동 한사람의 인물만 추적되고 있을 뿐, 그 외에 초반에 등장했던 여러 인물들은 그들의 삶이 추적되고 있지 않다. 그러나 주인공과 주변의 인물 몇 사람의 설정으로 전개되던 단편소설들과는 명백히 구분이 된다. 따라서 이 작품은 ‘중편소설’이라고 보는 것이 타당하다.[41]

---

40) <홍길동전>과 <최문헌전> 등의 일대기적 구성은 여러 논자들이 지적하고 있다. 박일용, <홍길동전>의 문학적 의미 재론, 고전문학연구 제 9집, 한국고전문학연구회, 1994 에서도 그런 점을 다시 지적하고 있다.

단편소설이 주인공의 삶 가운데 한 단면을 그리면서, 그가 지니는 성격의 한 모습을 강하게 제시하는 것이라면, 그야말로 장편소설은 폭과 깊이가 넓다. 다루는 폭은 어느 한 개인만이 아니라, 그와 관계되는 혹은 그와는 조금 다른 인물들까지 다양하게 그린다. 또한 그러한 인물이 개인으로 머무는 것이 아니라, 인물의 집단까지, 말하자면 계급적인 이해관계를 지니는 인물들까지 다양하게 묘사된다. 또한 묘사의 깊이도 그 인물들의 어느 한 순간이 아니고, 그들이 지니고 있는 성격의 깊이와 또한 성격의 변화까지 전 생애에 걸쳐 추적하는 것이다. 본질적으로 시대와 당대의 사회생활을 다양하게 그리고 있는 것이다.

중편소설이란 폭과 깊이에 있어서 단편소설보다는 발전되었고, 장편소설보다는 못미치는 소설이다. 삶의 어느 한 단면이 아니라 비교적 넓은 시기를 그리고 있으며, 주로 주인공을 중심으로 사건이 설정되어 또 다른 사건전개는 거의 없다. 등장인물은 단편보다는 훨씬 많지만, 장편처럼 50여명 이상으로 그려지지는 않는다. 더욱이 등장인물의 운명은 별 관심을 보이지 않는다. 따라서 <홍길동전>은 그야말로 중편적 양식에 해당되는 소설이라고 생각한다.

<홍길동전>의 초반에 등장하는 부친을 비롯하여 곡산모인 초낭, 무녀 등은 모두 한 사건에만 등장하고 사라져버리는 인물이다. 말

---

41) 김춘선, 17세기 국문소설을 통하여 본 조선소설양식의 발전, 조선언어문학론문집, 민족출판사, 1991 에서도 <홍길동전>과 <박씨부인전>을 중편소설로 규정하고 <구운몽>과 <사씨남정기>를 장편소설로 규정하고 그내적인 특징을 살피고 있다.

하자면 하나의 삽화의 연결로 처리된 부분이 많다. 17세기 후반에 등장한 장편소설은 소설 초반의 인물들이 계속하여 작품에 등장한다. 모든 인물의 삶을 긴밀하게 추적하는 것은 장편소설이 지니는 인물묘사의 특색이다.

사건에 있어서도 단편소설은 어느 한가지 사건만 특징적으로 그린다. 그러나 중편소설에 이르면 매우 많은 사건을 그리게 된다. 그런데 중편소설의 사건들은 그 내면적인 동기를 그리는데 부족하고, 설화적인 에피소드의 연결로 처리하고 만다. 홍길동전에 나타나는 그 많은 사건들이 사건설명으로 처리되고 있음은 중편소설의 모습을 잘 드러내 주는 것이다.

중편소설의 성립은 시대적인 요구에 의하여 이루어지는 것이다. 미증유의 전란을 겪은 민중은 소설적 대응에 있어서도, 더욱 풍부하게 사회의 반영을 요구하게 되었고 그 결과 많은 사건과 많은 등장인물이 나타난다.

17세기 전반에는 <홍길동전>같은 국문소설이 발생하여 중편소설의 면모를 갖추는 것과 아울러, 한편으로 역사적 인물의 이야기에 바탕을 둔 영웅적 일대기 계열의 소설을 이루어나갔다. [42]

이와 함께 전래의 傳奇小說을 계속 이어받은 소설들도 지어졌다. 바로 <운영전> <최척전>등은 17세기 후반 소설들로 넘어가는 징검다리가 되는 소설이라고 생각한다. 이들은 그 길이가 눈에 띄게 달라졌기 때문에, 이들도 중편적 자질이 풍부한 소설들이다.

---

42) 신태수, 하층영웅소설의 역사적 성격, 아세아문화사, 1995에서 이러한 계열의 소설 작품론을 진지하게 펼치고 있다.

3) 17세기 후반 〈구운몽〉과 장편소설의 성립

17세기 후반의 소설은 事件이 매우 複雜하며, 登場人物이 아주 많다. 등장인물의 수는 <구운몽>은 100 여명, <사씨남정기>는 80 여명, 또한 <창선감의록>은 150 여명에 이르고 있다.

인물을 그리는데 주인공에 敵對的인 人物들도 잘 드러나는 등 인물의 성격을 多方面으로 그리고 있다. 이들 소설이 長篇小說로서 合當한가에 대한 문학적인 평가는 신중을 기해야겠지만, 이들 소설에 나타난 분명한 長篇的인 면모를 지적할 수 있다. 따라서 필자는 17세기 후반에 창작된 이들 작품을 한국소설사에서 장편소설이 성립하는 것으로 보고 있다.

북한의 연구에 따르면 <임진록>을 그 등장인물의 많음과 전 민족적 체험의 서술 등으로 최초의 장편소설이라고 말하기도 한다.[43] 그러나 <임진록>의 창작연대가 17세기인가는 불분명하며, 또한 장편소설로서의 짜임새가 부족하다. 말하자면 수많은 삽화적 설화의 연결에 머무르고 있다.

앞서도 말했지만 전기소설은 17세기 초에 이르면 작품의 분량은 점점 길어져 <위경천전>은 4761자가 되고, <주생전>은 5509자, <최척전>은 7299자, <운영전>은 13000여자가 넘게 된다. 물론 모두 한문표기이다. 이처럼 소설의 길이가 계속하여 길어지는 것을 알 수 있는데, 작품의 길이에 따라서 세 시기로 구분할 수도 있

---

43) 김일성종합대학 편, 조선문학사 1, 천지, 1989, 257면

다.44)

<운영전>과 <최척전>에 이르면 중편소설로의 면모를 갖추고 있어서, 소설이 장편화의 길로 달리고 있는 모습을 보여준다. 이처럼 소설이 장편화되는 것은 앞 시대 소설의 '짧은 경험'의 양식으로는 복잡한 사회상을 담을 수 없었기 때문이다. 그러기에 좀더 '긴 경험'의 양식으로 그려지면서, 또한 다양한 인물들을 등장시키고 있다.

작품에 나타나는 공간의 확대도 주목할 만하다. 이러한 공간의 확대는 전쟁경험을 통한 공간인식의 확대가 작품속에 수용되면서 이루어진 것이다.

그러다가 17세기 후반이 되면 바로 章回體 形式으로 이루어진 <구운몽>과 <창선감의록>, 그리고 이들 작품보다는 좀 작은 분량을 지니고 있는 <사씨남정기>, 그리고 17세기 후반에 성립된 작품으로 새롭게 밝혀진 장편가문소설인 <蘇賢聖錄> 등이 창작되고 있다. 45)

이들 章回小說은 앞의 소설들보다 훨씬 길어졌을 뿐만 아니라, <구운몽> 한문본만 보더라도 가장 이르다는 강전섭 老尊本이 4만자가 넘는다. 한문본 <사씨남정기>도 3만자가 넘고, 한문본 <창선

---

44) 먼저 천자에서 2천자 내외의 분량을 지니며, 나말여초에 형성되었으리라고 보이는 소설군을 '초기전기소설'로, 3천자 내외의 길이가 되며 작자의 창작의식이 돋보이며, 전기소설의 완숙한 형태를 보여주고 있는 소설을 '중기전기소설'로, 다음에는 임진란이라는 시대적 격변기를 거쳐 이루어진 5천자 이상의 작품군을 '후기전기소설'이라고 부를 수 있다.

45) 박영희, 앞의 논문. 앞에서도 언급했듯이 여기에서 <소현성록>과 <소씨삼대록> 연작이 龍仁李氏의 遺狀에 따라 17세기 후반에 형성되었음을 밝히고 있다.

감의록>도 6만자가 넘는다. 이들보다 이를 것으로 추정되는 국문본도 글자수는 전대의 소설과 비교가 안된다. 국문본 중 가장 이른 것으로 추정되는 서울대 소장본 <구운몽>의 글자수는 8만 여자가 넘는다.

따라서 100 명이 넘는 등장인물과, 한문으로 4만자가 넘는 분량, 개인의 문제부터 조정의 문제까지 그려지고, 다양한 사상이 들어가 있는 <구운몽>을 필자는 장편소설의 성립이라고 생각하고 있다.

이러한 17세기 후반 장편소설의 성립배경으로 여러 가지를 들 수 있다. 첫째로 우리 소설사의 내적발전과정을 들 수 있으며, 이는 다음의 장들에서 구체적으로 비교될 것이다. 두 번째로 중국소설의 영향을 들 수 있다. 중국의 장회체 소설이 널리 수용되었고, 이러한 장회형식은 우리의 장편소설의 성립에도 큰 영향을 미쳤다.

이와함께 소설 수용층의 변화를 들 수 있다. 바로 상층 남성들의 기호에 따라 창작되었던 전기소설의 시대를 지나서, 이제는 여성들이 독자층으로 떠오르게 된 국문소설의 창작을 맞이한 것이다. 이러한 새로운 독자층은 家門意識의 확립에 따라서 이루어진 면이 많다. 소설의 유통배경도 그렇고, 소설의 내용도 가문의 안정을 다루면서 장편화되고 있음을 알 수 있다. 다음으로 그 점을 살펴보기로 하자.

2. 17世紀 小說의 流行과 女性讀者의 成長

1) 가문의 성립발전과 여성의 역할

소설사에 여성독자가 등장하는 것은 16세기 무렵부터였다고 생각한다. 물론 그 이전에도 특별한 여성들은 한문소설을 읽었을지 모르지만, 대체로 여성독자라는 層을 형성하게 된 것은 국문소설로 번역하면서 생겨났다고 보아야 될 것이다.

16세기 초에 <薛公瓚傳>이라는 蔡壽의 소설이 조정에 문제가 된 사실은 널리 알려진 일이다. '그 내용이 모두 輪廻禍福之說이어서 심히 요망하나 중외에 믿는자가 많아 어떤 이는 文字로 飜하고, 어떤 이는 諺語로 譯을 하여 전파시켜서 여러 무리를 혹하게 하니'46) 라고 한 기록으로 미루어 국문으로도 전사되고 있었다는 것을 알 수 있다. 이 국문본 <설공찬전>을 여성독자가 읽었다는 분명한 기록은 없지만, 여성독자들이 읽었을 가능성은 충분하다. 여기에서 언급하고 넘어갈 일은 최초로 한글로 창작된 소설은 <홍길동전>이겠지만, 번역본까지 포함시킨다면 위의 실록의 기록에 따라 <설공찬전> 최초의 한글소설이었을 것으로 보인다. <설공찬전>말고도 그 무렵에 나타난 佛敎系 諺解類라고 할 수 있는 작품들도 여성독자와 관련되어 있을 것이라고 여겨진다. 따라서 16세기는 여성독자들이 생겨난 시기이다.

17세기에는 소설의 독자층이 형성되는 가운데 여성독자의 비중

---

46) 中宗實錄, 6 년, 9월 己酉條

이 커졌다고 생각한다. 17세기 중반무렵 여성독자들은 먼저 중국의 번역소설들에 관심을 가졌던 기록이 여러군데 있다. 그러다가 17세기 후반에는 아직 여성이 작가로 등장한 모습은 보여주지 않고 있지만, 독자층으로 성장하는 모습은 여러 기록에서 보여주고 있다.47) 중국소설의 번역물을 읽었던 여성독자는 새로운 소설인 국내창작소설을 요구하지 않았을까 생각해 볼 수 있다.

말하자면 남성독자 위주의 傳奇小說 시대에서 여성독자가 중요한 위치를 차지하는 시대로 방향이 전환되는 과도기의 모습을 보여준다. 이 무렵에는 여성가운데도 사대부 가문의 여성들이 독자층으로 성장하고 있었다고 생각된다.

이러한 여성독자의 성장과 관련지어 살펴볼 문제가 예학의 발달이다. 당시 병자호란에도 불구하고 반청사상은 더욱 확산되어 17세기 후반에는 서인 산림이 정치의 주도권을 잡으면서 척화나 대명의리론이 대세를 이루어간다. 그와 함께 <주자가례>의 적극적인 수용과 함께 예학이 발달된다.

말하자면 17세기 전반부터 광해군 시기를 거치면서 다기하였던 외교, 사상적 논쟁이 인조대를 거쳐 17세기 중후반이 되면 주자학

---

47) 奎章閣 所藏, <謙齋集> <諺書西周演義跋>의 글도 그 일단이다. 謙齋 趙泰億의 모친(1647-1698)은 17세기 후반의 여성독자였다고 보인다. 이 글은 조윤제 교수, 임형택 교수등이 언급하였다. 또한 仁宣王后(1618-1674)가 淑明公主에게 보낸 언간에 '녹의인뎐' '하북니쟝군뎐' '슈호뎐' 등의 중국소설 언해본이 나오고 있기에 당시 궁중의 여성독자들이 중국소설의 언해본을 탐독했던 사실을 알려준다. 金一根 편주, 친필언간 총람, 경인문화사 1974년, 자료 56, 57, 102 번 등 참조. 박영희 선생이 밝힌 龍仁李氏의 遺狀도 국문소설이 유통되고 있음을 보여주는 것이다.

에 바탕을 둔 예학과 예론으로 자리잡아가고 있다.[48]

따라서 가문을 중심으로 한 禮學이 이 무렵 뚜렷하게 발달되었는데, 그 중 한가지는 바로 族譜의 편찬을 통하여 살펴볼 수 있다. 일찍이 족보가 편찬되고 있기는 하였지만,[49] 족보 편찬이 임란후가 되면 본격적으로 시작된다. 현존 족보는 17세기, 18세기, 19세기에 주로 편찬되어서 임란후 줄기차게 가문의식이 형성되고 있었음을 알 수 있다. 이는 국립도서관에 현존하는 족보의 통계를 보아서도 알 수 있다.

서포 金萬重의 집안인 光山 金氏는 17세기 중엽 김만중의 친형인 金萬基가 중심이 되어 처음으로 족보를 편찬한다. 그 족보를 '瑞石譜'라고도 하는데 그 무렵 가문의식이 수립되어 가고 있음을 보여주는 한가지 증거이다.

남성들의 가문의식이 성장되는 것과 함께 안으로는 사대부가의 규방문화가 형성되고 있었다. 규방의 성립은 언제부터인지는 분명하게 알 수 없지만, 규방의 문화가 존재하기 위해서는 먼저 門閥이 형성되어야만 한다. 문벌은 대체로 17세기 이후 가문의식의 성장에 따라 성립되었다고 할 수 있다.

물론 '盛大한 家門'이라는 뜻의 문벌은 15세기에도 존재한다. 成俔의 「慵齋叢話」에 보면, 廣州 李氏와 昌寧 成氏가 가장 번화한

---

48) 최근 <역사와 현실> 8호(1992), 13호(1994)에서 17세기 사상사의 전개과정을 특집으로 다루고 있어서 도움이 된다.

49) 임진란 이전에도 족보는 있었다. 우리나라 최초의 족보는 1423년 세종 5년, 계묘년에 문화 유씨의 '永樂譜'이나 현전하지 않고 있다. 다음에 1476년 성종 7년, 병신년에 안동 권씨의 '成化譜'가 현존하고 있고, 또 1562년 명종 17년, 임술년의 문화 유씨 '嘉靖譜'가 현존하고 있다.

가문이라고 말하고 있다.50) 마찬가지로 정치적 의미의 문벌은 문벌 귀족정치라는 19세기에 등장하던 가문이라고 할 수 있다.

17세기의 가문은 禮學의 성립을 바탕으로 하여 가문의식이 성장된 이후의 가문을 지칭한다. 일단 가문이 성립되면 스스로가 가문을 보존하여야만 한다. 물론 가문이 영락하기도 하고, 새로운 가문이 명가로 떠오르기도 하지만, 대체로 가문은 일단 성립되면 좀처럼 무너지지는 않았다. 17세기에 성립된 문벌이 19세기까지 거의 지속된 것은 그 동안 완전한 정변이 거의 일어나지 않았다는 것을 말해주는 것이다. 특히 노론이 정치를 담당하고서부터 소수의 가문은 지속적으로 사회적, 정치적 지위를 누려갔다.

17세기 후반의 소설들이 문벌을 형성한 서인 노론들에 의하여 발전된 점은 중요한 사실이다. 서포나 졸수제가 모두 서인의 노론 계통 인물이었고, <蘇賢聖錄>의 향유층도 서인 예학의 계승자인 權尙夏 가문의 사람들이었다. 19세기 소설의 창작에도 노론들이 깊게 간여하고 있다. 이처럼 色目에 따른 문학양식의 선호는 南人들이 漁父詞 계열의 시를 선호했던 것과도 비교된다.

그런데 이미 성립된 가문을 유지하고 발전시키기 위해서는 여러가지 노력이 필요하였다. 여기에는 남성뿐만 아니라 규방여성들의 노력도 필요하였다. 규방여성들은 그들대로의 교육을 위한 서적을 계속하여 편찬하였으니 이른바 閨訓類들이다. 따라서 남성들의 족보편찬 등과 함께, 안으로는 여성들이 규훈서를 만들어 여성들에게 현실인식, 혹은 가문의 보존과 발전을 위한 이론적 근거를

---

50) 두 가문이 모두 소위 소설과 같은 軟文學에 긍정적이었던 점은 주목할 만 하다.

제시하려 하고 있다.

2) 閨房小說과 女性讀者의 要求

우리나라의 규훈서는 昭惠王后 韓氏의 「內訓」이 그 시초로 알려져 있다. 1475년(성종 6년)에 간행된 이 책은 그 후로도 여러번 간행된 점으로 미루어 큰 영향을 끼친 책이다. 또한 성종 때 번역된 '三綱行實圖', 연산군 때에 번역된 '女四書諺解'나 '孝經諺解' 16세기에 나온 퇴계의 '閨中要覽' 17세기에 나온 우암의 '戒女書' 등은 17세기 후반 장편소설의 성립에 큰 영향을 미쳤으리라고 생각된다.[51]

가) 閨訓書들과 閨房小說의 관계

조선조의 여성교양의 기초는 諺文이라고 불렀던 한글을 깨우치는 것이었다. <恨中錄>의 저자 혜경궁 홍씨도 그의 숙모에게 어려서 언문을 배웠다고 기록해 놓고 있다. 어렸을 때는 諺文과 針線을 배우는 것이 일반적인 관례였다.

여성이란 知識을 많이 가지는 것보다는 婦德을 지니는 것을 우선으로 하였다. 그런데 부덕을 쌓기 위해서는 기본적인 교양이 필

---

51) 李揆順, 閨訓類研究-閨訓이 文學作品에 끼친 影響關係를 中心으로-,1987, 숙명여자대학교 박사학위논문에서 규훈류를 검토하고 문학작품과의 비교를 두루 살폈다.

요했고, 기본적인 교양을 얻는 한가지 방편으로 언문을 깨우쳐야만 했다. 德을 쌓기 위해서는 가훈류의 책을 읽어야 하기 때문이다.

여성들이 주로 읽었던 책은 <內訓>, <女誡>, <女四書>, <女子小學>, <閨訓> 등의 책이었다. 이중 가장 오랜 것중 하나가 앞에서 들었던 <內訓>이다. 내훈은 성종의 모친인 소혜왕후 한씨가 열녀, 여교, 명감, 소학의 네 책에서 부녀자의 교육에 적절한 것을 친히 가려 일곱장으로 엮었고, <內訓>이라 이름붙이고 언문으로 번역했다고 한다. 만들어진 해가 1475년이고, 처음에 간행된 기록은 1522년 이며, 이어 선조, 광해군, 효종, 영조 때 계속하여 인쇄되었다는 기록이 있다.

또 영조 때는 <女四書>를 언해하고 간행하였으니, <女四書>는 중국의 명나라 신종 만력 년간에 <女誡>와 <內訓>을 합하여 한 책으로 만들고 다시 <女論語>와 <女範捷錄>을 붙여서 <女四書>라 이름하였던 것이다. 이를 언해하면서 <女誡>와 <女論語>를 상권으로 하고 <內訓>을 중권, <女範>을 하권으로 하여 간행하였다.

이러한 책은 간행 배포되었기에 왕실이나 양반 사대부 가정에 널리 보급되었을 것이다. 물론 집안에서 주로 어머니에게 배웠으나, 가끔은 집안의 다른 어른들에게 배우기도 했는데, 명문대가일수록 이런 교육은 잘 받았을 것이다.

규훈서와 규방소설의 관계는 <사씨남정기>의 마지막 부분에 사부인이 <내훈> 열 편과 <열녀전> 세 편을 지어 세상에 전하였다고 하는 데서 잘 드러나고 있다. 이는 구운몽의 <金剛經>과도 대비되는 점이라 할 수 있다. 그런데 이러한 규훈류의 성립과 보급이 확대된 것은 당시 시대적인 분위기와 절대적인 관계가 있다.

또 <창선감의록>의 화진의 모친 정부인은 언제나 <孝經>을 읽고 있다는 대목이 나온다. <효경>은 우리나라에서도 신라통일기부터 중요한 유교경전으로 이해되었으며, 고려 성종조의 '孝治思想'이 확립되기도 하였다. 조선조 선조때 이미 <효경>이 諺解되었는데, <창선감의록>과 효경의 관계도 밀접하다.

이러한 규훈류를 통한 여성교육은 우리나라에서만 있었던 것이 아니고 이웃 일본에서도 마찬가지였다. 임진전쟁이 끝나고 17세기 중엽이 되면, 일본에서도 이러한 규훈서의 출간이 잇따른다. '女人義物語' 1660년, '女郎花物語' 1661년, '本朝女鑑' 1661년 '和漢賢女物語' 1669년, '日本名女物語' 1670년 등이다. 이들은 儒教道德을 주제로 한 여성교훈서로 이들도 근대소설의 발달에 영향을 끼쳤다.52)

이러한 규훈류 가운데 하나인 우암의 '계녀서'에는 투기하지 말라는 말이 나온다.

> 여자가 부군을 섬기는 일가운데 투기를 아니하는 것이 으뜸가는 행실이니 백명의 첩을 두어도 본체만체 말하지 말고, 첩을 아무리 사랑하여도 성낸 기색을 나타내지 말고, 더욱 공경하여라.53)

물론 다음 구절은 너의 부군은 단정한 선비라 여색에 빠져들어감이 없을 것이라고 했지만, 투기하지 말라는 것을 으뜸 행실로

---

52) 吉田精一 편, 日本女流文學史, 同文書院, 昭和 44(1969), 近世文學と 女流, 2면

53) 우암 송시열, <계녀서>, 아세아문화사 영인.

말하고 있다. 이러한 투기행위를 멀리해야 된다는 내용은 <사씨남정기>와 <창선감의록>의 여러군데 나타나고 있다. 17세기 여성은 어떻게 살아야하는가를 보여주는 우암의 '계녀서' 뿐만이 아니라, 18세기에 나온 이덕무의 '士小節'에도 여성의 투기는 극히 경계해야 될 일로 나온다.

17세기 후반에 나온 장편소설에는 본부인이 첩에 대하여 투기하는 법이 없다. <사씨남정기>의 사부인이 그렇고, <창선감의록>의 임부인도 투기하지 않았다. 오히려 첩이 본부인을 투기하는 것으로 되어 있는데, 이는 규훈류의 관점과 같은 것이다. 여기에서도 소설이 정실부인들의 교훈서 역할을 하고 있음을 보여주는 것이다. 바꾸어 말하면 사대부가의 여인들이 소설의 독자로 유입되고 있음을 보여주는 점이기도 하다.

나) 소설과 글씨공부

소설이 흥미를 주는 심심풀이용으로 이용되었음은 잠을 그치고 시름을 쫓는 자료로 이용되었다거나, 그저 긴긴밤에 책이나 보고자 하였다는 여러 기록에서 잘 알 수 있다. 따라서 소설의 일차적 기능은 娛樂的機能이지만, 또한 단순한 오락이 아니라 필요한 여러가지를 얻게 만들어주는 역할도 하였다. 이 점에서 소설은 규훈류의 역할을 잘 수행하고 있었으니, 소설의 기능은 단순한 오락의 차원만은 아니었을 것이다.

그 가운데 하나로 글씨공부를 들 수 있다. 당시의 소설은 필사를 하여 유통되었다고 보이는데, 이러한 소설의 필사가 부녀들의 언문편지쓰기를 위한 글씨공부의 재료로도 이용되었다. 편지글 가운데 여성이 개입된 서간은 모두 국문으로 쓰는 것이 원칙이다.

17세기 후반 숙종은 국문을 좋아하였던 것 같다. 자신이 상당히 국문을 옹호하고 자주 쓰기도 하였던 데서 알 수 있는데, 심지어 승정원에 유지를 내리는데 전례에 없이 국문으로 써서 내리기도 하였다.54)

언간을 쓰기 위한 글씨공부는 바로 언간첩 등을 이용하여 글씨공부를 하였을 것이다. 그러나 대체로 짧은 언간을 반복하여 연습하기보다는 좀더 새로운 방법의 글씨공부가 필요했을 것이고 그것이 바로 '소설배끼기'로 나타난 것이다. 고전소설들을 보면 많은 소설들은 여러 글씨체가 이어져서 한편의 소설로 필사되어 있음을 보게된다. 그것은 여러 사람이 글씨쓰기에 참가한 흔적이다.

書體는 여성의 중요한 德目의 한가지다. <사씨남정기>의 사급사댁 소저도 觀音讚을 지어 써서 그 才德을 시험받는다. 글씨를 얌전하게 쓰는 것은 여성이 갖추어야 할 덕목의 한가지이며, 실제로 매우 필요한 일이다.

당시에 소설책의 필사는 그런 현실적인 요구가 이루어낸 것이다. 사대부가의 여성들이 출가하기 전에 상당한 소설책을 필사하여 시집갈때 혼수와 함께 가지고 갔던 풍속으로 미루어 '소설배끼기'가 얼마나 널리 이루어졌는가를 알 수 있다. 그러므로 이제 사대부가의 여성들이 생활의 필요에 따라서 소설의 독자로 등장하였다.

---

54) 숙종실록, 제 20권, 15년 4월 24일 조에 숙종이 언문으로 유지를 내리자 전례에 없던 일이라고 하여, 다시 한문으로 쓰는 일이 나온다.

다) 소설을 읽었던 나이 든 여성층

규훈류와 같은 정규 교과서 외에 소설같은 책을 우선 필요로 한 사람들은 아마 며느리를 맞이한 사십대 이상의 집안일에 얽매이지 않는 사대부가의 부녀자들이었을 것이다.

오늘날 소설의 주요한 독자층은 20대의 남녀들이다. 그런데 고전소설의 독자들은 그렇게 젊은 층이 아니었다고 생각된다. 소설 자체가 근대소설처럼 흔하게 쓰여지고 흔하게 구입하는 그런 문예물이 아니었다. 소설의 작가와 독자는 이미 높은 지위에 올랐거나, 당대 최고의 비판적인 지식인들에 의하여 창작되고 전승되었다.

물론 조선 후기에 이르면 익명의 무수한 국문소설의 작가나 몰락 양반들의 가세가 소설을 대중적인 갈래로 만들었지만, 17세기까지의 소설은 작가와 독자들이 당시 사회에서 최고의 지위를, 관직에서나 혹은 정신적인 면에서나 누린 사람들이었다.

그들은 이미 여성의 기본 교양서를 시집에 오기 전에 그야말로 '부덕을 갖춘 규수가 되기 위하여' 모두 읽었을 것이다. 그들의 새로운 욕구는 좀 더 흥미있는 독서물을 추구하게 되었을 것이고, 그것이 바로 소설읽기, 언문소설읽기로 나타난 것이다.

이러한 이유 중의 하나가 규방생활의 여유라는 것이다. 규방생활 가운데 여유가 생기는 것은, 곧 유한시간의 생성을 뜻한다. 이는 새로운 일로 대체되어야 하고 그 새로운 일 가운데 하나가 독서를 하면서 소일하는 것이다. 실제로 사대부의 부녀자들은 방안

에서 여유가 있는 시간을 바느질과 독서로 보냈으리라고 생각된
다.

그렇지만 여성의 정서생활 중에 독서는 언제나 누구에게나 보
장되는 것이 아니었다. 경제적 여유가 있고 육체노동에 힘들지 않
은 사대부 부녀자들이 일단 독서를 할 시간적 여유가 있었다. 집
안의 생활에 책임이 없는 여성들이었는데, 출가하기 전의 처녀나,
며느리에게 살림을 맡긴 중년이나, 노년의 여성들이 그 대상이었
다.

조선시대에는 대체로 조혼을 했기에 일찍 할머니가 되버린 꽃
늙은이들이 많았고 이들은 기나긴 세월을 독서로 보냈는지도 모
른다. 서포나 졸수제의 모친이 늙어서 책읽기를 좋아했다는 것은
바로 이런 경우이다. 좀 더 뒤의 유득공의 모친도 행장에 의하면
가정 일을 자부에게 맡긴 후로 여러 책을 읽게하여 누워 듣곤 하
였다.

李德懋가 지은 <士小節>의 婦儀篇에 실려있는 기록에는, 18세기
에 이미 여성들도 상당한 수준의 독서를 했을 것을 알려주는 대
목이 있다.

부인들은 마땅히 경서와 사기, 논어, 모시, 소학서, 여사서를 대
략 읽어 그 뜻을 통하고 백가의 성과 선세의 계보, 역대 국호, 성
현의 이름을 알면 족하다. 부질없이 시사를 지어서 바깥에 전파되
게 하는 것은 옳지 못하다. (이덕무, <사소절> 婦儀 권 7, 제 8 事
物)라고 하였다. 여기서는 대략 읽는다는 책이지만, 그 수준은 이
미 상당하였음을 알려준다.

여성들이 시를 지어 타인의 입에 오르내리는 것은 못마땅하게

생각하였지만, 여성들도 기본적으로 論語, 毛詩 등의 經書를 읽었다는 것은 주목되는 글이다. 여성들의 교양은 벌써 이런 수준으로 높아졌다.

라) 초기의 규방소설들

17세기에 閨房에서 읽히던 소설은 어떤 작품들이 있는 것일까? 이를 閨房小說이라고 한다면, 초기의 규방소설 작품들은 중국소설의 번역물이 주종을 이루었다고 보인다.

앞의 글에서도 잠깐 밝혔지만, 당시의 단편적인 기록으로는 인선왕후의 언간에 나오는 <녹의인전>, <하북 이장군전>, <수호전> 등과 <서주연의>, <개벽연의>, <삼국지연의> 등 여러 演義小說들이 바로 초기 규방소설의 대종을 이루었다.

이런 소설은 모두 중국소설의 번역물이다. 따라서 누군가가 이들 중국소설을 꾸준히 번역하여 규방에 공급하였다고 볼 수 있다. 그 번역자가 규방여성들 자신인 경우도 있었을 것이고, 아니면 몇 군데 기록처럼 사대부의 남성들이 어머니를 기쁘게 해드리려고 번역하여 읽어드리기도 하였을 것이다. 초기에 그렇게 이루어진 작품이 서로 빌려주기, 베끼기 등의 과정으로 널리 유통되었다.

중국소설을 번역하고 필사하여 유통시키던 과정을 지나서, 드디어 직접 창작한 규방소설이 등장하였다. 바로 김만중의 <구운몽> <사씨남정기>, 조성기의 <창선감의록>, 누군가에 의한 <蘇賢聖錄> 등이 그런 소설류이다.

이는 독자들의 수준이 다양화되고, 또 상승되었던 곳에서부터

創作小說이 출발되었다는 것을 말해주는 것이다. 飜譯小說은 여러 가지로 유익하지만 매양 중국소설에 의존할 수 만은 없는 것이었다. 더군다나 서포는 우리나라의 문장을 높게 생각하는 문학관이 있었으니 곧 우리글로 창작을 시도하였던 것이라고 볼 수 있다. 이렇게 하여 閨房小說이 성립되고 이는 조선후기까지 소설의 주요 흐름이 되었다.

당시의 문자생활에서 한문과 국문의 사용이 각각 어느 정도인가를 정확한 통계로 알아내기는 어려운 일이다. 정부의 공적인 문서나 사대부 양반은 거의 한문을 사용하였고, 또한 여성들 가운데서도 양반가문의 여성들은 앞서 이덕무의 <士小節>에서도 말했듯이 상당한 수준의 한문을 읽을 줄 알았다.

그런데도 언문이 필요한 곳은 모두 여성과 관계되어 있는 곳이다. 여성중에도 예법공부를 필요로 했던 여성들, 언간을 써야했던 여성들이 주로 언문을 읽혔다. 이들 여성들의 경우로 본다면 언문 수신서, 언문 편지 등에 이어서 등장한 것이 바로 규방소설인데, 이 점에서 규방소설들은 언문소설로 되었으리라고 생각된다. 17세기 후반의 諺文편지에서 국문소설의 이름을 제법 발견한다. 앞에서 언급한 인선왕후 장씨의 언간에도 많은 기록이 있기 때문이다.

17세기 후반의 학자인 林泳의 <滄溪先生年譜>에는 1656년 효종 7년에 8세 소년이 국문을 반나절 사이에 깨치는데, 그것은 누이들이 읽고 있었던 '女史古談'이라 불리는 언문소설을 읽기 위해서였다는 기록이 있다. 이미 효종 연간인 17세기 중엽에는 언문소설이 널리 유행했음을 보여주는 기록이다.[55]

그러나 당시에는 소설책이 대단히 희귀한 물건이었다. 값비싼

종이에다가 시간과 정력을 들여서 꼬박꼬박 베껴썼기에 귀할 수
밖에 없었다. 그러나 이미 소설 책까지 수장하는 사람이 나타났
고, 그런 소설책을 서로 빌려주는 형태가 널리 행해졌다. 그렇게
서로 빌려주는 형태는 조선 후기까지 계속 이어져 온다. 또 그런
과정에서 필사하기도 하고, 또 필사된 책은 돈으로 사고 팔기도
하였다. 서로 빌려보는 것은 19세기의 편지틀인 <징보언간독>에도
나타나 있다.56)

마) 들으면서 수용되는 國文小說

여성들이 소설을 감상하는 방법은 그냥 눈으로 읽는 것이 아니
고, 낭송을 하면 듣는 식으로 소설을 감상하였다. 이러한 '소설듣
기'의 형태는 얼마나 널리 행해졌는지는 잘 모르지만, 이 때 몇가
지 경우를 생각해 볼 수 있다.

첫째로 언문을 잘 몰라서 언문소설을 남에게 읽도록 시켜서 들
었을 경우이다. 둘째로 노안으로 시력이 나빠져서 읽을 수 없어,
남에게 읽도록 시켜서 들었을 경우도 있었을 것이다. 세째로 언문
을 잘 알고 시력도 괜찮지만 남이 낭송하는 것을 듣는 형태를 취
하는 경우이다.

당시에 산견되는 여러 기록을 주워보면 부녀자가 소설을 읽을
때 목소리를 낭랑하게 내어 읽어나가는 것이 여러군데 나온다. 위
의 조성기의 모친의 경우도 그러하였다. 따라서 소설은 視覺이 아

---

55) 임형택, 17세기 규방소설의 성립과 <창선감의록>, 118-9면 참조.
56) 林熒澤, 앞의 논문, 121면 참조

니라 聽覺을 통하여 감상하였다고 여겨진다.

여기에서 소설의 수용현장을 주목할 필요가 있다. 말하자면 소설은 보는 것인가? 아니면 듣는 것인가의 문제를 생각해볼 필요가 있다. 소설은 독자가, 직접 볼 수도 있고, 또 남이 읽어주는 것을 들을 수도 있다. 그런데 독자가 직접 볼때는 국문본이건 한문본이건 독자의 교양정도와 관계되어 있을 뿐 원작이 장애가 되지 않는다.

그런데 보는 것이 아니라 듣는 것일 경우에는 문제가 달라진다. 듣는 경우에는 문어체로 된 한문본을 사용하는 것보다는 구어체로 된 국문본이 사용되고 있음을 여러 자료는 보여주고 있다.

물론 한문도 들으면서 수용했다는 기록도 있다. 예를들어 <숙종실록>을 보면 숙종은 상소문이 오면 곁에 있는 승지나 다른 신하들에게 읽게하여 듣곤 하였다. 그러나 그때는 그렇게 길지 않고, 또 의례적인 상소문이었기에 가능했을 것이다.

또 한문장편소설인 <三韓拾遺>의 저작기에 의하면 서사자는 소설내용을 불러주는대로 들으며 썼다는 기록이 있다. 한문소설도 그렇게 들으면서 쓸 수 있었다는 예를 보이지만, 이 경우는 한문의 수준이 높은 서사자였기에 가능하였고 일반적인 독서의 태도를 나타낸 것은 아니라고 보인다.

<창선감의록>을 짓게 된 과정을 알려주는 글 가운데, 소설의 수용태도에 대한 기록이 보인다.

> 내가 요사이 담으로 가슴이 답답하여 병을 요양하려고 누워있을 때 부인들을 시켜서 여항간의 언서소설을 읽게하고 들어보았다. 그

가운데 소위<원감록>이란 것이 있는데…… [57]

부인들을 시켜서 읽게하여 언서소설을, 즉 국문소설을 들었다는 것이다. 또한 우리는 17세기 장편소설이 독자, 특히 1차 독자였던 서포의 모친이나 졸수제의 모친에게 어떠한 방법으로 수용되었는가를 살펴볼 필요가 있다. 즉 모친들이 직접 읽었는가? 아니면 들었는가의 문제이다. <창선감의록>의 경우 조성기의 행장에 다음의 말이 있는데, 앞의 기록과 관련지어 볼 수 있다.

대부인(조성기의 모친)은 총명하고 슬기로워 고금의 사적과 전기를 모르는 것이 없을만큼 널리 듣고 잘알았는데, 만년에는 '누워서 소설듣기'를 좋아하여 잠을 그치고 시름을 쫓는 자료로 삼았다. [58]

이렇게 17세기 장편소설의 1차 수용자인 두 모친이 소설을 든는다고 하였다. 계속하여 다른 수용자라고 할만한 사람들도 소설을 든는다는 기록을 여러군데서 확인할 수 있다.

패설에 구운몽이란 것이 있는데 서포선생이 지은 것이다. 대략의 뜻은 공명과 부귀가 일장춘몽으로 된다는 것인데 대부인의 근심을 풀어드리기 위해서 지은 것이다. 그 소설이 규합간에 성행하였는데, 내가 어렸을때 늘 그 이야기를 들었다. … [59]

---

57) 余近以痰火 養病潛臥 使婦人輩 讀閭巷間諺書小說 而聽之 其中所謂寃感錄者‥, 영남대본, <倡善感義錄>, 張 1
58) 太夫人聰明睿哲 於古今史籍傳奇 無不博聞慣識 晚又好臥聽小說 以爲止睡遣悶之資 <拙修齋集> 卷 12 張 27, 行狀
59) 稗說有九雲夢者 卽西浦所作 大旨以功名富貴 歸之於一場春夢 要以慰釋大

널리 인용되는 위의 기록에서도 李緯는 늘 들었다고 하였다. 소설을 듣는다는 언급은 19세기 金履陽의 글에서도 찾아진다.

나는 국문소설가운데 세상에서 가장 이름있는 것으로 두 세편을 골라 잘 읽는 자를 시켜서 읽도록 하고 그것을 들어보았다. …60)

이상의 여러 기록은 소설을 들으면서 수용했음을 보여주는 것들이다. 물론 모든 소설을 그렇게 들으면서 수용하지는 않았을 것이다. 그냥 읽는다는 기록도 많이 나온다. '전기를 읽다가 낮잠을 자면 -- 게으른 부녀자다. \ 讀傳奇, 引晝睡, -- 懶婦也,'61)

바) 한문본일까 국문본일까

<구운몽>은 한문본일까? 잘 알다시피 정규복 교수는 한문 원작이라고 한다. 그러나 조동일 교수, 임형택 교수등은 먼저 한글로 썼을 것이라고 말하고 있다.

앞에서 인용한대로 <구운몽>이나 <창선감의록> 등의 장편소설을 읽게하여 들었다는 기록으로 미루어서 이들 소설은 국문본이 먼저 성립되지 않았을까 생각된다.

夫人憂思 其書盛行閨閤間 余兒時慣聞其說 ··, <三官記> 上, 張 16, <大東稗林>
60) '其傳世最著者三兩帙, 使善讀者, 讀而聽之.' 金履陽, <諺稗說>, 金履陽文集, 성대도서관 소장본
61) 이덕무, <사소절> 권 6, 부의 21

17세기 장편소설은 <사씨남정기> 처럼 언문을 한문으로 번역했다는 기록과, 듣는(聽) 독자의 현장을 생각한다면 국문본이 먼저 성립되었을 것으로 생각된다. 물론 정확한 기록이 현존하지 않아서, 이는 추정에 불과함은 물론이다.

그러다가 한문본을 필요로 하는 사대부 남성들을 비롯한 새로운 독자들의 수용요구에 비로소 한문본으로 번역되었으니, 여기에서 한문장편소설이 성립된 것이라고 보는 것이 순서가 아닌가 생각한다.

다시 이야기를 정리해보자면, 17세기 말의 장편소설 성립에 있어서 작자의 면과 독자의 면은 밀접하게 관계를 이루고 있었다고 할 수 있다. 작자는 사회적으로는 문벌의 성립을 요구받았고, 사상적으로는 새로운 예학사상으로 이루어진 가운데 가문의식이 크게 성장하였던 계층의 일원이었다.

독자는 그러한 배경하에 가문에서의 역할을 중시하였던 여성계층으로 규훈류의 수용과 함께 소설을 수용하는 새로운 규방여성 독자층으로 성장되었다. 규방에 있던 여성들은 소설을 들으면서 (聽) 감상하였고, 그러기 위하여는 국문소설의 요구가 더 컸으며, 그러한 요구에 의하여 17세기 후반의 국문장편소설이 출현되었을 것이다.

물론 모든 작품이 다 국문소설이 선행되었다고 일률적으로 말할 수는 없겠지만, 소설이 국문으로 쓰여져서 듣는 것으로 수용되었다는 자료는 앞으로도 더 보강될 수 있다고 생각한다. 따라서 17세기 후반에 창작된 장편소설들은 사회문화적인 배경으로는 閨房小說의 필요와 성장에 따라서 이루어졌다.

이처럼 여성 독자층의 성장과 함께 이룩된 17세기 후반 장편소설들은 그 소설의 내적인 연계를 전대의 傳奇小說에 두고 있다. 이제 그 점을 장편소설들과 앞시대의 전기소설 작품 사이의 연계 관계를 통하여, 이러한 소설의 이행과정을 구체적으로 살펴보도록 하겠다.

제 5 장

제 5 장 : 등장인물의 소설사적 변화과정

이제 임란 이후 17세기 전반에 나타난 傳奇小說과 17세기 후반에 성립된 長篇小說을 比較 하려고 한다. 먼저 登場人物이 어떻게 달라지고 있는가를 살펴보기로 하겠다. 登場人物의 性格을 創造하는 일은 소설 창작에 있어서 중요한 요소가운데 하나이기 때문이다.

1. 등장인물의 변화

17세기 소설사에서 우선 지적할 수 있는 것은, 소설이 장편으로 발전함에 따라 등장인물의 수가 점점 늘어난다는 사실이다. 이러한 숫자의 증가는 표면적인 부분이라고 할 수 있지만 매우 중요한 사실이다.

소설은 등장인물마다 그 성격을 부여해야 되기에 창작과정의 역량이 쌓이지 않으면 장편소설의 창작은 불가능한 일이다. 17세기 소설에서 많은 인물을 등장시킬 수 있는 창작역량은 삶의 다양하고 깊은 경험을 통하여 얻어졌으며, 이는 소설창작의 꾸준한 발전과정을 보여주는 것이다.

17세기 초 임진전쟁 이후에 등장한 후기 전기소설에서부터 이미 등장인물의 확대를 보여주고 있다. <周生傳>이나 <韋敬天傳> 등은 작품의 후반이 전쟁으로 인한 사건으로 대폭 확대되었다. <崔陟傳> 또한 전쟁을 통한 새로운 인물들이 많이 등장하였다. <崔陟傳>에 전쟁으로 등장한 새로운 인물은, 변사정, 노왜, 여유문, 강홍립, 노호 등이다. 그 밖에도 모든 인물의 만남도 전쟁으로 비롯되었다. 최척과 옥영의 만남도 전란으로 인한 피난생활에서 이루어졌기 때문이다.

소설이 長篇化되면 많은 등장인물을 지니게 되고, 그 등장인물은 작품속에서 활동하는 범위가 매우 다양해진다. 그 인물들은 작품의 전 부분에 걸쳐서 활동하는 인물, 어느 한 부분에만 활동하는 인물, 어느 한 사건에만 활동하는 인물, 한번만 등장하는 인물, 거명만 되고 작품에 나타나지는 않는 인물에 이르기까지 매우 다양한 모습을 보이고 있다.

17세기 후반의 장편소설은 다행스럽게 이러한 인물들을 모두 포함하고 있다. 장편소설에 등장하는 이러한 다양한 인물들을 그 작품에서 차지하는 범위에 따라 두 부류로 분류할 수 있다고 본다. 그것은 中心人物과 周邊人物이다.

中心人物은 작품의 주된 사건에 관여하고 있는 인물이다. 이 가운데서도 작품의 전 부분에 걸쳐 활동하는 인물은 主人公이라고 할 수 있을 것이다. 단편소설에서는 사건이 단순하기 때문에 가능하지만 장편소설에서는 이미 그렇게 작품을 독점할 수 있는 인물을 만들기는 어렵다. 그런데 <구운몽>에는 작품의 그성에서 처음부터 끝까지 줄곧 차지하는 인물이 있다. 바로 양소유이다. 그럴 수 있었던 이유는 영웅의 일대기라는 개인의 일대기에 치중되어 있기 때문이다.

그러나 <사씨남정기>와 <창선감의록>은 그러한 인물은 없다. 유연수나 화진이 작품을 독차지하는 것은 아니다. 특히 많은 인물이 동시에 등장하고있는 <창선감의록>에서는 화진의 범위가 아주 좁게 그려져 있다. 요컨데 <사씨남정기>와 <창선감의록>은 주인공이라는 용어가 적절하지 못하다.

1) 중심인물과 주변인물의 새로운 묘사

장편양식의 소설은 작품의 주인공이 여러명으로 확대되었다고 하겠는데, 이 경우에는 主人公이라는 용어보다 中心人物이라는 용어가 더 적절하다. 또한 중심인물은 主役群과 敵對者群으로 구분할 수 있는데, 주역군은 敍述視角에서 작자의 편에 서있는 인물이다. 작자가 늘 옹호하고 있는 인물이 바로 중심인물 가운데 主役群이다.

적대자군은 주역군과 대립함으로써 갈등을 유발하는 인물군이다. 그런데 이 적대자군은 서술시각에서 작자의 옹호를 받지 못하고 비난을 받고 있다.

적대자군을 작자가 바로 비난하는 것은 교훈을 겉으로 제시하는 것이라고 할 수 있다. 이는 고전소설에 일반적으로 나타난 수법이지만, 근대소설에서는 작자의 비난이 감추어져 있다. 그렇지만 고전소설에서 적대자군에 대한 비난을 바로 드러내는 이유는 傳奇小說의 著作記나, 여러 史傳 記錄에서 작자의 評論이 개입되는 역사적 전통이 있었기 때문이라고 여겨진다.

요컨대 다시 말하자면 중심인물이란 작품에 나타나는 사건의 주요인물이다. 이들 인물은 대체로 작품의 서두에 등장하여 작품의 거의 전 부분에 걸쳐 활동하고, 그 운명이 잘 드러나 있으며, 작품의 갈등을 유발하고 있다.

그러나 적대자군의 인물이 미약한 소설도 있다. 예컨데 <九雲夢>은 인물끼리의 대립이 심하게 나타나지 않는다. 말하자면 주인공과 적대적인 관계에 있는 인물이 거의 없다. 이 점에서 <구운몽>이 갈등을 드러낸 소설이 아니라고 볼 수 있다. 물론 천자에 반역하는 변방의 적들이 있지만, 양소유의 적대자이지는 못하다. 이 점은 <구운몽>의 중요한 성격이다.

周邊人物은 작품의 구성 가운데 주된 사건이 아니라, 어느 한가지 내지 두세가지 정도의 사건에 관여하고 있는 인물이다. 중심인물을 곁에서 둘러싸고 있는 인물인 주변인물은 사건에 관계되는 인물과, 사건에는 전혀 관계되지 않는 인물로 나누어 볼 수 있다. 사건에 관계되는 인물이란 소설이 장편화되면서 중심인물을 둘러싸고 사건을 만들고, 전개시키는 인물군이다.

<구운몽>에는 중심인물인 양소유와 팔선녀를 둘러싸고있는 인물들이 매우 많다. 노존사, 두련사, 정사도, 정십삼, 천자 등등 중

심인물의 곁에서 사건을 만들고 전개시키는 인물군이 있다. 이러한 주변인물은 중단편소설에도 등장하는 경우도 많지만, 그 때는 이들의 운명이 잘 드러나지 않는다.

사건에 직접 관계되지 않는 주변인물은, 사건 진행에서 멀리 놓여있는 인물이다. 단 한번 등장하고 사라지는 인물이나, 固有名詞로 등장하지 못하는 인물, 또는 거명만 되고 실제로는 등장하지 않는 인물 등을 들 수 있다. 장편소설에는 이러한 인물들이 무수히 많다. 어느 한순간 등장하고 사라지는 이러한 인물들은 자신의 단역을 위해서 등장한 인물들이다.

중심인물의 곁에서 일을 하는, 예를들어 여주인공의 侍女들이나, 남주인공의 奴僕 등은 고유명사가 제거된 경우가 많다.

진채봉의 유모도 양소유에게 편지를 단 한번 전달하고 작품에서 사라진다. 물론 남문 밖의 객점주인도 그렇다. 고유명사가 제거된 인물들은 시녀, 여동, 비자, 창두, 문지기, 使者 등의 이름으로 등장하였다가 사라진다. 또한 이름만 거명되고 실제는 나타나지 못한 인물들도 많다. <구운몽>에서 난양공주를 데리러 온 인물들, 조태감, 위태감 등은 거명만 되지 실제로는 나타나지 않는다. (11회)

이들은 남녀 중심인물들의 운명적인 사건에 소모되는 역할을 할 뿐 나름대로의 개성을 지니지 못하기는 단편이나, 장편이 마찬가지라고 생각한다. 그러나 단 한번의 등장이지만 사건을 이어주는 역할을 하고 있다. 이러한 인물들은 모두 사건이나 갈등이 벌어지는 대상은 아니지만, 그러한 인물들 덕택으로 사건이 연결되는 것이라고 할 수 있다. 그러나 이들의 운명은 드러나지 않는다.

이들이 작품에 한번 등장한 이후에 어떻게 되었는지 아무런 관심을 보이지 않는다.

17세기 후반에 장편소설들의 등장인물도 전대 소설의 성과 위에서 이루어진 것이다. 그러나 이미 새로운 시대였기에, 작품의 여러 면에서 그 변화된 모습을 살필 수 있다.

여기에서는 임란 이후 17세기 초 소설이 어떻게 傳奇小說에서 변모되면서, 다시 어떻게 장편화가 이루어졌는가를 인물을 통하여 살펴보겠다. 이를 위하여 중심인물들을 主役群과 敵對者群으로 나누어서 그들의 모습과 성격을 검토하겠다.

2) 인물의 서술기법과 시각의 변화

중심인물은 작품의 주된 사건에 등장하면서 대체로 작품의 전 부분에 걸쳐 등장한다고 하였는데, 소설이 장편화되면서 여러 중심인물에 골고루 關心을 기울이게 된다.

말하자면 장편소설은 한 인물에만 관심을 기울이지 않는다. 즉 한 인물이 처음부터 끝까지 등장하지 않는다. 그렇지만 <구운몽>은 이렇게 한 인물의 서술에서 쉽게 벗어날 수 없는 것으로 보아서, 소설은 주인공을 다루어야 된다는 생각에 충실하게 따른 것 같다.

<구운몽>의 양소유는 작품의 처음부터 끝까지 등장하고 있는것 같지만, 실은 11회, '양미인휴수동거 장신궁칠보성시'에서는 양소유가 등장하지 않고 있다. 말하자면 10회 말미부터 이어지는 이소

화가 신분을 감추고 정경패를 찾아가서 우정을 나누고, 함께와서 서로 형제가 되는 내용이 11회까지 다루어져 있어서 이 부분이 유일하게 양소유가 등장하지 않는 부분이다. 그렇지만 여기에서도 이러한 사건은 모두 양소유를 겨냥하고서 이루어진 것이다. 양소유의 직접적인 등장이 없는 경우에도, 그 대화의 의도는 양소유에 관한 것이다.

그런데 <사씨남정기>와 <창선감의록>은 인물을 대하는 태도가 성큼 달라졌다. 주인공에게만 렌즈를 고정시켜 놓았던 방식에서 벗어나서, 이제 자유롭게 렌즈를 이동하고 있다. <사씨남정기>는 인물이 象徵的으로 壓縮되어 있기에 이동의 각도가 넓지는 않았는데, <창선감의록>을 보면 갑자기 렌즈를 자유롭게 이동한다.

<창선감의록>은 이 점을 잘 보여주고 있다. 작품은 1회 2회는 花府의 인물들에 관한 사건이 돌아가며 조명되다가, 3회로 넘어가자 갑자기 윤시랑의 딸 윤소저, 남어사의 딸 남소저, 진제독의 딸 진소저의 이야기로 초점을 이동하여 3회 4회에서 길게 전개된다. 말하자면 3회에서는 남소저의 이야기가, 4회에서는 진소저의 이야기가 중심이 되어 전개되며 처음의 화부의 이야기는 등장하지 않는다. 진소저가 조문화의 강제구혼을 피하여 부친을 구하고 男裝으로 도피하다가 백경을 만나는 대목에 이르러는 이미 주인공이 누구인가 의심이 들 정도이다. 그 때문에 이미 주인공이라는 용어는 적절치 않다고 생각한다. 따라서 주된 사건을 둘러싼 인물들을 이제 중심인물이라고 불러야 된다.

<구운몽>의 중심인물은 양소유와 여덟여인이다. 이들을 중심으로 작품이 전개되기 때문이다. <사씨남정기>의 중심인물은 유연수

와 사씨, 그리고 敵對者群으로 교씨와 동청 등이다. 이들의 만남과 이별, 그리고 재결합이라는 관계가 작품의 주된 구성이다. <창선감의록>의 중심인물은 화진과 화진의 두 부인인 윤옥화, 남채봉 그리고 윤여옥과 진채경과 두 부인 등이 작품의 중심인물이 될 수 있다. 한명의 주인공에서 여러 명의 중심인물로 서술의 대상을 넓히는 것은 장편소설이 지니는 중심인물에 대한 기본적인 서술 태도이다.

작품 이해의 가장 중요한 요소의 하나는 바로 이들 중심인물을 바라보는 것이다. 그들이 어떻게 생겼고 어떻게 만나고 어떻게 살아가는가를 보면서 당시의 꿈과 慾望을 再現해 내는 것이 소설사를 이해하는 방법의 하나이다.

이제 主役을 맡은 인물의 모습을 몇가지 면에서 살피기로 한다. 표면적으로 才子佳人의 모습을 이어 받는 면과, 이면적으로 그 변모된 성격을 살피고자 한다. 이어서 주역인물의 一代記的 敍述의 문제가 長篇化에 어떤 관계가 있는가를 검토하려고 한다.

가) 才子佳人의 表面的인 모습

고전소설사의 초기 유형을 이루는 傳奇小說은 주인공의 모습이 젊은 남녀의 모습을 그리고 있다. 뿐만 아니라 그 젊은 남녀는 재주가 있고, 모습 또한 아름답기 그지없다. 재주있는 남자와 아름다운 여자라는 의미로 그들을 才子佳人이라고 부르는데, 그 말의 연원은 오래되었다. 이러한 재자가인적인 인물은 17세기 후반의 장편소설에서도 이어져 내려오고 있다.

그러나 17세기에 전기소설의 변모된 작품을 거쳐 장편화된 소설에 이르면 표면적으로는 재자가인의 모습을 이어받지만, 본질적인 성격은 변화되어 있음을 주목해야 된다. 이제 그 재자가인적 모습의 전승과, 그에 따라 변화되는 성격을 추적하여 보기로 한다.

일찍이 재자가인으로서 가장 잘 그려진 소설은 <李生窺牆傳>이라고 할 수 있다. 이미 작품가운데서 '風流李氏子/ 窈窕崔家娘/ 才色若可餐/ 可以療飢腸'이라고 그들 남녀를 설명하고 있다. 보기만 해도 배부르다는 의미까지 지닌 이 구절에서 두 남녀가 재자가인의 모습을 갖추고 있음을 보여주고 있다. 작품내에서 만이 아니라, 대총본 <金鰲新話>를 보면 작품의 評語에서 湖山이 頭注하길 '형용은 재자가인이라'고 하였다.

애정류 전기소설은 남녀 주인공을 才子佳人으로 그리고 있지만, 그러나 물론 이를 재자가인소설이라고 하기에는 전기적인 구성이 너무 뚜렷하다. 그래서 중국 명말청초의 人情小說의 한 분파인 才子佳人小說과는 구별되는 것이다. 재자가인소설이란 연애문제를 제재로 하는 소설로, 재자가인들이 다소의 어려움을 겪어내고 애정을 이루는 혼인을 성취한다는 줄거리를 지니고 있다. 혼인 후의 일은 그리지 않기에 가정소설이라고 할 수는 없다. 인정소설의 다른 분파인 가정소설은 <금병매>를 비롯한 작품들로 가정내부의 모순과 분쟁을 그리고 있다.[62] 재자가인소설 가운데 중요한 작품

---

62) 齊裕焜, 中國古代小說演變史, 燉煌文藝出版社, 蘭州, 1990, 345면.

은 <玉嬌梨> <平山冷燕> 등이고, 이들은 모두 국문 번역본이 있다.

소설에서 佳人 여주인공의 역사는 오래되었다. 傳奇小說에 흔히 나오는 異界의 여인들, 예컨대 崔致遠과 만나던 여인이나, 양생이 만나던 여인, 하생이 만나던 여인들도 모두 佳人이어서, 나이는 이팔청춘으로 열여섯 정도로 되어있다.

이러한 才子佳人의 모습은 17세기 초 전기소설의 변모작품에도 그대로 나타난다. 17세기 전기소설은 이계의 여인과의 사랑이라는 구성은 이미 제거되어 있으므로, 이들은 <李生窺牆傳>처럼 작품의 서두에서 현실적인 재자가인으로 만나는 것이다.

17세기 전기소설은 주인공이 재자가인이라고는 하지만, 인물의 성격은 조금씩 변화되어 있다. <周生傳>의 주생은 그 모습은 才子였지만, 과거에 연거푸 낙방한 인물로 그려져 있다.

주생은 어려서부터 매우 총명하고 명민하여 시도 잘 지었다. 열여덟살때 태학에 들어가 공부하게 되었는데 동료들도 그를 우러러 받들었으며 자신도 앞날에 대한 자부심을 가지고 있었다. 주생이 태학에서 몇 해 공부한 후 여러번 과거시험을 보았지만 연거푸 낙방되었다. 그는 한숨을 쉬며 탄식하여 말하였다. '인생이란 험악한 세상에 태어난 하찮은 미물이며 가냘픈 풀잎에 서린 티끌과 다름없거늘 내 무슨 일로 공명에 눈이 어두워 이처럼 구구하게 일생을 마치리오' 이로부터 아예 과거볼 생각을 단념하고 집재산을 몽땅 털어가지고 장사길을 떠나기로 하였다.[63]

---

63) <周生傳> 임제권필작품집, 민족출판사, 북경, 265면, 이하 번역은 이 번역문을 참조하였다.

과거에 낙방하여 울적한 모습은 일찍이 <하생기우전>에서 하생도 보여주었지만, 주생은 아예 과거를 포기하고 장사길로 접어들었다. 장사를 하는 인물이라는 점에서는 홍생의 모습도 이어받고 있다고 할 수 있다. 그런데 남녀의 애정을 다루는 소설에서의 이러한 인물형상은 매우 큰 변화이다. 이제는 남주인공이 스스로 장삿길에 나선다고 하였다.

이러한 인물의 형상화는 작가의 처지와 매우 밀접하다고 보인다. 김시습이 양생이나 이생을 모두 비극적인 인물로 형상화시키는데, 높은 벼슬에 몸담았던 신광한은 하생을 과거에 급제하여 잘 살게 되었다고 그리거나, 과거를 포기한 권필이 주생을 과거를 포기한 인물로 그리는 것은, 작중인물은 작가의 체험과 밀접하다는 사실을 보여주는 것이 아닌가 생각한다.

주생은 才子로 시도 잘짓고, 문장도 뛰어나서 국영을 지도하기도 한다. 才子는 才子이되 功名을 버리고 새로운 삶을 개척해나가는 모습이 보인다.

위경천은 앞에서 말했듯이 옛 당나라 현인인 위응물의 후손이라고 설정되어 있다. 韋應物은 <唐書 卷 201>에 의하면, 唐나라 사람으로 호는 蘇州이고 시에 능하였다. 벼슬은 비부원외랑을 거쳐 소주자사를 하였으며 성품은 고결하였다. 도연명과 함께 陶韋라고 世稱되었고 <韋蘇州集>이 있다.

그러한 인물의 후손답게 위경천도 '성품과 바탕이 총명하고 재주가 뛰어나서 나이 열다섯에 문장을 이루었다. 시운은 소주를 닮았지만 맑고 깨끗한 점이 더욱 뛰어났다. 당시에 이미 이름을 날려 남들은 따를 수가 없었다.'64) 라고 했다.

그의 낭만적인 성격은 친구인 장생과의 대비에서도 드러난다. 둘이 함께 洞庭湖를 유람하다가 장생은 스스로가 강개지사라고 하면서 고금의 혼을 부르겠다며 슬프게 노래한다. 그러자 위생은 처량한 노래가 슬픔을 더하게 한다며, 공연히 반나절의 기쁨을 써 버렸다고 한다.65)

그는 詩를 좋아하며 스스로 즐길 줄 아는 인물이 아닌가 한다. 소숙방도 귀족가문의 막내딸인 문학소녀다. '나이 열일곱 여덟 정 도요, 아리따운 모습은 선녀와 같아 마치 세상사람이 아닌듯 했 다.'66)라고 하였다.

이들 두 소설의 주인공은 모두 이팔청춘의 재주있고 아름다운 남녀인 것은 분명하다. 그러나 위경천의 모습에서 어리고 순수한 모습을 보여주는데, 주생은 공명을 버리고 장삿길에 나서는 모습 을 그려 본질은 才子이지만 그 성격이 달리 그려지는 점을 주목 해야 한다.

주생의 달라진 모습은 앞에서 <周生傳>과 <韋敬天傳>을 검토하 면서 서술하였지만, 그는 매우 현실적이고 능숙한 인간관계를 보 이는 인물이다.

<雲英傳>은 남녀주인공을 유영이 만나서 이야기듣는 것으로 되 어 있다. 유영이 옛 성터에서 돌아오려다가 들려오는 말소리를 듣

---

64) <韋敬天傳>은 林熒澤, 傳奇小說의 戀愛主題와 <韋敬天傳>, 동양학 제 22
   집, 1992 에 부록으로 원문이 교정되어 있다.
65) 韋生遽曰,"君詩吟調悽苦, 益增悲抱. 如此鶯花佳節, 但當醉歡而已, 不須弔
   古傷心, 空費半日之歡耳."
66) "下有一美人, 年可十七八. 綽約仙姿, 非世上人也."

고 찾아보니 ‘꽃나무 사이에 한 美少年이 絶色 美娥로 더불어 마주 앉아 말하다가…’(319면) 라고 되어 있다. 또 김진사는 유영에게 자기를 소개하면서, ‘복의 성은 김가라. 나이십세로부터 시문이 능통하여 학당에 유명하더니 십사에 등제하여 진사를 마치매,……’(321면) 라고 하였다.

운영 또한 文人才女였다. 그러나 운영은 궁녀여서 <雲英傳>은 이미 조선후기 애정소설에 잘 나타나는 상층의 남자와 하층의 여자의 만남이라는 모습을 이루고 있다는 점에서 매우 주목되는 소설이다.

佳人은 佳人이되 宮女라는 신분의 佳人은 전래의 여주인공과는 전혀 판이하다. 17세기 초의 변모된 전기소설에는 여성인물로 妓女, 宮女 등이 등장하기 시작하고 있음을 보여주고 있다.

양생과 비슷하게 만복사의 동쪽에 살고 있던 崔陟 또한 총민한 젊은이였다. 그런데 그가 바로 才子였다고 하는데서 탈피하고 있다. 이는 一代記敍述을 준비하는 것같이 보이기도 한다. 바로 재자가인이란 인물의 모습이 나온다면, 이는 한 순간의 사건을 경험하는 것으로 진행된다. 하지만 어렸을 때부터의 일이 나온다면, 이는 일대기를 꾸미려는 준비임을 알아차리게 만든다.

바로 <최척전>의 최척은 그렇게 시작하고 있다. 어려서부터 뜻이 크고 기개가 있어서, 조그만 예절 등에는 구애받지 않고 친구들과 놀기만 좋아하고 학업에는 신경쓰지 않았는데, 부친의 훈계를 듣고 정상사를 찾아가 글을 배워, 글솜씨가 뛰어나게 되어 고을 사람들이 모두 그 총민함에 탄복하였다고 되어 있다. 간단하지만 어렸을 때의 성격변화를 그리고 있어 주목된다.

그러나 여주인공인 玉英을 그리는 모습은 바로 가인의 모습으로 들어간다. '한 소녀가 있어 나이 열일곱, 여덟쯤 되었는데, 눈썹은 그린 듯하고, 머릿결은 까맣게 윤기가 흘렀다.'[67]고 하였다. 그녀는 최척에게 '摽有梅' 詩를 던져 구애를 하였다.

그런데 옥영은 과부의 딸이다. 최척은 옥영의 시비에게 과부딸이 어떻게 문자를 배웠느냐고 하자, 옥영의 형인 得英이 매우 문장이 있었지만 요절하였는데, 그 형의 덕택으로 일찌기 주워들어서 이름자나 쓸 뿐이라고 하였다. 옥영은 전기소설의 여주인공들이 지니고 있던 文才를 그다지 지니지 않은 듯하다. 그녀의 侍婢의 말을 통하여도 그렇고, 작품에서 그가 시를 짓는 모습은 거의 없다. 佳人으로 묘사된 옥영이지만 그녀는 과부의 딸이고, 행동은 적극적인 여인이긴 한데 文才는 뛰어나지 못한 인물성격의 변화가 일어난 것이다.

표면적으로 남녀 중심인물이 才子佳人인 것은 17세기 후반의 소설에 이어지고 있지만, 장편소설은 인물의 제시나 형상화 방법이 전대의 소설과는 많은 차이를 보이고 있다.

단편적인 소설에서는 남녀주인공이 서두에 바로 소개된다. <周生傳>이나 <韋敬天傳>은 남주인공이 바로 소개되고 있지만, <雲英傳>에 이르면 유영이 수성궁의 옛터를 찾아가는 대목이 먼저 나오고, 남녀주인공은 그 다음 사건에 이르러 등장한다.

17세기 후반의 소설에 이르면 남녀 중심인물의 등장이 여러 표현법으로 처리되어 이루어진다. <구운몽>은 성진의 생활을 먼저

---

67) "輒有丫鬟 年可十七八 眉眼如畵 髮黑如漆"

보여주어, 양소유의 삶을 이끌어내는 도입부로 삼고 있다. <사씨남정기>와 <창선감의록>에서는 남녀주인공의 등장이 비로소 世系表現의 방법으로 나타나고 있다.

　바로 주인공의 先代부터 서술하여 주인공을 이끌어내는 수법이 나타나는데, 필자는 이를 '世系表現'이라고 생각하고 있다. 이는 그 주인공의 성격을 미리 암시하는 효과도 지니고 있는 소설 서사기법의 한가지이다.

　<홍길동전>에서도 일찌기 홍판서의 등장에 이어서, 그의 아들 홍길동의 등장을 그리기에 그런 세계표현의 모습이 보이고 있다. 이는 17세기의 가문의식의 성장, 족보편찬의 활성화 등의 외적인 요인도 있을 것이다. 이처럼 주인공을 바로 소개하지 않는 것이 소설의 장편적인 호흡에 맞추는 일이다.

　<구운몽>에서 양소유의 인물형상은 화려하게 수식되어 있다. 才子佳人이라는 모습은 <구운몽>의 남녀주인공에도 적용되고 있음을 알 수 있다.

　　소유 십사오세에 이르러는 얼굴은 반악같고, 기상은 청련같고, 문장은 연허같고, 시재는 포사같고, 필법은 종왕같고, 제자백가와 육도삼략과 활쏘기와 칼쓰기를 정통치 아닐 것이 없으니 진실로 여러 대 수행하는 사람이라 세상속자에 비할 바가 아니러라.[68]

　양소유가 계속 만나게 되는 여덟 여인도 모두 아름다운 여인으

---

68) <구운몽> 정병욱 교주본, 한국고전문학전집 3, 보성문화사, 27면. 이는 서울대도서관 소장 국문본이다. 이하 이 책을 인용한다.

로 작품에 바로 표현되어 있다. 맨 처음에 만나는 진채봉은 '구름 같은 머리털이 귀밑에 드리웠고 옥채반만 기울었는데 봄잠이 족 하지 못하여 하는 양이 천연이 수려하여 말로 형용하기 어렵고 그림을 그려도 방불치 못할러라'(31면)고 되어있고, 바로 '美人'이 라는 지칭이 계속 잇따른다. 계섬월도 '용모의 염려함이 짐짓 국 색이라, 완연히 요대 선자 하계에 내려온 듯하더라'(55면)고 하였 다. 세번째로 만나는 여인인 정경패 또한 음률에 밝을 뿐더러, 그 모습은 '용모와 재덕이 이세상 사람같지 아니하니 배필을 가리기 어려울'(83면) 정도이다. 팔선녀의 환생이라는 설정부터가 그러하 지만, 여덟여인은 모두 개성이 있고 아름다운 모습을 지니고 있 다.

그런데 양소유라는 남성인물을 형용할때는 모두 역사적인 인물 을 등장시키는데, 여성인물들은 역사적인 인물에 빗대어 서술하는 법이 없다. 빗대어도 요대선자라는 식의 추상적인 표현으로 되어 있어서 특이하다.

<구운몽>과 <사씨남정기> <창선감의록> 사이에는 인물의 묘사 에서 차이가 난다. 이는 인물의 묘사만이 아니라 소설 전체에 걸 쳐 나타나는 문체의 차이일 수도 있다. <구운몽>은 매우 화려하고 흥겨운 분위기로 되어 있다. 그러나 뒤의 두 소설은 화려하기보다 는 평범하고, 홍겹기보다는 차분한 문체로 되어있다. 이러한 문체 의 차이는 매우 주목할 만한 점이다.

그러한 문체의 차이에 기인한 것인지, 인물을 그리는 수법도 차 이가 있다. <사씨남정기>의 유연수도 겉으로 才子佳人으로 그려져 있기는 마찬가지다. 그는 어려서부터 매우 재주있는 소년으로 그

려져있다. '십세에 이르러서는 문장과 힘되 아름다오니…'[69] 라고
하였다.

<창선감의록>의 화진도 뛰어난 소년으로 성장한다. 화진도 앞서
말한 세계표현에 따라 화운의 칠세손인 화욱, 그리고 화욱의 아들
인 화진으로 이어지는 世系가 그려지고 있다. 화진의 모습은 다음
처럼 그려진다. '정씨부인의 아이 점점 자라 삼사세에 이르러 긴
머리 날리며, 이마가 귀한 모습이며 지혜로운 말이 사람을 놀라게
하고 극히 영민하니…'[70] 라고 하였다.

이러한 남주인공의 묘사는 <구운몽>에서 양소유를 화려하게 빗
대어 수식하는 것과는 차이를 보인다. 뒤의 두 소설은 누구에게
빗대지도 않았고, 또한 매우 일상적인 언어를 사용하고 있다. 화
려한 수식체에서 평범한 일상체로의 전환은 인물묘사 방법의 차
이라고 할 수 있지만, 그 才子佳人으로의 내용은 크게 변형되지
않았다.

장편소설의 양소유, 유연수, 화진은 바탕이 되는 성격은 서로
다르다고 하여도 모두 '재주있는 젊은이'(才子) 라고 하는데서는
傳奇小說의 인물을 계승한 것이라고 말할 수 있다. 여성측의 인물
들도 모두 '아리따운 여인'(佳人)이라고 할 수 있다. 표면적으로는
이러한 재자가인의 모습을 견지하고 있지만 그 성격은 많이 변화
되었다.

---

69) <사씨남정기> 국문본, 上冊 1章 앞. 金東旭 編, 景印古小說板刻本全集
　　에 실려있는 작품으로 대본을 삼는다. 이 작품은 上, 中, 下 3冊, 不分
　　章으로 되어 있다.
70) <창선감의록> 2면, 翰南書林 발행, 현토본 <창선감의록>을 대본으로 삼
　　는다. 인용은 현대역을 하였다.

나) 남성의 화려한 삶을 그리기 시작하다

임란 이후 17세기 傳奇小說에서 남주인공의 작품 속의 역할이 점점 증대된다고 하였는데, 이러한 점이 장편소설에서는 더욱 확대되었다.

우선 양소유의 인물형상이다. 그는 한림이 되고, 상서가 되고, 승상이 된다. 작품 내의 이러한 호칭의 변화는 그가 발전하는 인물임을 보여주는 것이다. 그는 어떠한 좌절도 없는 삶을 살고 있다. 작품에서도 그가 누리는 풍요한 삶은 그 무엇과도 견줄 수 없다. 여덟 여인과의 만남은 고전소설에서는 독보적이다. 그가 세속의 삶에서만 그러한 것이 아니었다. 작품의 후반부에 춘몽을 깨고 나서

'처음에 스승에게 수책하여 풍도로 가고, 인세에 환도하여 양가의 아들되어 장원급제 한림학사하고 출장입상하여 공명신퇴하고 양공주와 육낭자로 더불어 즐기던 것이 다 하룻밤 꿈이라 마음에 이필연 사부가 나의 염려를 그릇함을 알고 나로 하여금 이 꿈을 꾸어 인간 부귀와 남녀 정욕이 다 허사인줄 알게 함이로다'(419면)

라고 한 다음에 다시 佛道의 제자가 되나, 그 후의 과정 또한 華麗한 得道의 과정이다.

'이후에 성진이 연화도장 대중을 거느려 크게 교화를 베푸니 신선과 용신과 사람과 귀신이 한가지로 존숭함을 육관대사와 같이 하

고 여덟 이고가 인하여 성진을 스승으로 섬겨 깊이 보살대도를 얻어 아홉사람이 한가지로 극락세계로 가니라.'(423면)

이는 佛家의 得道過程이 화려하게 그려져 있는데, 이러한 화려한 득도와 극락세계로 나아감은 傳奇小說의 주인공들의 삶과는 천양지차라고 할 수 있다. 불교적 각성을 이룬 調信의 최후와 견주어 보면 더욱 뚜렷하다. '조신은 사재를 기울여 정토사를 창건하고 부지런히 백업을 닦더니 그 후에 어떻게 죽었는지 알 수 없다'고 하였다.

유연수나 화진, 그리고 윤공자등도 모두 대단한 인물로 그려져 있다. 이들은 태어 나면서 모두 宰相의 아들로 태어났다. 전에 볼 수 없었던 귀한 신분의 남녀를 그린 것은 <사씨남정기>와 <창선감의록>의 공통된 인물형상의 특징이다. 이 점에서 宰相의 아들 딸의 결연담을 그린 중국의 '才子佳人小說'들과 비교될 만 하다고 생각한다. 특히 <창선감의록>에서 그 모습을 잘 보여주고 있다.

<사씨남정기>의 유연수나 <창선감의록>의 화진은 일시적으로 고난에 빠지기도 한다. 그런데 그리한 고닌은 惡에 의한 고난이라는 것을 작품에서 드러내놓고 가르쳐주고 있기에 바로 역전이 된다.

그들은 모두 科擧及第와 顯達을 거듭한다. 유연수도 유한림으로 현달하다가 일시적인 고난에 처하지만, 다시 유시랑으로 유상서로 벼슬이 올라간다. 마침내 사부인을 다시 맞이하고, 다른 첩을 얻는다.

傳奇小說의 남주인공은 悲劇的인 성격을 보인다. 위경천이 전장에서 소숙방을 그리워하며 죽어갔고, 주생이 먼 이국에 나와 언제 재회할지도 모르는 채 고민하는 인물이고, 김진사는 궁녀와의 사랑을 끝내 이루지 못하고 죽었다. 최척 또한 전쟁이라는 커다란 세파에 휩쓸려 겨우 목숨만 살아남았다. 남성인물의 이러한 모습과 비교하면 장편소설은 대단히 다른 인물을 그리고 있다고 할 만하다.

다) 여성의 婦德을 찬양하기 시작하다

17세기 후반 장편소설의 여성은 두가지 특징이 있다. 하나는 婦德을 잘 지니고 있다는 점이고, 다른 하나는 神秘的인 힘에 의존하고 있다는 점이다.

사급사댁 소저인 사정옥은 德行이 일세에 희한하다고 하였다. 유연수 家에서는 色을 취함이 아니라 德行이 있어야 한다고 하면서 사소저를 시험하려고 한다. 덕행은 筆法에 나타난다는 말에도 여인의 행실을 판단하는 새로운 방법으로 필법이 등장하는 것을 보여준다. 그래서 묘혜(묘희)를 시켜서, 사소저더러 관음화상에 찬을 지어보게 한다. 묘혜가 사소저의 모습을 본 순간에 '쇄락기이함이 진짓 관음보살이 강림하신 듯한지라…'(上冊, 張 3, 앞)고 하였다. 그의 용모도 아름다워 두 사람 사이는 그야말로 '요조숙녀 군자호구'의 모습이었다.

사씨는 아름다운 모습이라는 전래의 여주인공의 표면적인 모습을 이어받았지만, 그 성격은 德行이 뛰어난 여성인 것으로 형상화된다. 그녀 스스로가 그녀의 姿色을 일컫는 주파가 하는 중매의 말을 거절하였다. 德性을 지닌 여인은 <사씨남정기>이하 여주인공의 새로운 성격으로 주목되는 것이라고 할 수 있다. 화진의 두 부인인 윤시랑의 딸인 윤옥화나, 남어사의 딸인 남채봉도 모두 면목이 청수한 가인이었다.

사부인과 남부인은 <사씨남정기>와 <창선감의록>에서는 여성의 중심인물인데, 둘 다 德性을 강조하고 있다. 사부인과 남부인은 서로 비견될 만 하다. 둘다 여성 중심인물이며, 女僧의 관음화상에 찬을 쓰거나, 화상을 그리는 일에 관계된다. 쫓김을 당해서 방랑하다가 아황과 여영의 상군 낭랑의 도움을 받고 다시 여승인 묘혜, 청원의 도움을 받아 기다리고 있다가 남편을 만난다는 줄거리가 전체적으로 유사하다. 물론 사건이 남부인은 두 번의 방랑을 거치게 되어 사부인보다 중첩되어 있다.

사부인은 출가하기 전에 매파가 와서 才貌만 이야기하고 德을 이야기하지 않자 싫어하고 거절한다. 또한 남부인의 고난은 모두 '황천이 부인의 덕을 격려하여 이루어서 천하에 드러내고자 함이니'(75면)라고 하였다. 부인의 德은 두 작품에서 계속하여 강조되는 사실이다.

아울러 두 여인은 모두 커다란 신비적인 힘에 인생을 의탁하고 있다. 구원자들이 항상 그들을 지켜주고 있다. 사부인은 투신하여 자살하려고 할 때마다 구원자가 나타나고, 남부인 역시 계속하여 구원을 받는다. 상군 낭랑이 옥장을 가지고 와서 구하고, 다시 麻衣를 입은 한 노구가 나타나서 길을 안내하여 준다. 혼인한 후에 다시 조녀에게 쫓겨 나왔을 때 여승인 청원이 구하여 촉으로 들어가서 기다린다. 구원자가 계속하여 등장하는 것은 여성이 운명에 의존하고 있음을 보여주는 것이다.

이에 비하여 <구운몽>의 여인들은 결정적인 고난에 빠지지도 않고, 혹시 진채봉이나 정경패처럼 일시적인 곤경에 처하여도 신비적인 힘이 구원하지 않는다.

말하자면 <구운몽>의 여성 형상은 <사씨남정기>나 <창선감의록>보다 좀더 적극적인 면을 지니고 있는데, 이는 傳奇小說의 영향이 더 짙게 남은 소설이기에 그러하다고 생각한다. 구성을 말하면서 後述하겠지만 <구운몽>은 傳奇小說의 구성을 뒤의 두 소설보다 많이 수용하고 있다.

그러나 <구운몽>의 여성들도 성격의 변화를 이루었다. 가장 먼저 만난 진채봉은 '남의 둘째되기도 혐치 아니하거니와'(35면)라고 하였다. 삼각관계에서 스스로 죽었던 배도를 생각하면, 많은 변화를 보인다고 할 수 있다. 이러한 변화 가운데 하나는 여성의 역할을 소극적으로 드러내는 것이다. 남녀의 진지한 애정에 의한 만남이 아니라, 양소유의 '미인모으기를 마지 아니하니'(389면)라는 말처럼 傳奇小說과는 다른 모습을 보여준다. 이러한 태도는 여성의 성격을 변화시킨 것이다.

<구운몽>의 여인은 德을 표면적으로는 강조하지 않았지만, 2처6첩이 서로 화목하였다는 것은 여인의 德을 이면적으로 강조한 것이다. 또한 여인들은 전체의 구조상 운명에 따라 양소유를 만난다. 천상의 선녀가 지상에 내려와 예정된대로 만나는 일은 여인들의 삶을 운명적인 삶으로 규정짓는 모습이다.

이처럼 남성 뿐만 아니라 여성의 모습을 그리는데 있어서도, 17

세기 후반의 장편소설들은 傳奇小說과는 다른 모습을 보여준다.

그러나 이러한 인물의 형상 또한 앞서의 소설들에서 발전한 것이라는 점이다. <崔陟傳>에 나타난 옥영의 모습에서 이미 구원자의 등장을 여러차례 보여주고 있다. 장육불이 여러차례 현몽하여 자살하려는 옥영을 구하고 있기 때문이다. 여인의 삶이 이러한 신비적인 힘에 의하여 구원받는다는 모습은 17세기 초반의 변모된 傳奇小說에 이미 그 모습이 엿보인다. 그러다가 <사씨남정기> <창선감의록>에서는 더욱 발전된 것임을 알 수 있다.

중심인물의 형상화에 있어서 인물의 才子佳人的 묘사는 후기소설인 <춘향전>에까지 줄곧 이어져 온다. '<춘향전>이 세상에 전한지 오래다. 그 사연은 일개 가인과 재자의 일을 빌었으되…'[71]라고 쓰여진 서문을 통하여도 그 점을 확인할 수 있다.

그러나 앞서 보았듯이 남성과 여성 중심인물의 재자가인적 묘사는 많은 성격의 변모를 지니고 있는데, 화려한 남주인공, 婦德이 있는 여주인공을 그리기 시작한 17세기 후반의 장편소설들에도 그 점이 여실하게 드러나 있다.

3) 一代記 敍述의 등장과 발전

소설이 長篇化되면서 등장하는 인물이 태어나서 죽기까지의 삶의 전 과정을 그리고 있다는 것은 매우 의미있는 일이다. 소설이

---

71) "옥중가인서" <한선춘향전> 「고전소설 4」 민족문화사영인, 1983.1면

어느 한순간의 특별한 이야기가 아니라, 이렇듯 주인공의 유년기, 청장년기, 노년기를 함께 그리고자 하면 소설은 자연히 장편의 양식을 띠게 된다.

소설에 인생의 전 모습을 담을수 있다는 생각은 소설이라는 갈래가 상당히 인정을 받기 시작했다는 증거이다. 삶과 죽음의 여러 가지 특별한 시대적 경험을 지닌 17세기의 작가들은, 그동안 꾸준하게 성장해온 허구적인 표현의 발전에 힘입어 소설가운데 인물의 '一生'을 그리려고 하였다.

그러한 외적인 요인 가운데 하나는 삶의 다양한 체험을 작품 속에 반영하려고 하였기 때문이다. 또한 전쟁 이후에 苦難에 찬 삶에 대한 反作用으로 완벽하고도 뛰어난 인물을 꿈꾸게 되었고, 그러한 인물에 대한 독자들의 기대감이 인물의 일대기를 그리도록 하였다.

단편으로 처리하기에는 인생이란 너무 복잡하게 여러 사건이 얽혀있었다. 말하자면 인생자체가 단편처럼 단순한 것이라고는 볼 수 없기 때문에 이제는 장편양식이 필요했던 것이다. 물론 인생이 복잡하다는 것은 훨씬 오래 전의 사람들도 느꼈을 것이다. 그러나 17세기에 들어서 작가들은 그 복잡한 인생을 소설 속에 그릴 수 있다는 확신을 가지게 된 것이다.

人生이 복잡하듯이 長篇樣式은 여러 사건들이 복잡하게 연결되어 있다. 단편양식의 소설처럼 하나의 사건일 때는 그 사건에 대한 태도가 중요하지만, 여러사건을 그리면서부터는 어느 사건을 그려야 하는가의 방향성의 문제가 중요하게 된다. 사건과 사건의 연결은 일정한 선을 지니게 된다. 그렇기 때문에 사건의 연결을 따라서, 어떻게 인생을 살아가야 하는가 하는 삶의 '理念性'의 문제가 제기되기 마련이다.

일정한 이념을 가지고 자기의 삶을 개척해나가는 인물을 '理念的 人物'이라고 할 수 있다. 이러한 이념적 인물은 바로 장편소설의 중심인물에 해당되는 인물이다.

따라서 장편소설은 등장인물들이 삶에 대한 일정한 태도를 지니고 있다. 전대의 소설은 대체로 한 두 가지 사건의 서술에 불과하므로, 등장인물의 인생관이나 세계관을 두루 그려낼 수 없었다. 한 두 사건에 대한 선명한 태도로 인하여 그의 삶의 특징적인 단면을 그려낼 수 있을 뿐이었다. 그러나 17세기 후반의 장편소설은 그야말로 많은 인간관계를 보여주어서, 그들의 인생관을 잘 드러내주고 있다.

이러한 장편소설적인 인물형상은 17세기 후반에 등장하는 양소유, 유연수, 화진, 소현성 등의 삶에서 찾아볼 수 있는데, 이들 인물은 태어나서부터 죽을 때까지의 삶의 모습이 그대로 그려져 있기 때문이다. 그뿐 아니라 당시에 가장 중요하게 여겨졌을 과거를 통한 출세와 부귀공명, 그리고 애정문제, 처첩간의 화목이나 형제간의 우애를 통한 가정의 안정을 그리고 있어서 현실의 다양한 면에 바탕을 두고 인물을 그렸다고 할 수 있다.

'一代記'를 기술한 작품도 그 내용은 여러 면으로 차이를 보인다. 한 인물이 태어나 어떤 사건을 거치고 운명하였다는 기록자체는, 즉 주인공의 초년이나 말년이 제시되었다는 것으로 주인공의 완전한 일대기를 다루었다고 볼 수는 없다.

이런 경우에는 소설가운데서 인과관계에 따르는 것이 아니고 작자의 작의적인 설명이기 쉽다. 예컨대 홍길동은 탄생과 죽음이 그려져 있지만, 그의 삶의 경험이 폭넓지 못하여 충분한 일대기를 다루었다고는 볼 수 없다.

17세기 소설을 살펴보면 이러한 일대기서술은 점점 확대되고 있음을 알 수 있다. 임란 후 17세기 초에 傳奇小說의 변모된 모습을 보여주는 <周生傳>과 <韋敬天傳>은 전대의 전기소설보다야 더 넓은 시간적인 배경을 지니고 있다. 그렇지만 이 두 소설도 남주인공의 짧은 기간의 경험을 다루고 있다. 그 경험이 위경천은 죽음으로 끝나고, 주생도 큰 체험을 하고 있지만, 그들의 인생을 폭넓게 다루지는 못하였다.

위의 두 소설보다 나중에 나오고, 또 그 길이가 길어진 <雲英傳>은 주목할 만하다. 운영과 김진사의 만남과 죽음까지의 기간이 만 2년이기에 <周生傳>의 기간과 비슷하다. 만 2년 동안의 내용을 지니고 <雲英傳>과 같은 긴 소설을 만들어 냈다는 것은 다양한 사건이 들어가 있기 때문이다. 말하자면 인물이 겪는 삶의 경험을 좀 더 풍부하게 다루었다.

그에 비하여 <崔陟傳>은 주인공의 삶이 거의 일대기라고 할만큼의 시간으로 다루어졌다. 최척은 탄생담은 나와있지 않지만, 어려서부터의 일이 그려져 있다.

최척은 정유재란으로 고국을 떠났다가 '生還故國於二十年之後'라고 하였으니 1617년에 돌아온 셈이다. 최척은 '陟與玉英 上奉父母 下育子婦 居于府西舊家' 하였다고 하였다. 작품을 쓴 연대는 1621년으로 되어있다. 작품 속의 최척은 20년 동안의 이국에서의 삶이라고 하였으니, 그 전에 국내에서의 삶, 그 후의 삶까지 포함하면 상당히 오랜 기간이 다루어져 있다. 사건이 집중되어 있기 때문에 일대기라고 하기에는 부족하지만, <최척전>은 전대의 어느 작품보다 주인공의 삶이 넓게 그려져 있다.

그런데 최척의 삶이 이전의 소설들에 비하면 매우 폭넓게 그려져 있다고 할 만하지만, 그의 삶은 수동적인 경험의 연속으로 되어있는 듯 하다. 이별과 재회가 모두 자신의 의지와는 무관한 시대적인 힘에 의하여 이루어진 듯 하다. 그런 이유로 우연적인 만남이 많이 다루어져 있다. 이 때문에 그가 주체적으로 사건을 일으키고, 사건에 대응하는 모습은 별로 볼 수 없다.

또한 그의 경험이 비록 20년 간의 삶을 다루었어도 장편화되지 못하고 있다. 이러한 점에서 그 내용과 형식이 서로 모순을 일으키고 있음을 보여주고 있다.

변혁시대에는 내용과 형식에 모순이 있기 마련이다. 새로운 내용을 담기에는 기존의 형식이 매우 부적절하였다는 점을 <崔陟傳>도 보여주고 있다. 이제는 좀 더 긴 형식이 필요했다. 그래야만 등장인물의 삶을 충분하게 그릴 수 있기 때문이다.

17세기 후반에 장편으로 된 소설들은 이러한 모습을 잘 보여준다. 많은 내용을 담으면서 적절하지 못하였던 전대의 소설형식을 극복하고 새로운 장편의 형식을 이룬 것이다.

바로 <구운몽>에서는 양소유의 일대기를 다룬 것으로 되어 있으면서 장편의 형식을 택하였다. 물론 이 경우의 일대기도 그의 전 삶에 골고루 관심을 기울였다고 하기에는 곤란하다. 그러나 그가 소시적부터 시작하여 높은 벼슬에 이르기까지의 人臣으로서 할 수 있는 모든 지위를 누렸다. 양소유는 약관 20세에 승상이 된다. 이때 우리가 느끼는 '人物의 早熟性'은 따로 주목할 만하다.

중심인물의 조숙성은 여러 군데 표현되어 있다. 여성인물 가운데서도 사소저, 남소저, 윤소저, 진소저 등은 모두 어렸을때 이미 대단한 말을 하고 있어 그 조숙성을 드러내고 있다.

양소유는 젊은 시절을 주로 그렸다고도 할 수 있다. '소유는 20에 승상을 하여 전후 상위 누리기 분왕의 이십사고에 지나고…'(405면)라고 되어 오랜 벼슬에 있는 것으로 되어있지만, 상당한 기간의 모습이 축약되어 있다.

비록 축약된 일대기이지만 양소유의 삶은 비교적 충실한 일대기로 그려져 있다. 양소유의 삶은 탄생을 그리고, 젊을 때의 사건을 집중적으로 그리고, 다시 老年의 삶을 축약하여 그리고 있기 때문이다.

양소유는 양처사의 아들로 탄생한다(1회), 15세에 과거보러 떠나다가 진채봉을 만나고 그냥 돌아온다(2회), 16세에 재차 과거길에 오르면서 계섬월을 만난다(3회), 16세에 과거에 장원급제하여 정사도가 택서하다(4회), 17세에 연국에 사신으로 가다(6회), 19세에 토번을 평정하고 돌아와 스물에 승상이 된다(12회), 이하 15회 중반까지 양승상이 스물이 조금 넘은 나이이다.

따라서 <구운몽>은 2회부터 15회까지, 양소유가 15세부터 20여세 사이의 일이 그려져 있다. 양소유의 탄생부터 취미궁으로 은거할 때까지가 다루어졌지만, 실제로는 젊은 시절 5, 6년의 일이 집중적으로 그려져 있다는 것인데, 이는 축약된 일대기이다.

소년기와 노년기가 비록 축약은 되었지만, 어느 정도 서술되어 있다. 그 어느 일대기도 전 삶을 골고루 비춰주는 일대기는 없다고 생각한다. <구운몽>에서도 그 점은 확인된다. 소설은 중심인물의 삶가운데 가장 홍미로운 부분을 집중적으로 취사하여 그리는 것이다. 비교적 일대기가 충실하다는 점은 여러 인간관계를 다양하게 보여주고 있기 때문이다.

이처럼 한 인물을 통하여 多樣한 人間關係를 그리면서 一代記를 서술한 소설이 <구운몽>이라면, <사씨남정기>와 <창선감의록>에서는 많은 변화를 보이고 있다. 우선 작중에서 서술하는 과정이 한 인물에만 국한되지 않는다. 말하자면 '한 인물의 일대기'가 아니고, '여러 인물의 일대기'로 변화되어 있다. 이 점은 가장 뚜렷한 차이이고, 어느 면에서는 소설의 발전이다.

이제 소설이 한 인물의 삶에만 관심을 집중하는 것에서 벗어나고 있다는 점이 매우 중요하다고 생각한다. <사씨남정기>는 유연수의 탄생담은 물론, 사정옥의 어릴때부터 이야기가 전개된다. 유연수의 일대기가 그려지면서, 함께 사정옥의 일대기도 그려진 셈이다.

<사씨남정기>에는 사부인의 일대기가 잘 그려진 점으로 미루어 이 소설은 '女子의 一生'을 주로 그렸다고도 볼 수 있다. 이 점에서도 이 소설은 규방여성들의 홍미에 의하여 창작된 閨房小說임을 보여주는 것이다.

<창선감의록>은 <사씨남정기>에서 보여준 登場人物의 一代記가 더욱 확대되어진 소설이다. <창선감의록>에서는 이제 중심인물들의 모든 삶이 관심의 대상이 된다. 이 점은 여러 가지 면을 동시에 지니고 있지만 一代記 敍述의 면에서만 바라본다면, 다양한 一代記의 綜合的인 서술이다.

<창선감의록>은 화춘, 화진, 빙선이라는 세 남매를 등장시켜 서두부터 장편화의 바탕을 이루었다. 세 인물의 탄생과정부터 그려져 있으니 세 인물의 일대기가 준비된 것이다. 그런데 그 위에다가 다시 3회의 서두에 윤시랑의 부인과, 남어사의 부인의 태몽을 묘사하면서 윤옥화, 윤여옥 그리고 남채봉의 탄생담을 그려서 이들의 일대기도 그리기 위한 준비를 한다.

이렇듯이 다양한 인물의 일대기를 다루기 시작하였다는 점에서 <창선감의록>은 후대의 '大長篇小說' 혹은 '大河長篇小說'의 구성에 직접적인 영향을 준 작품이라고 볼 수 있다.

위와 같이 17세기 소설에서는 한 인물에서, 혹은 여러 인물에서 그리는 범위가 계속 확대되고 있다. 범위의 확대에 따라 인물의 묘사가 좀 더 풍부해지면서, 그 인물이 겪는 많은 경험들이 작품 속에 들어간다.

기존의 傳奇小說의 짧은 틀로는 이러한 새로운 사건을 소화해 낼 수 없었다. 그 때문에 소설은 이제 그 형식을 변화시켜야만 했다. 형식의 변화는 우선 소설의 장편화로 나타나게 되었다. 담고자 하는 내용이 기존의 傳奇小說의 짧은 형식으로는 부적절하였기 때문이다. 소설의 장편화를 위한 커다란 요인 가운데 하나는 인물에 대하여 작가나 독자의 태도가 달라진데 따른 것이다.

인물에 대한 첫 번째 변화는 바로 인물의 모습을 좀 더 풍부하게 그리면서 일대기 서술이 등장하게 된 것이다. 傳奇小說이 변모된 작품 중에는 <崔陟傳>이 주인공의 긴 삶을 다루었지만, 이 소설도 기존의 전기소설의 틀을 이용하였기에, 본격적인 장편화를 이루어낼 수 없었다. 이러한 모순은 17세기 후반의 새로운 작가들에 의하여 해결되었다.

<구운몽>이 한 인물의 一代記를 다루면서 長篇化로 나아간 점은 새로운 형식의 시도이다. 이 무렵 뒤이어 나온 <사씨남정기>나 <창선감의록>은 중심인물의 일대기를 다루되, <구운몽>에서 한사람을 중심으로 하던 것을 변화시켜서 계속 다양하고 포괄적으로 그려 나갔다. 그리하여 소설사에서 장편소설의 기틀을 마련하게 된 것이다.

2. 敵對的 人物의 등장과 그 역할

소설이 장편화되면서 다양한 인물이 등장하게 되는데, 그 가운데 주목할만한 모습은 적대자 인물형상의 등장이다. 적대적 인물은 소설에서 중심적인 갈등을 일으키고 있으므로 이들은 작품구성의 중심인물이 되고 있다.

17세기 소설이 장편화되는데 소설적으로 큰 요인이 된 이 적대적 인물 가운데, 가장 뚜렷한 인물 형상은 惡人類型 인물의 성장이다.

악인유형은 성격의 독특한 면모 뿐만 아니라, 주역인물들과 대척되는 삶의 현장에 있다. 또 그들은 개성적이고도 주체적으로 대립하고 있다는 데서 뚜렷한 성격을 보이고 있다. 이러한 인물이 소설 가운데 등장하게 된 이유는 여러 가지가 있겠지만, 그중 한 가지는 현실을 더욱 구체적으로 그리려고 하였기 때문일 것이다.

이러한 적대적 인물의 등장은 소설사의 전개에 따라서 계속되는데, 조선후기 야담이 신소설로 이행되는 과정에서도 끊임없이 등장되어, 작품의 장편화에 기여하고 있다.72)

여기서는 그 악인유형 인물의 소설사적 발전경로를 더듬어보고, 악인유형의 어떠한 서술태도가 작품의 장편화에 기여하고 있는지 살펴보기로 하겠다. 악인유형 가운데 남성은 惡漢유형으로, 여성은 惡女유형으로 나누어 살펴보겠다.

1) 惡漢類型의 소설사적 전개

17세기 소설은 인물을 다양하게 그리는 것을 특징으로 삼고 있는데, 전대의 소설에서는 볼 수 없는 모습이다. 작품 속에서 악한 행동을 하여 갈등을 일으키는 모습은 진정 발전된 구성의 한 모습이다. 물론 전대의 소설에도 악한 힘이라고 볼 수 있는 점이 형상화되어 있다.

예를들면 <金現感虎>에서 호랑이들이나, <李生窺牆傳>의 홍건적의 무리 등이 惡의 힘으로 그려져 있다. 그러나 그들은 작품내에서 구체적인 사건을 진행하거나, 개입하고 있지는 않다. 그렇다고 의존하지 않는 것은 아니다. <金現感虎>에서 여인의 오빠로 표현된 호랑이, <李生窺牆傳>에서 홍건적의 무리는 작품의 중요한 전환을 일으켰다. 그러나 이들은 작품 속에 한 순간의 계기로 작

---

72) 김정석, '短命譚' '推奴譚'의 소설적 변용과 그 성격, 성대 박사학위논문, 1994에서도 그런 문제를 다루고 있다.

용하고 있고, 주인공과의 대결을 보이고 있지는 않다.

이처럼 구체적인 실체를 보이지 않는 악한 힘의 형상화 대신에, 작품내에서 선한 인물들에 대항하여 구체적으로 악한 인물을 그리는 것은 17세기 소설에서 비롯되었다.

17세기 초에 이루어진 <홍길동전>에는 이미 惡人型의 인물이 많이 등장한다. 그 한 인물에 '특자'가 있다. 그는 초낭의 부탁을 받고 자객이 되어 홍길동을 해치려고 한다. 그는 바로 財物에 욕심을 내어 나쁜 일을 행하는 인물로 형상화되어 있다. 특자가 스스로 탄식하는 말에서 그 점을 확인 할 수 있다.

> 길동의 도술에 빠져서 중심에 대겁하여 칼을 찾으며 왈 "내 남의 재물을 욕심하다가 사지에 빠졌으니 수원수구하리요" 하며 길게 탄식하더니 문득 이윽고 길동이 비수를 들고 공중에서 외쳐 왈 "필부는 들으라 네 재물을 탐하여 무죄한 인명을 살해코자 하니 이제 너를 살려두면 일후에 무죄한 사람이 허다히 상할지라. 어찌 살려 보내리요…"[73]

라고 말하고 특자의 애걸에도 불구하고 그의 목을 친다. 재물을 탐하여 무죄한 인물을 살해하려는 악한의 모습이 특자이다. 그런데 財物에 관계되어 형상화된 악인인물이 특자라면, 爭寵에 의한 악인인물은 초란이다. 그 외의 인물들도 가담하고 있지만, 이 두 인물이 특히 주목된다. 이들은 홍길동에 적대적인 사건을 꾸미고 있기에 적대적 인물의 모습을 드러내고 있다.

---

73) 완판본 <홍길동전>, 시인사 국문학총서 3. 49면. 이 책을 대본으로 삼는다.

작품에서 홍길동은 초란에 대하여 人倫關係를 중시하여 복수하지 않는다. 그렇다고 초란이 갈등적인 적대적 인물이 아닐 수는 없다. 그리고 또 활빈당의 괴수가 된 후에도 부패한 탐관오리나 임금과의 갈등을 드러내고 있지만, 이런 갈등은 짜임새가 없고 매우 삽화적이다.

그런데 <홍길동전>의 악인 인물은 <雲英傳>에 연결되어 있다. '특자'는 <雲英傳>에서도 같은 인물로 재현되었는데, 서로 이름도 같다. <홍길동전>에서 무녀와 관상녀와 특자의 관계는 <雲英傳>에서도 무녀와 점쟁이와 특자의 관계로 설정되고 있다. 두 작품의 선후관계는 분명하지 않지만 <雲英傳>은 <홍길동전>의 이러한 인물유형을 이어받고 있는 것이 아닌가 생각된다.

<雲英傳>에서의 特도 財物을 탐하여 惡行을 서슴치 않는 인물이다. <홍길동전>의 특자는 단순한 행동만 일으키다가 죽었지만 <雲英傳>의 특은 몇차례의 반복되는 행동을 하다가 죽게된다. 이 점에서 <雲英傳>의 特이란 인물이 훨씬 짜임새가 있어서, <雲英傳>이 <홍길동전>보다 좀더 나중에 나온 작품이라고 여겨진다.

<운영전>의 特은 金進士의 노복이었는데, 특은 진사의 근심을 알고 즉시 사다리와 毛襪을 만들어 들인다. 사다리를 만들어 城을 넘어가는 삽화는 '薛仁貴征遼事略'에서 설인귀가 고구려 유림성을 공략할 때에 쓴 방법으로 나오는 전통적인 삽화이다. 그런데 밤마다 찾아가 애정을 나누던 진사는 다시 근심에 쌓인다. 그때 특이 또 '竊負而逃'의 계책을 말한다. 특의 뜻은 재물과 운영을 함께 빼앗으려는 것임을 작품에서 드러내고 있다.

대개 특의 뜻인즉 이 중보를 얻은 후에 첩과 다못 진사를 유인
하여 산골에 들어가 진사를 무찔러 없이하고, 첩과 다못 재보를 모
두 자득하려 하는 계교여늘 진사가 연소선비로 패악한 놈의 흉계를
알지 못함이더라. (403면)

<雲英傳>의 특은 홍길동전의 특과는 여러가지 면에서 다른 모
습을 보인다. 작품 속에서 차지하는 역할이나 범위가 상당히 넓어
졌다. <홍길동전>에서는 초반에 등장하여 일회적인 사건으로 끝나
지만, <雲英傳>에서는 작품의 후반에 등장하여 反復的으로 사건에
개입한다. 또한 재물만 탐하던 특자는 재물과 여자를 함께 탐하는
특자로 변했다. 또한 자객으로 시킴만 당하던 특자는 스스로 계교
꾼으로 사건을 진행시키는 역할을 한다. 이러한 모습에서 <雲英
傳>의 특자는 훨씬 중요한 인물로 그려져 있는데, 이는 소설에서
惡漢類型의 발전이라고 하겠다.

이러한 인물의 성립은 당시 說話 가운데 '하인이 상전 속이기
유형'과 흡사하다. <雲英傳>에서 특자가 먼저 재물을 빼앗으려 하
고, 다시 소경에게 점쳐서 탄로나게 하고, 또 다시 운영의 齋를
지낸다고 속이고 있디. 하인이 이처럼 반복하여 속이는 형태는 당
시 설화의 한 유형이라고 볼 수 있다. 일찍이 成俔의 <慵齋叢話>
에는 상좌가 중을 속이는 이야기, 하인이 주인 속이는 이야기 등
이 많이 실려있다. 이러한 설화의 인물유형이 <雲英傳>의 특자의
모습에 많이 반영되어 있다.

이러한 악한 유형은 17세기 후반의 장편소설에서도 계승 발전
되고 있다. <사씨남정기>에는 동청이란 인물이 나온다. 이 인물이

바로 特者를 계승하고 있는 인물이다. 그 인물을 중심으로 사건을 서술하면 다음과 같다.

이부의 석랑중이란 사람은 유한림의 서사로 동청을 천거한다. 동청은 교녀와 사통하고서 교녀와 더불어 악행을 일삼는다. 교녀의 말을 듣고 방자한 물건에 사부인의 필적을 흉내내어 글을 쓴다. 한림이 집을 떠나자 교씨의 요청으로 동청은 옥지환을 훔치는 계교를 내어, 그 옥지환을 친구인 냉진에게 주어서 산동지방으로 가서 한림을 만나게 한다.

또 두부인이 집을 떠나자 교씨는 동청에게 계교를 부탁한다. 동청은 무소의가 자기 딸을 죽여가며 왕황후를 모략하여 내어쫓고 측천무후가 된 사실을 말하면서 장주를 죽이자고 한다. 동청의 계략대로 교씨는 사씨를 내어쫓고 정실이 된다. 동청은 한림을 엄숭에게 고변하여 귀양을 보내고, 동청은 현령의 벼슬을 얻어 떠나는데 교씨 또한 심복과 모든 보물을 챙겨서 따라나선다.

냉진이 다시 교녀와 사통하고, 냉진은 등문고를 쳐서 동청의 죄를 고하여 붙잡혀서 죽게 만든다. 냉진과 교녀는 산동으로 달아나다가 도적을 만나 재물을 털린다. 그러나 냉진은 도적의 괴수가 되어 죽고 만다.

이상이 동청과 교씨, 냉진, 그리고 엄숭 등의 인물이 작중에서 겪는 사건의 모습이다. 동청은 謀略을 일삼는 데서 특자의 모습과 비슷하다. 하지만 특자보다 더 적극적인 악한이 되어 악녀인 교씨와 사통하여 계략을 꾸민다. 동청은 여자를 얻고, 벼슬을 얻고, 재물을 얻는 것이 목표다. 그러한 악한 유형은 <창선감의록>에서도 유사하게 나온다.

<창선감의록>에서 동청과 냉진 같은 인물이 바로 범한과 장평으로 되어 있는데, 이들은 화춘의 친구로 등장한다. 이들의 등장과, 작품속에서의 사건을 서술하면 다음과 같다. 먼저 그들이 등장하는 모습이다.

춘에게 두 벗이 있었으니 범한이란 자는 주색에 방탕하고, 흉악한 계교로 속여 남의 처첩을 도적하기를 좋아하는 자요. 장평이란 자는 그 아비가 죽어도 장례치 아니하고 경향에 주류하여 바둑장기와 노름으로 남의 재물을 빼앗기를 일삼았다. 두 사람이 춘의 우둔하고 어리석음을 보고 자주 왕래하여 친밀하매 스스로 막역지교라 일컫고 주야로 술마시고 놀기를 일삼더라.(18면)

이들 악한을 중심으로 줄거리를 재구성하면 다음과 같다.

범한은 조녀의 侍婢인 난수와 사통하여 모주가 되어 계략을 내고, 다시 언무경에게 고자질하여 무고가 天子의 귀에 들어가게 하여 화진의 벼슬을 깎이게 한다. 그런데 장평은 화춘에게 범한의 전후 행적을 일러준다. 또 윤부인을 엄세번에게 바치라고 계교를 일러준다.

한편 범한은 압리들에게 은자를 주면서 화진을 독살하라고 사주하고, 조부인과 시비 난수와 누급이라는 자와 더불어 화부의 보물을 훔쳐서 달아난다. 장평은 자기만 빠지고 곳장을 써서 功을 세우려고 한다. 누급은 범한이 화진을 죽이자고 위협하므로 겁이나서, 도리어 범한을 베어서 부윤에게 가져간다. 그러나 누급도 붙잡혀서 경사에 압송된다.

일찍이 임형택교수도 지적하였지만, 이들 악인들은 스스로 내부적인 파탄을 일으키는 점이 주목된다. 그 요인은 여러가지겠지만, 외부적인 변화를 빠르게 받아들여서 자신의 이익과 견주어보는 태도 때문이라고도 볼 수 있다.

17세기 후반의 작품에서는 惡人의 運命이 끝까지 추적되고 있다. 中篇小說的인 <홍길동전>이나 <雲英傳>은 악인이 부분적인 사건에만 등장하였다. 그런데 <사씨남정기>와 <창선감의록>은 위에서 본 것처럼, 그들을 중심으로 줄거리를 구성할 수 있을 정도로 악한들의 활동이 작품에 길게 서술되어 있다.

2) 惡女類型의 소설사적 전개

17세기에 들어서면 惡女類型의 소설사적 발전도 매우 주목된다. 먼저 <홍길동전>에는 악녀의 모습이 초반부터 나오는데, 바로 곡산모인 초낭이다. 그녀는 춘섬과 길동을 시기하여 그들을 죽이려고 한다. 惡漢 유형은 재물을 구하고, 다시 여자를 구하는 것으로 변화되는데, 惡女 유형은 투기하는 모습으로 그려져 있다. 초낭은 무녀를 시켜서 모의하고 무녀는 다시 관상녀를 데리고 와서 흉계를 꾸민다.

<雲英傳>에는 악녀의 모습이 별로 나타나지 않는다. 무녀의 역할도 김진사를 탐하다가, 김진사의 청을 들어 운영과의 만남을 주선하기도 한다. 그런데 재물을 중시하는 모습은 운영의 모습에도 보인다. 進士가 特의 말을 듣고 '竊負而逃'를 이르니 운영이 허락

하며 말하기를

> 첩의 부모 가계가 가장 넉넉한지라 첩이 올때 의복과 보화를 많
> 이 실어왔고 또한 주군이 주신 바가 심히 많은지라 이를 시러곰 버
> 리고 가지 못할 것이요, 이제 실어가고자 한즉 비록 말이 열필이나
> 능히 다 싣지 못하리이다.(401면)

라고 말한다. 진사는 특의 말대로 운영의 재물을 칠일 만에 밖
으로 다 실어낸다. 사랑하는 남자가 함께 도망을 가자 하니, 의복
과 보화 등의 재물을 가져가야 한다고 말하는 운영의 모습에서
재물을 중시하는 현실적인 여인의 모습을 읽을 수 있다. 이는 전
기적인 여주인공의 모습과는 다르게 재물의 중함을 인정하는 현
실주의적인 성향이 수용된 까닭이 아닌가 한다.

<운영전>처럼 <구운몽>에도 악녀인물이 형상화되어 있지 않다.
<구운몽>은 다양한 인물이 형상화되어 있지만, 자객으로 등장한
심요연도 알고보면 팔선녀의 한사람으로 그려져 있어 악녀는 등
장하지 않는 소설이다. 따라서 작품의 구성에 긴장감과 대립이 치
열하지 않다.

작품에서 악한 여인으로 등장하는 인물은 <사씨남정기>와 <창
선감의록>에 매우 발전되어 그려져 있다. 악한 여인은 물론 작자
의 표현이고, 또한 당대의 가치기준에 의한 것이다. 이를 다른 시
각으로 바라본다면 매우 현실감이 있는 인물이다. 자기 욕망대로
살고자 하는 교씨의 모습에서 그런 면을 발견할 수 있기 때문이
다. 매파의 말에서부터 그 점을 찾을 수 있다.

그 여자의 성은 교씨요 이름은 채란이라 하며 하간부에서 생장
한 사람이라 본대 벼슬하는 집의 딸로써 일즉 부모를 여의고 그 형
의 집에 의탁해 있는데 지금 나이 십육세라. 제 스스로 말하기를
가난한 선비의 아내가 되느니보다 공후부귀가의 첩이 되는 것이 좋
다하오며, 그 자색의 아름다움은 한 고을의 으뜸이요, 여공지사도
모를 것이 없사오니…

이와 같이 스스로의 욕망을 표현할줄 아는 교씨는 유한림의 첩
이 되어 유씨가문에 들어오는데, 모든 이가 칭찬하였다. 그 대목
은 다음과 같이 묘사되어 있다.

교녀 한림부처와 여러 친척들에게 예를 마치고, 자리에 나아가니
모든 사람들이 교녀의 모습의 아름다움과 행동의 절도있음이 마치
이슬머금은 해당화가지가 봄바람에 흔들리듯 하더라. 모든 사람이
칭찬하기를 그치지 아니하였다.

교녀가 첩으로 들어올 때는 두부인을 제외한 모든 사람에게 칭
찬을 받는다. 두부인은 <창선감의록>의 성부인과 같은 역할을 하
는 인물이다. 이러한 주변인물의 성립도 주목할 점이다. 이는 유
한림이나 화진을 늘 가르치는 인물형으로 되어 있다.
교녀는 첩의 위치에서 사부인과 갈등을 느끼지만, 처음에는 총
명하여 한림의 뜻을 잘 헤아렸고 사부인을 잘 섬기니 家中大小人
이 칭찬하지 않는 이가 없었다고 하였다.
작품에서 교녀가 임신을 하매 아들을 낳지못할까 염려하는 모

습은 매우 잘 그려져 있다. 시비 납매는 십랑이란 자를 데려오고, 십랑은 가랑을 데려와서 교씨가 거문고와 노래를 배우게 한다. 이는 물론 유한림의 애정을 잃지 않으려는 노력이라고 볼 수 있다.

그러나 사부인은 교녀가 거문고 타는 것을 보고 音律은 여자가 할 바가 아니라고 하면서 꾸중을 한다. 여기서 처첩사이의 갈등이 생겨나고 있다. 갈등의 소지를 음률에 대한 생각의 차이로 시작하고 있음을 보여주는 대목이다.

이는 <구운몽>에서의 음률과 비교할 만하다. 정경패는 음악에 능하였고, 양소유 또한 음률에 밝았다. 그러나 <사씨남정기>의 인물들은 모두 음률에 거리를 두고 있거나, 부정적인 시각을 지니고 있다.

교녀는 다시 사부인의 아들을 낙태시키려는 계획을 세웠으나, 수포로 돌아가고 사부인은 아들을 낳는다. 여기에서 위기감을 느낀 교녀는 성격의 빠른 변화를 보여주고 있다. 교녀는 한림에게 사부인을 거듭 참소하지만 뜻대로 되지 않는다.

급기야 교녀는 동청과 사통을 하는 한편, 적극적으로 사부인과 대립을 보인다. 작중에서 작자는 많은 개입을 하여 교녀는 요물이라는 말을 하고 있다.

작자의 이러한 개입은 善惡의 판단을 작중에서 하고 있기 때문이다. 이러한 작가 개입의 강도는 이본에 따라서 차이가 날 것이라고 생각한다. 이본의 전사자들이 작중에 개입하기 쉬운 부분이 이러한 價値判斷을 하는 부분이 아닌가 생각된다.

작중에서 稱讚받던 첩으로부터 猜忌하는 첩으로 성격이 변하는 교녀의 모습에서 등장인물의 성격변화가 잘 그려져 있다. 교녀의

惡女로의 變身은 매우 빨라서, 동청과 함께 사부인을 내쫓을 계교를 짠다. 사부인의 옥지환을 훔쳐서 흉계를 꾸미고, 더 나아가서 자기의 아들인 장주를 죽여 누명을 씌우는 제물로 삼는 일을 방조한다. 드디어 사부인을 쫓아내고 정실이 된 교씨는 매우 치밀한 계략이 일단은 성공하게 된다.

교씨의 계략이 이렇게 치밀하게 이루어지는데 반해, 사부인의 극복방법은 매우 비현실적이다. 사부인은 꿈에 시부모와 임씨 처녀의 도움을 받는다. 다시 꿈속에서 순임금의 두왕비인 아황과 여영의 도움을 받고, 또 우화암 묘혜의 도움을 받아 동정호가 군산사의 수월암으로 인도된다. 기이한 인연과 꿈속에서 계속 도움을 받는 것은 전래의 傳奇的인 수법이다.

그러나 교녀는 한림이 모든 사실을 조금씩 눈치채자, 동청과 짜고서 한림을 귀양보내고, 또 劉府의 모든 보물을 털어서 동청과 더불어 도망친다. 귀양에서 풀려나온 한림은 주막에서 설매를 만나 전후사를 듣는다. 유한림은 다시 사부인을 만나게 되고 강서백이 되는 반면에, 교녀는 낙양의 창기가 된다. 예부상서가 된 유시랑은 교녀를 불러와 열가지 죄를 나열하고 타살하는데, 이로써 교녀의 일생은 마감된다.

교녀는 좋은 첩에서, 시기하는 첩으로, 다시 악한 첩으로, 변신을 거듭하다가 마지막엔 창기가 되고만다. 한 인물의 삶을 이처럼 변화있게 추적한 것은 소설사에서 교녀의 인물형상이 처음이라고 생각한다. 작품 내에서 이러한 성격의 변화를 추적하는 것은 <사씨남정기>가 이룩한 훌륭한 장편소설적 인물형상 기법이라고 할 수 있다.

  악녀의 인물형상인 교녀의 모습처럼 <창선감의록>에도 비슷한 인물이 설정되어 있다. 두 작품이 매우 밀접한 관계가 있음은 작품구성의 유사성 뿐만이 아니라, 인물형상의 유사성에서도 알 수 있다. 특히 인물 가운데도 악인유형의 인물이 매우 유사하다.

  <사씨남정기>에는 악녀로 교녀만이 나오지만, <창선감의록>에는 조녀와 함께, 심부인의 악행이 重複되어 있어 작품이 더욱 복잡하게 구성되어 있다. 이 작품에서도 물론 조녀의 일생이 많은 성격변화를 가지고 다루어져 있고, 심부인이 악행을 일삼다가 悔改하는 性格變化까지 다루어져 있다.

  그렇지만 <사씨남정기>는 악녀의 모습이 鮮明하게 부각되어 있는 반면에, <창선감의록>에서는 여러 인물 속에 파묻혀 있는 점이 다르다. 화춘은 조녀를 소실로 맞이한다 (5회). 그러나 조녀의 묘사에서는 바로 비난하는 언사가 드러나 있다. '其容貌 則不過奸笑 巧睞蠱惑丈夫之一淫娼也라'(5회, 64면)고 되어 있어서 작자의 개입이 너무 두드러진다. 첩으로 들어온 조녀는 투기를 하는데, 이는 교씨가 투기하는 것과 비슷하다.

  조녀는 정부인인 임씨를 내쫓고, 대신 정부인이 되는데, 이어서 윤부인, 남부인의 信物을 빼앗으려고 하니 사건이 복집하게 진개된다. 조녀는 교녀보다 능동적이고 계략이 풍부하다. 이 점에서도 악녀의 인물형상이 더욱 발전되었다고 할 만하다. 조녀가 정부인이 된 사건 이후에도, 여러 사건이 매우 多面的으로 전개된다. 조녀는 화춘이 모든 사실을 알게되자 범한과 난수와 함께 도주한다. (9회)

  그런데 작품의 후반부에 범한이 도망갈 당시에 누급에게 난수를 준다는 대목이 다시 나온다. (12회) 사건이 얼마나 다양하고 복잡하게 얽히고 있는가는 이를 통하여도 알 수 있다. 12회에서는 이들의 도망친 일이 반복되면서, 바로 범한이 누급에게 죽고 조녀와 난수가 체포되어 압송된다. 이러한 사건은 의외로 간단하게 처리되고 있다.

13회에서 심부인은 조녀에게 다섯가지 죄를 밝히니, 조녀는 도리어 심부인에게 그 집안의 잘못을 지적한다. 그런데 조녀는 어떻게 되었는지 결말이 그려져 있지 않다. <사씨남정기>에서 교녀를 참수하였다는 서술과 다르게 처리되어 있는데, 이 점은 매우 주목된다. 아마도 심부인도 회개하는 모습으로 그리는 것을 보면 화합을 강조하다보니, 조녀의 결말을 빠뜨린 것이 아닌가 한다.

조녀는 <창선감의록>에서 초점이 집중되어 있지 않다. 이 점이 앞서 말했듯이 교녀와의 서술상의 큰 차이다. <창선감의록>은 매우 다양하게 사건과 인물을 그리고 있기 때문이다. 그렇다고하여 악녀로서의 성격이 약화된 것은 아니고, 오히려 더욱 강화되었다고 볼 수 있다. 이 점은 조녀 자신이 치밀하게 계획을 이루는 점에서 알 수 있다. 그녀가 2회에서 화춘을 유혹하는 모습부터 윤, 남 두 부인을 쫓아내는 여러 사건들을 매우 적극적으로 수행하고 있는 데서 악녀유형은 발전되고 있음을 보여 준다.

한편 조녀의 모습을 그리는데 있어서 초반의 등장이나, 중반의 계략에 의해 정부인이 되기까지는 매우 치밀하게 그려져 있지만, 후반에는 허술하게 다루어져 있다. 말하자면 너무 쉽게 잡히고 있다. 이 점은 범한이 쉽게 죽은 것과 비슷하다. 악인무리는 간단하게 없어진다는 생각은 작자의 善한 힘에 대한 큰 신뢰, 혹은 낙관적인 세계관이 반영된 것이 아닌가 한다.

3) 惡人類型의 서술태도와 장편화

소설이 長篇化되면서 많은 인물이 필요하였고, 반대로 많은 인물에 대한 관심이 소설을 장편화시켰다. 많은 인물가운데 惡人類型의 敍述態度는 소설을 장편화시키고, 작품내에서 善惡의 대결을 벌이게 하였다. 소설가운데서 선악의 대립을 만들어내면서부터 소설이 사회를 반영하는 중요한 기능을 수행하게 함으로써 소설의 지위와 역할을 크게 높히게 되었다고 할 수 있다.

주역군의 인물과 대립적인 역할을 하던 악인유형은 앞에서 살펴본대로 일찍이 중편적인 소설들, <홍길동전>이나 <雲英傳> 등에서 형상화되었다. 그러나 그 소설들에는 악인유형이 잘 묘사되지는 못하였다. 그러한 중편소설에서의 악인과 장편소설에서의 악인은 그 形象하는 敍事方法에서 여러가지 차이점을 지니고 있으며, 그러한 차이점이 장편화에 크게 기여하고 있다.

이제 17세기 후반에 성립된 장편소설에서 악인유형 인물의 서사방법의 특색을 몇가지로 나누어서 살펴보겠다.

가) 이들 장편소설의 악인은 그들이 작품의 전체에 걸쳐 활동하고, 따라서 그들의 운명을 끝까지 추적한다.

<홍길동전>은 초낭이나 그와 관계되는 무녀, 관상녀, 특자등이

작품의 서두에 한번의 사건으로 등장하고 사라지고 만다. 특자와 관상녀는 홍길동에 의해 죽임을 당한다. 두 인물을 죽이는데 매우 奇異한 도술이 사용되었다. 그러나 무녀는 그 계획을 주모한 인물인데도 나중에 어떠한 언급도 없다.

<雲英傳>도 작품의 후반에 이르러 특자라는 악인이 등장하여 한 부분적인 사건으로 존재한다. 물론 부분적인 사건이지만 반복되는 사건을 그리고 있기 때문에, 일정하게 발전된 인물임은 앞서 지적하였다.

그러나 <사씨남정기>와 <창선감의록>에 이르면, 그들은 작품의 비교적 넓은 부분에 걸쳐서 활동하고 있으며, 또한 그들의 말로가 어떻게 되는가를 끝까지 추적하고 있다.

두 작품 사이의 차이도 물론 있다. 악인인물은 <사씨남정기>가 그 단순명료한 구성으로 인하여 더욱 선명하다. <창선감의록>도 조녀가 2회에 등장하여 13회에 최후를 맞이할 때까지 몇 차례에 걸쳐서 나온다. 하지만 여러 복합적인 사건들에 섞여있어서, 그다지 선명하지는 않다.

17세기 후반의 장편소설은 주역군들이라고 할 수 있는 남녀 주인공의 운명만을 다루는 것이 아니라, 이처럼 적대적 인물의 운명에도 큰 관심을 갖고 있다. 이는 장편화되면서 지니는 서사방법의 특징이다.

나) 卽興的인 악인에서 緻密하고 計略的인 악인으로 변화되고 있다.

<홍길동전>에서 자객은 매우 쉽게 동원된다. <雲英傳>의 특자는 反復的인 사건을 일으키지만, 재물빼앗기나, 소경에게 점쳐서 탄로나게 하기, 齋지낸다 속이기 등이 모두 즉흥적으로 일어나고 있다.

이러한 특자의 반복적인 사건의 모습은 당시 '상전속이기'유형 설화의 소설적인 수용이라고 한 것은 앞서도 언급하였다. 그 점은 사건마다 매우 간단하게 설화적으로 처리되어 있어서 알 수 있다. 설화적이란 하인이 일방적으로, 비슷한 사건을 반복하면서, 서로의 인과관계가 약하게 처리되었다는 의미이다. 이들 소설은 즉흥적인 악인을 그린 결과 중편적인 소설에서는 악인이 한번도 승리하는 것을 그릴 수가 없었다.

그런데 장편소설의 악인은 매우 주도면밀하다. <사씨남정기>에서 사부인을 축출하기 위한 교녀의 계략이 매우 집요하다. 교씨는 납매와 함께 사부인의 약에 낙태약을 넣기도 하고, 부엌에다 이물을 넣기도 하고, 부인의 首식인 옥지환을 훔치기도 하고, 정주의 죽임을 방조하고, 한림 앞에서 거짓으로 자결하는 척 하기도 한다. 그래서 결국 사부인 축출에 성공하고, 유한림을 귀양가게 만든다.

<창선감의록>도 심부인과 조녀는 임소저를 내어 쫓고, 화진의 두 부인마저 내어 쫓는 일시적인 승리를 맛본다. <창선감의록>에서는 조녀가 교녀보다 능동적으로 사건을 꾸미는 점은 앞서도 지

적하였다. 조녀는 난수를 시켜서 범한과 통하게 하고, 흉예를 심씨의 당에다 묻게하고, 드디어 임부인을 내어 쫓는다. 그리고 다시 윤부인, 남부인에게 신물을 뺏으러 가고, 두 부인을 가두고 남부인에게 독약 죽을 주어 죽여서 심복에게 강에다 빠뜨리라고 한다.

이러한 점들에서 조녀는 매우 주동적으로 사건을 전개시키고 있음을 알 수 있다. 그러나 작품 속에서의 분량은 교씨보다 비중이 적게 다루어졌다. 따라서 사태를 역전시키는 승리를 맛보게 된다.

構成에서 逆轉을 이룬다는 점은 매우 주목된다. 이 전의 소설에서는 한번도 주역 인물이 적대자에게 패하는 일이 없었는데, 장편화되면서 두 작품에서 유한림, 화한림이 모두 귀양을 가고, 정실부인이 쫓기게 된다. 이러한 구성은 악의 일시적 승리를 그려서, 매우 생동적인 현실을 그리고 있다고 할 수 있다. 장편소설 가운데 악인유형의 인물은 즉흥적인 인물이 아니라 치밀한 계략을 세우는 것이 그 특징이다.

다) 個別的인 惡人에서 集團的인 惡人으로의 변화이다.

중편적인 소설의 악인은 악인집단이 제대로 이루어지지 않았다. <홍길동전>에 등장하는 초낭, 무녀, 관상녀, 특자 등은 서로 긴밀하게 유대되어 있지 못하다. 그들이 작품에서 차지하는 비중이 너무 적기 때문이기도 하지만, 그들의 악은 즉흥적인 데 원인이 있기도 하다. 그러다보니 악인들의 집단적인 공동의식이 이루어지지 못하였다. 무녀나, 관상녀 등이 단 한차례의 등장으로 그려져 있는것을 보아도 이들은 개별적인 모습이다. 초낭이 따로 무녀, 관상녀, 특자를 만나서 계획을 꾸미고 있으며, 무녀, 관상녀, 특자는 서로 만나지도 않는다.

<雲英傳>의 악인들도, 예컨데 특자를 제외하고는 그 밖의 악인들인 특자의 친구들은 잘 형상되어 있지 못하다.

그에 비하여 장편소설의 악인은 그들이 모두 집단적인 악인층을 형성하고 있으며 일종의 連帶感을 보이고 있다. <사씨남정기>의 교녀는 동청과, 동청은 엄숭과 서로 연대하고 있으며, 이들은 서로의 운명을 같이하고 있다. 도망을 가서도 교녀는 동청, 냉진, 설매 등과 행동을 같이한다. 그들의 집단적인 연대감을 보여주는 대목이다.

<창선감의록>에도 이 점은 마찬가지이다. 화한림을 삭탈관직하는 과정에서, 조녀와 범한은 언무경에게, 언무경은 엄숭에게, 엄숭은 천자에게 통하여 사건을 일으킨다. 또한 일이 탄로나서 도망갈 때도, 범한과 조녀, 누급과 난수가 함께 도망간다. 악인층이 가정 내부에서 조정의 간신들에게까지 폭넓게 연대되어 있다는 점은 매우 주목되는 면이다.

물론 악인층의 몰락도 중요한 의미를 지니고 있는데, 그들의 내부적인 파탄에 따른 요인도 크다. <사씨남정기>에서는 설매가 유한림에게 자초지종을 말하였고, 냉진이 등문고를 쳐서 동청을 고발한다. <창선감의록>에서도 장평은 화춘에게 범한과 조녀의 관계를 말하였고, 누급은 범한의 목을 벤다. 그들 내부의 파탄은 그들이 눈앞의 이익에 의해서 움직이는 인물임을 보여주고 있다. 그러

한 내부모순을 그리는 것은 따로 주목할 만하다.

<사씨남정기>는 엄숭의 몰락과 동청, 교녀의 몰락이 서로 연결되어 있다. 개인의 삶이 정치적인 힘과 매우 밀접함을 보여주는 이러한 구성은, 개인의 운명을 사회속에서 파악하게 한다. 개인의 삶을 조망하는 넓은 관점을 확보하는 것은 17세기 후반의 장편소설이 이룩한 서사기법의 발전이라고 할 수 있다.

라) 固定된 性格에서 變化하는 性格을 그리고 있다.

<홍길동전>의 초낭은 원래는 곡산기생이었는데 대감의 총첩이 되어 방자하고 시기심 많은 인물로 그려져 있다. <雲英傳>의 특자도 원래부터 술수에 능하고, 여자과 재물을 자득하려고 계획하는 인물이었다. 이들은 원래부터 악인유형의 인물로 그려지고 있으며, 작품에서 어떠한 성격의 변화도 보이지 않는다.

그에 비하여 장편소설은 성격의 변화를 다루고 있다. 이는 비단 악인형 인물뿐이 아니라, 처음에는 총명하였던 유연수도 첩에게 속아넘어가는 우둔한 인물로, 다시 깨달아가는 인물로 성격의 변화를 보이고 있는 것과 같다.

그런데 그러한 성격의 변화는 악인형 인물의 형상에서 뚜렷하게 그려져 있다. 앞에서 언급한대로 교씨는 처음에는 칭찬받는 첩이었다. 그런데 점점 시기하는 첩으로, 간악한 첩으로, 종래에는 낙양의 창기로 轉落하는 모습을 보여주고 있다. 이러한 성격의 변화를 그리는 것은 악인을 揷話的으로 그리는 것이 아니라, 그들의 運命까지도 追跡하는 모습을 보여주는 것이다.

<창선감의록>의 조녀도 그녀가 마지막에 심부인에게 성토하는 말을 들어보면, 그녀의 성격도 심부인이나 화춘의 영향으로 변했다고 한다. 그러나 조녀는 교녀와 그 성격이 완전히 일치하지는 않는다. 교녀는 처음에는 칭찬받는 첩으로 들어왔지만, 조녀에 대해서는 처음부터 작자는 비난의 언사를 쓰고 있다. 화춘이 조녀를 맞이할 때 악평을 하고 있는 것으로 작자의 의도를 드러내고 있다.(5회) 그러나 조녀가 처음부터 악한 뜻만 지닌 것은 아니었음은 조녀가 심부인에게 한 말을 통하여 알 수 있다. 이러한 성격의 변화는 심부인이나 화춘이 改過遷善한다는 구성에서도 마찬가지로 찾아진다.

성격의 변화는 <사씨남정기>의 설매와 냉진의 행위에서도 찾아볼 수 있는데, 이로 말미암아 악인집단의 일원이었던 그들은 스스로 자기집단의 붕괴를 초래한다. 이는 그 집단이 내부적인 모순상태에 있었다는 것을 보여주는 것이기도 하다. 이러한 악인유형의 성격변화는 장편소설이 이룩한 성격묘사의 대단한 발전이며, 이는 장편소설의 성립을 성큼 재촉하는 소설사의 발전이라고 볼 수 있다.

마) 惡人集團이 善人集團과 對比敍述되어, 작품의 긴장감을 높이고 장편적 구성에 이바지하고 있다.

중편소설에서는 악인집단이 대비되어 있지 않기 때문에 근본적으로 하나의 사건에 불과하다. 그러한 사건은 <홍길동전>처럼 주인공을 영웅화시키는데 기여하거나, <雲英傳>처럼 비극적 결말을 짓는데 기여할 뿐이다. 말하자면 사건을 중심적으로 진행시키는데 기여하지 않았다고 할 수 있다.

두 작품에서 '특'으로 등장하는 악인이 작중의 기능에 있어서 다른 점은 매우 주목된다. <홍길동전>은 특으로 말미암아 홍길동의 도술이 뛰어남을 보이고, 다시 출가의 계기가 된다. 반면에 <雲英傳>의 특은 운영의 죽음을 불러오고, 사건을 결말짓는 계기를 제공한다. 이처럼 상반되는 기능을 수행하는 차이가 보인다.

그런데 17세기 후반 장편소설에 나오는 악인들의 형상은 작품의 처음부터 끝까지, 주인공을 위시한 선한 성격의 집단들에 對抗되어 그려져 있다. 이러한 대비서술로 인하여 작품의 緊張感이 점차 고조되는 장편소설적인 구성을 지니게 된다. 그러다보니 작품이 선악의 대결양상으로 전개된다.

善惡의 人物群은 家庭에서도, 朝廷에서도 대립되는 것으로 그려져 있다. <사씨남정기>의 조정에서는 군자와 소인으로 표현되어 있다. 천자가 나중에 조회를 하면서 '동청을 보건데 엄숭이 천거한 자는 소인이오, 엄숭을 배척한 자는 군자라' (<사씨남정기>, 下冊, 張 15)고 하였다. 이는 조정에서의 대립을 표현한 말이다.

<창선감의록>도 대립을 그리기는 하였지만, <사씨남정기>보다는 선명하지 못하다. 엄숭조차 나중에 눈물을 흘리며 그의 죄를 뉘우친다고 하였다. (14회) 이러한 善惡의 對比敍述은 기본적으로 작자의 敎訓的인 態度에 기인하는 것이지만, 이러한 악인유형의 확대를 통한 대비서술이 소설의 長篇化에 기여하고 있음을 보여주는 것이라고 하겠다.

　이러한 악인유형 인물의 서술태도 변화는 계속 발전되어, 조선 후기의 **大長篇小說**에 이르면 훨씬 주도면밀하고 큰 갈등을 일으키는 악인형 인물을 그려내게 되었다. 그렇게 되기까지에는 17세기 후반의 장편소설들에서 새롭게 개척한 이러한 서술방법이 큰 역할을 하였다.

제 6 장

제 6 장 : 구성수법의 소설사적 변화과정

임란 이후 17세기 초 傳奇小說이 변모된 작품은 그 이전의 <金鰲新話>보다는 훨씬 복잡한 구성이나, 짧은 틀 속에 새로운 내용을 담기가 힘들게 되어 갔다.

그 점은 <崔陟傳>에서 여실하게 보여주고 있는데, 그 많은 구성을 짧은 전기소설의 틀에 맞추다 보니 심각한 矛盾이 일어나게 되어, 기존의 형식에서 벗어나게 만들었다. 그 모순의 辨證法的인 克服은 17세기 후반의 소설이 장편화됨으로써 해결의 실마리를 찾을 수 있었다고 생각한다.

17세기 후반의 長篇化된 소설은 기존의 형식을 새로운 형식으로 변모시킨 것이지만, 그 변모된 모습에는 기존 小說의 틀이나, 구성이 군데군데 남아있다. 전기소설과의 관계에 대하여 앞에서는 인물의 면에서 살펴보았다. 才子佳人이라는 표면적인 인물묘사가 그러하지만, 많은 부분에서 새로운 인물군이 등장하고 있음을 알 수 있다.

사건의 구성에 있어서도 전기소설에 등장하는 **神異**한 힘의 출현이라던가, 초현실적, 비현세적 공간의 설정 등은 17세기 후반의 장편소설에도 얼마간 반영되었던 것이다. 그러나 17세기 후반의 장편화된 소설은 기존 소설의 영향을 일방적으로 수용한 것은 물론 아니다. 그보다는 훨씬 더 많은 새로운 구성을 개척하였으며, 그 점이 바로 장편화의 결정적인 요인이 되었던 것이다.

이 장에서는 먼저 이들 장편소설들이 어떻게 **傳奇小說的**인 구성을 수용하고 있는가를 살펴본 다음에, 장편화를 위하여 새로운 구성을 개척해가는 면을 살펴보려고 한다.

1. 〈구운몽〉의 傳奇小說的 구성

〈구운몽〉에 대하여는 원전연구나, 혹은 작품이 나타내는 주제가 무엇인가에 대한 연구가 활발하게 이루어졌다고 생각한다. 필자는 〈구운몽〉을 읽으면 전대의 많은 소설들이 연상되는데, 그 가운데서도 傳奇小說에서 흔히 사용되던 구성이 곳곳에 드러나 있음을 밝히려고 한다.

그 傳奇小說은 우리의 傳奇作品이기도 하고, 또 유사하지만 중국의 傳奇作品이기도 하다. 17세기 후반의 장편소설 가운데서도 〈구운몽〉이야말로 전기소설의 遺香이 물씬 풍기는 작품이라고 생각한다.

〈구운몽〉은 양소유라는 인물의 一代記를 취하되, 그 사건전개는 기존의 전기소설에서 빌려온 듯하다. 그래서 먼저 <구운몽>에서 볼 수 있는 傳奇小說的 구성을 살펴보고 나서, 그 다음으로 <구운몽>과 가장 근접한 시기의 작품인 <雲英傳>과의 類似性을 검토해 보려고 한다.

1) 〈구운몽〉과 傳奇小說의 다양한 관련양상

가) 額子-夢遊構成의 形式

먼저 <구운몽>은 액자 - 몽유구성의 형식을 취하고 있다. 액자 구성은 형식적으로는 꿈과 관계가 깊고, 내용은 거의가 敎訓的이다. 꿈이라는 수법을 통한 교훈의 전달을 나타내는 구성은 소설사적으로 매우 오래된 구성이다.

이러한 구성은 앞서 말했듯이 唐의 傳奇인 <枕中記>나 <南柯太守傳> 등에도 잘 나타나고 있다. 이들 작품은 모두 인생은 허무하다는 虛無思想이 바탕이 되고 있어서, 그러한 허무를 넘어 해탈의 경지에 이른다는 강렬한 사상적인 표현에 주안을 두고 있다고 생각된다.

우리 소설사에서 초기에 나타난 <調信傳>은 이러한 액자구성 수법의 원형이라 하겠는데, 하룻밤의 꿈속에서 겪은 일이라는 구성은 후대의 소설들에 커다란 영향을 미치고 있다.

초기 전기소설은 이처럼 액자의 구성에 충실한 것을 알 수 있는데, 액자 - 몽유구성은 전기소설이 애용하는 한가지 형식이라고 할 수 있다. 그런데 <金鰲新話>에는 <취유부벽정기>를 제외하고는 액자 - 몽유 구성이 남녀애정을 다룬 작품에 쓰이고 있지 않다.

그러나 이른바 몽유록계 전기소설이라고 하는 歷史類 傳奇小說은 額子 - 夢遊構成을 잘 이어받고, 또한 새롭게 전개시켰다고 할 수 있다. 16세기 후반부터 17세기 초반에 걸쳐서 등장한 歷史類 傳奇小說은 거의가 액자-몽유 구성을 지니고 있다. 또한 강한 사상성을 지니고 있어서, 額子-夢遊構成이 상징적인 사상표현에 잘 쓰이고 있음을 알 수 있다.

한편으로 17세기 전반 <雲英傳>에 이르면 액자구성이 살아난다. <雲英傳>과의 관계에서 후술하겠지만, 유영이 수성궁의 옛터를 찾아가 꿈 속에서 김진사와 운영을 만나, 그들로부터 이야기를 듣고 있다. 하지만 유영 자신이 직접 몽중 세계에 개입하지 않는 점이 특징이어서 몽유록이라고는 할 수 없다.

그런데 장편소설인 <구운몽>에 이르면 초기 소설적 구성인 <調信傳>에서 보여 주었던 額子-夢遊의 형식이 그대로 되살아 났다. 조신은 눈을 떠보니 쇠잔한 등불이 어스름하였고, 양승상은 꿈을 깨니 '한 작은 암자의 포단위에 앉았으되 향로에 불이 이미 사라지고 지는 달이 창에 이미 비치었더라.'(417면) 고 하였다.

<구운몽>은 액자 형식을 그대로 받아들이되 그 그림의 내용을 바꾼 것이다. 조신은 일생을 苦難스럽게 보냈지만 양생은 일생을 호화롭게 보냈다. 이 고난한 경험과 화려한 경험의 의미는 작자들이 경험한 사회현실이 아닌지 모르겠는데, <調信傳>은 고생스러운 삶의 모습을, <구운몽>은 이상적인 삶의 모습을 그린 것이다.

여기에서 액자의 크기 뿐만이 아니라 액자의 내용도 많이 달라져 있다는 점을 살필 수 있다. 비록 '인간부귀와 남녀 정욕이 다 허사인줄 알게 함이었지만'(419면) 인간세계에서와 마찬가지로 팔선녀가 여덟 尼姑가 되어 성진을 스승으로 섬기다가 아홉사람이 한가지로 극락세계로 갔다고 하였다. '살아서는 부귀영화로운 이상적인 삶을, 죽어서는 극락세계'를 꿈꾸는 것이 바로 <구운몽>이 액자형식을 통하여 추구한 이상인 것이다. <구운몽>은 전래의 액자형식을 이어받되 현세에 대한 허무주의를 버리고, 현세에서의 이상적 삶을 추구하고 있다.

또한 <구운몽>은 二重夢遊로 구성되어 있다. 말하자면 꿈 속의 꿈이다. 이는 구성 상의 새로운 기법으로, 성진이 몽유하는 양소유의 삶 속에서 다시 꿈을 통한 몽유구성이 이어지고 있다. 양소유가 정서대원수가 되어 토번을 치러갈때 반사곡을 지나게 되는데, 그때 백룡담에 있던 동정용왕의 딸을 만난다. (9회) 바로 이 부분이 몽유로 구성되어 있다. 몽유구성이면서 낯선 곳으로 찾아가서 여인을 만나는 내용이다. 이는 傳奇小說에 잘 나타나던 구성수법이다.

16세기에서 17세기를 지나면서 몽유구성이 활발하게 일어나는 까닭은 여러 가지가 있을 것이다. 그 중의 하나는 이제는 꿈으로 처리하지 않고는 신비한 이야기를 바로 드러낼 수 없었기 때문이 아닌가 한다.

우리는 꿈속에서는 얼마든지 현실과 다른 세계의 경험을 할 수 있다. 임진전쟁 이전의 애정류 傳奇小說들은 夢遊構成을 취하지 않고도 초현실적 세계의 경험을 이루었지만, 임란 이후의 소설은

超現實的인 경험을 아무런 설명없이 더 이상 표현할 수 없었다고 여겨진다.

나) 전쟁으로 인한 男女의 만남과 離別

<구운몽>은 위와 같이 작품의 형식이 額子-夢遊構成이어서 전래하던 傳奇小說의 형식과 유사할 뿐더러, 작품의 부분적인 구성에서도 여러 부분이 傳奇小說的 구성과 관계되어 있다. 우선 남녀 결연의 첫번째 사건부터 전기소설의 구성수법이 그대로 수용되고 있다. 바로 양소유와 진채봉과의 만남이다.

예컨대 남성이 한 여인을 만난다. 둘이는 서로 詩를 주고받으며 婚姻을 약속한다. 그런데 戰亂으로 인하여 헤어지고 만다. 이런 사건이야말로 전기소설에 낯익게 등장하는 구성이다.

17세기 초반의 전기소설도 그런 사건을 보여주고 있다. 주생은 선화와 혼인을 약속하였지만 전쟁에 참가함으로 인하여 이루어지지 못한다. 최척도 옥영과 혼인을 약속하였다가 의병으로 참가하게 되어 혼인이 미루어진다. 전란으로 인하여 혼사가 장애받는 것, 혹은 부부가 헤어지는 것은 傳奇小說의 흔한 구성수법임을 알 수 있다.

<구운몽> 2회에 나오는 양소유와 진채봉과의 만남과 이별은 이러한 도식을 따르고 있다. 양소유가 科行길에서 진채봉을 만나 楊柳詩를 주고받는다. 진채봉이 먼저 詩로 구애하는 것도 <摽有梅> 시를 던지던 傳奇小說의 여성들과 방불하다. 두 사람은 婚姻은 父母에게 告하고 할 것이지만 言約은 둘이서 하자고 하였다. 그런데

경사에 변이 일어나 충군한다고 하니 양생은 놀라서 남전산으로 피난을 간다. 그 때문에 진채봉과 헤어지게 되었다. 사랑하는 연인과 전쟁 때문에 헤어진다는 사실은 여러 전기소설의 일반적인 구성이다. 물론 진채봉을 궁녀로 변화시켜서 다시 만남을 이룬 점은 새로운 구성수법이라고 할 수 있다.

다) 超現實的 世界의 만남과 世界의 連續性

<구운몽>에도 超現實的인 세계의 만남이 이루어져 있다. 신이한 힘과, 龍宮이나 天上 등의 超現實的인 空間을 설정하고 있다. 작품의 서두에서 바로 용궁이 나오고, 仙界가 등장되어, 작품의 공간이 무한으로 확장되고 있다. 이러한 공간의 확장은 계속하여 등장한다. 진채봉과 피란으로 헤어지고 남전산으로 들어가서 도사를 만난다. 전기소설이 산자와 죽은 자의 만남, 즉 이승세계와 명혼세계의 두 다른 공간의 만남이라는 구성은 신이한 구성의 주요한 요소라고 하겠는데, 이처럼 현실적인 공간과 초현실적인 공간의 만남은 장편소설에도 잘 이어져 오고 있다는 것을 보여준다.

서로 다른 두 세계의 만남이야말로 傳奇小說의 한가지 중요한 구성수법으로, 현실을 살아가는 사람이 초현실적인 세계를 만난다는 설정은 그 유래가 오래되었다. 死後의 세계에 대한 생각이 일치되어 있었던 것은 아니나, 유교에서는 사후세계에 대한 언급이 중요하지 않다. 그래서 유학자들은 소설이 그리는 비현실세계에 대하여 못마땅하게 생각하였을 것이다.

전기소설의 귀신과의 만남이라는 내용은 불교와 더욱 깊은 관계가 있다. <調信傳>이나 <金現感虎>의 결구가 모두 佛事를 일으키고 佛法에 귀의하는 것으로 되어있다는 것은 바로 그 점을 보여주는 것이다. 불교는 내세를 인정하고 내세의 복을 기원하는 것이 중심이 되어 있어서 사후세계와 교감하는 것을 잘 드러내고 있다.

세계의 連續性은 전기소설에서 중요한 작용을 하고 있다. 현세적인 삶이나, 前生의 삶이나, 來世의 삶이 서로 연속되어 있다는 생각은 소설에 자주 엿보인다. 이러한 연속관념은 人間과 神과의 교감이 자유롭게 이루어지는 것을 보여주는 것으로써 또 한 특징이다. 그래서 불우하고 단절된 삶을 세계의 연속성으로 이어보려는 것이 전기소설이 지닌 문학적 욕망의 중요한 모습이라고 할 수 있다.

이러한 연속된 세계는 작품내에서 하늘, 부처님, 용궁, 지옥 등으로 나타난다. 우리는 이를 비현실적인 세계라고 부르기보다는 현실을 이루는 한 부분이라고 보아 마땅하다. 아니면 현실을 넘어서는 곳이라는 뜻으로 초현실이라는 말이 더 적합하다고 할 수 있다.

이러한 세계의 連續性이야말로 전기소설에서 이루어진 중요한 특성이며 전 소설사를 거쳐 계속 작용하고 있는 특성인 것이다. 이러한 연속된 세계의 만남은 매우 불교적이라고 할 수 있는 것은, 三世說, 三生說, 輪回說 등으로 작품에 등장하여 이러한 모습을 뒷받침하고 있기 때문이다.

라) '낯선 곳으로 찾아가기'와 새로운 空間의 移動

　<구운몽>에서 空間이 擴大됨은 주목할 만 하다. 서두에서 동정호의 용궁이라는 공간이 바로 설정됨으로써, 地理的 공간의 확대를 꾀하고 있고, 또한 冥府가 전개되어 소설적 공간이 천상의 仙界와 더불어 지하에까지 넓게 제시되어 있다.

　이러한 표현법은 世系表現으로 시작되는 <사씨남정기> <창선감의록> 등과는 차이가 있다. <구운몽>의 지리적 공간의 확대는 전기소설적 서로 다른 세계를 그린다는 영향이 남았기 때문이지만, 결과적으로 공간배경의 확대를 통한 장편화에 기여하고 있다.

　<구운몽>을 읽으면 傳奇小說에 자주 등장하는 '낯선 곳으로 찾아가기' 수법이 전승되고 있음을 알 수 있다. 서로 다르지만 連續된 세계의 삶을 만나기 위해서는 주인공의 이동이 필요하다. 소설에 등장하는 공간의 이동은 먼저 이러한 의미에서 시작되었다고 할 수 있다. 그러다가 나중에 現實的인 지리적 經驗의 확대가 덧보태져서 작품내에서도 지리적 공간의 이동이 널리 쓰이게 되었다고 할 수 있다.

　그러나 서로 다른 공간의 만남이 傳奇小說에서는 核心的으로 되어 있지만, 장편소설에서는 부수적이며, 사건의 전개에 도움을 주는 하나의 과정으로 쓰이고 있다는 점이 차이가 있다.

　공간의 이동을 하면서 낯선 곳으로 찾아가는 것은 두 세계의 만남을 위해서이다. 그러한 만남의 공간은 몇 군데를 들 수 있다.

　우선 절이다. 초기 전기소설은 모두 절을 만남의 공간으로 설정하였다. 낙산사, 홍륜사를 비롯하여 만복사 등이 그러한 만남의 공간이다. 다음은 무덤이다. 쵀치원이나 하생이 찾아간 곳은 무덤으로 설정되었다. 또 한군데는 폐허가 된 옛 터이다. 이생이나 유영이 찾아간 곳은 폐허가 된 옛 집이다. 나머지는 선경처럼 경치좋은 곳이다. 위경천이나 주생이 찾아간 곳, 또 <구운몽>의 양생이 찾아간 곳은 경치좋은 아름다운 곳이다.

이 가운데서 <구운몽>에는 위경천이나 주생처럼 仙境을 찾아가는 대목이 있다. 낯선 곳으로 찾아가서 아름다운 여인과 인연을 이룬다는 구성이라고 하겠다.

이러한 구성은 唐代의 傳奇 '遊仙窟'과 비슷하거니와, 우리의 전기작품에도 자주 등장한다. <萬福寺樗蒲記>에는 양서생이 하룻밤의 정을 통한 후에, 여인의 거처를 함께 찾아가는 것으로 설정되었다. 그러나 <韋敬天傳>에 이르면 위경천이 소숙방이 거처하는 낯선 곳으로 찾아간다. <何生奇遇傳>의 하생도 여인이 거처하고 있는 아름답고 낯선 곳으로 찾아가 결연을 맺는다.

<구운몽>에서는 이러한 구성이 어디에 있을까. 바로 정경패가 가춘운을 시켜 雪憤하는 대목을 꾸미면서, '낯선 곳으로 찾아가기'라는 사건을 설정한다. <구운몽>의 5회에는 정경패가 설치하려고 가춘운과 '해학하기를 잘하는'(119면) 십삼랑을 시켜서 계교를 꾸민다. 양소유는 십상랑과 함께 자각봉 계곡을 가다가 정십삼은 돌아가버린다.

친구와 있다가 혼자서 낯선 곳으로 찾아가는 것은 일찌기 홍생이, 주생이, 위경천이 모두 그랬다. 양생은 물가를 따라 올라가다가 정자에서 한 미인을 발견하고 하룻 밤의 情을 나누고 헤어져

내려온다. 이러한 구성이야말로 전기소설의 남주인공이 낯선 곳으로 찾아가서 아름다운 여인과 하룻밤의 정을 나누고 온다는 구성을 수용한 모습이다.

　<구운몽>에서 낯선 곳으로 찾아가기 수법은 무덤 속의 여인과의 만남으로도 설정되었다. 양생이 무덤속 여인과의 만나기가 그려져있다. 이는 무덤 속의 여인과 즐긴다는 <崔致遠>이나 <萬福寺樗蒲記> 또는 <何生奇遇傳>의 무덤을 통한 남녀의 만남이라는 수법이 이어져 있는 것이라고 하겠다. 그 대목은 <구운몽>에서 정십삼이 양생을 데리고 함께 성밖으로 나와서 놀때 반은 무너진 옛 무덤이 있었다. 정생은 그 무덤이 장여랑의 무덤이라고 했다.

　　'형이 저무덤을 알지 못하느냐 저는 곧 장여랑의 무덤이니 살았을제 용모 절세하더니 이십세에 죽으니 사람이 슬퍼여겨 이 땅에 묻고 화류를 심었으니 우리 마땅히 술을 가져 여랑의 무덤에 부어 꽃다운 넋을 위로하리라.' (131면)

　장여랑은 <崔致遠>의 무덤속의 여주인공과 비슷하다. 崔致遠이 여인들에게 어디에 살며 죽서는 어떻게 되느냐고 묻자 다음과 같이 대답한다.

　　'이 사람과 저는 율수현 초성향의 장씨의 두 딸입니다.… 선부는 동생의 나이 십육에 제 나이 십팔에 각기 소금장수와 차장수에게 정혼하였습니다. 우리는 언제나 다른 곳으로 시집가려했지요. 마음 속의 불만이 맺혀 풀리지 못하고 드디어 일찍 죽고 말았지요…'

라고 하였다. <구운몽>에서의 무덤속 여인은 <崔致遠>에 나오는 무덤의 여인과 姓이 같으며, 이른 나이에 죽은 여성의 인물형상이 매우 비슷하다. 詩를 무덤에다 남겨놓으니 그 여인이 밤에 찾아오는 것도 두 소설이 비슷하다.

그 사건은 오랫동안 큰 영향을 미친 것 같다. 낯선 곳에서 하룻밤을 보낸 양한림은 정생과 야유를 하다가 거짓 무덤사건을 겪는다. 장여랑의 무덤이라는 그곳에서 고축을 하고, 자기가 전날 인연을 맺은 仙女라고 생각하게 된다. 그리고 그날밤 이후로 자기는 거짓 신선이라 속였지만 실은 장여랑의 귀신이라고 하며 찾아오는 여인과 雲雨之樂을 누린다. 그러나 그 사건은 양한림 혼자 모르고, 주위사람은 다 알고 있다. <구운몽>은 이러한 해학적인 구성이 매우 많다. 이는 새롭게 개척한 모습이라고 하겠는데, 다음 절에서 거론하려고 한다.

마) 挿入詩를 통한 對話體의 展開와 華麗한 文體

<구운몽>은 그 문체에 있어서도 傳奇小說의 文體를 본받고 있다. 傳奇小說의 특징가운데 하나는 挿入詩를 통한 對話體의 展開가 풍부하게 사용된 점이라고 할 수 있다. <구운몽>은 전기소설의 삽입시의 표현법을 이어받고 있기는 하지만 대폭 줄어들었다.

<구운몽>에는 모두 열여섯 수의 시가 있는데, 이는 <사씨남정기> <창선감의록>에 시가 거의 없는 것과는 대조적이다. <사씨남정기>에는 한 수도 안보이고, <창선감의록>에는 두 수 밖에 없다.[74]

<구운몽> 전체에 나타나는 詩의 편수와 <萬福寺樗蒲記> 혹은 <李生窺牆傳>의 편수와 비슷하다. 작품의 분량은 비교할 수 없을 정도로 길어진 사실에 비하면 시가 차지하는 부분이 대거 줄어들었음을 알 수 있다.

<金鰲新話>에는 등장하는 청춘남녀가 모두 詩에 능한 인물들이다. 따라서 이들은 시를 주고 받으며 수작을 한다. 시는 남녀사이의 교환뿐만 아니라, <萬福寺樗蒲記>의 양생이 처음 읊은 시에 공중에서 대답하는 소리가 들리듯이 詩는 신이한 힘과의 交感에도 사용되고 있다.

詩가 매우 많다는 것도 <金鰲新話>의 형식적 특색가운데 하나인데, <雲英傳>이나 <鍾玉傳>도 <金鰲新話>처럼 많은 시로 이루어져 있다. 이들 詩話集이라 할만한 전통은 고전소설사에서 주목할만 하다.

<金鰲新話>를 위시한 傳奇小說에는 많은 양의 詩가 나타나는데, 그 기능은 두가지 정도로 나누어 볼 수 있다. 먼저 事件展開의 手段으로 사용되는 점이다. 이는 시를 통한 감정이나 애정의 전달과, 그에 따른 계기적 사건이 일어난다는 것이다. 詩가 求愛의 수단으로 사용되는 것은 오래된 전통이다. 이러한 직접적인 구애의 기능 말고도 자기의 懷抱를 드러내는 기능을 지니고 있다. 그러나 두 기능이 엄밀하게 구분되기보다는 서로 같이 작용하는 경우가

---

74) 그런데 나타낸 시들이 <표유매>시라던가 하는 의미있는 詩句를 빌려와서 앞으로 전개될 모종의 일을 암시하고 있다. 시와 꿈을 사용하여 앞날을 암시하는 것으로 꾸미는 고전소설의 기법을 필자는 '詩夢豫度法'이라고 생각한다.

많다.

<구운몽>에 나오는 詩는 앞서 말했듯이 전래의 전기소설에 비하면 그 차지하는 비중이 매우 적다. 먼저 진채봉과의 만남은 그 구성이 전기소설적이라고 하였는데, 그 때문에 詩도 세 수가 삽입되어 있다. 그리고 또 낙양의 酒樓에서 지은 시가 한수, 가춘운이 지은 시가 한 수, 자각봉에 찾아가 주고 받은 시 두 수, 낙양에 다시 찾아가서 계섬월을 생각하며 쓴 시 한 수 등등 인데, 대체로 詩가 골고루 분산되어 있다.

傳奇小說과 長篇小說은 많은 對話體를 사용한다는 점도 비슷한 점이다. 17세기 장편소설들이 모두 대화를 많이 포함하고 있다는 것도 바로 전기소설의 영향이라고 하겠다. 원래 唐의 傳奇도 對話를 많이 지니고 있었음을 여러 글에서 지적하고 있는데, 그 중의 한 예이다.

범문정은 악양루기를 지었는데 대화를 사용하여 그 당시 경치를 설명했다. 윤사로가 그것을 희롱해 말하기를 '전기체로군'하였다. 전기는 당의 배형이 지은 소설의 이름이다.[75]

우리의 전기소설도 많은 대화를 사용하여 작품을 전개시키고 있는데, 예를들면 <金鰲新話>에서 많은 대화체의 등장을 볼 수 있다. 사건의 전개는 작자의 설명이 아닌 등장인물들 간의 대화로 이루어졌다는 것은 전기소설이 지닌 문체의 특징 가운데 하나이다. 愛情이라는 주제를 섬세하게 묘사하기에는 작자의 어떠한 설

---

75) 宋 陳師道 <後山詩話>, 丁範鎭, 唐代傳奇硏究, 1면 에서 재인용

명보다도 등장인물의 절실한 대화가 필요한 것이었다고 생각한다.

바) 그 밖의 細部的인 傳奇小說的 構成

<구운몽>을 읽으면 細部的인 사건에서도 전기소설의 영향을 많이 발견할 수 있다. 먼저 양소유가 모친의 편지를 가지고 두련사를 찾아가는 대목이 나온다. (4회) 모친의 표매인 杜鍊師는 자청관의 으뜸 여관이라고 하였는데, 편지 내용은 仲媒를 부탁하는 것이었다. 남성인물이 어디를 찾아가서 중매를 부탁하는 일은 일찌기 唐의 傳奇인 <곽소옥전>에도 서두의 구성으로 되어 있다.

또한 양상서가 밖에서 술을 마시고 있다가 취하여 궁중으로 불려들어가서 詩를 쓰는 모습은 널리 알려진 李太白의 故事에서 온 듯하다. 天子 자신이 ‘짐이 이제 경을 얻었으니 어이 태백을 부러워하리요.’(177면) 라고 하여서 바로 李太白의 고사와 관계됨을 보여주기도 한다.

양상서의 詩를 궁녀들에게 나누어 주고, 그 가운데 한 사람인 진채봉의 애정에 대한 이야기가 나온다. 진채봉은 궁녀가 되었다. 궁녀의 애정은 금기되어 있어서 받았던 시를 가져오라고 하였을 때 채봉은 ‘내 이제는 죽으리로다’ (187면) 라고 하였다. 궁녀의 애정에 관한 것은 일찍이 <雲英傳>에 등장하던 바였는데 여기에서도 궁녀의 애정이 문제로 떠오르고 있다.

또한 궁중에서 정소저와 난양공주, 진채봉이 詩를 지으면서 재주를 뽐내는데, 이 또한 <雲英傳>의 궁녀들이 궁중에서 재주를 드러내는 것과 유사하다. 또 정소저가 相思病이 드는 것도 전기소설의 여주인공과 비슷하다. 그 밖에 세부적인 인명의 차용도 볼 수 있다. 자객으로 등장한 심요연은 裴鉶의 <傳奇> 가운데 <裴航>이라는 작품의 번부인의 시첩 이름이다.

배형의 <傳奇>라는 작품집이 일찍 들어와서 우리의 전기소설들에 영향을 준 듯하다. 그중 한 작품인 <배항>에는 위의 요연이라는 인명 이외에도, 서두에 배항이라는 수재가 친구를 만나서 배를 구하여 장사를 한다는 대목이 있다. 이는 <취유부벽정기>나 <주생전>의 서두와 유사하다. 또한 배항이 낯선 곳으로 찾아가는데 雲英이라는 여인을 만난다.76)

2) 〈구운몽〉과 〈운영전〉의 비슷한 구성

<구운몽>은 이상과 같이 전기소설적 구성이 드러나고 있다. 임란 이후 17세기 전기소설 가운데서는 <雲英傳>과 특히 유사한 점이 있는데, 우선 그 형식의 유사점을 들 수 있겠다. 두 작품은 額子構成의 형식을 취하고 있다. 그러나 성진은 몽중에서 활동한 인물이지만, 유영은 활동하지 않은 차이가 있다.

또 두 작품은 序頭의 전개법이 유사하다. <雲英傳>은 서두를 지리공간의 설명으로 시작한다. 이는 <구운몽>의 서두와 유사하다. 작품 속에서 사건의 주요무대인 수성궁의 위치를 동서남북의 방위로써 설명하는 모습이 <구운몽>에서 五岳을 설명하면서 시작하

---

76) 唐人傳奇小說, 世界書局, 272, 273면

는 모습과 유사하다. 물론 공간의 넓이에 있어서의 차이는 분명하다. <구운몽>이 지니는 공간은, 작품의 서두에서 뿐이 아니라 전개과정에서 당시 사람들이 상상하였던 모든 공간이 제시되었다고 할 수 있다.

두 작품은 抒情的인 분위기가 만연하면서도, 華麗한 文體를 느낄 수 있으며, 작중의 분위기도 유사한 점이 있다. 또한 <雲英傳>에는 안평대군이 詩를 주제로 한 이야기들을 많이 하고, 詩를 짓는 모임을 자주 연다. 궁중에서의 詩會는 <구운몽>의 천자도 이어받고 있다.

그리고 <雲英傳>에서 궁녀의 사랑을 문제삼았다면 <구운몽>에서도 궁녀였던 진채봉의 애정을 긍정적으로 문제삼았다. 두 작품이 모두 남녀의 만남을 額子 안의 주 내용으로하여 다루었다는 점에서 일치한다. 그러나 그 남녀의 만남이 <운영전>에서는 성취되지 못함을 그렸다면, <구운몽>은 그 화려한 성취를 그렸다고 할 수 있다.

작품속에 여러 여인이 동시에 등장하는 것도 유사하다. <雲英傳>에서 열명의 재주있고 아름다운 궁녀, <구운몽>에서의 여덟명의 아름답고 개성있는 여인은 그 여성의 성격에 있어서도 모두 재주가 뛰어난 유사점을 보여주고 있다. 요컨데 <구운몽>은 <雲英傳>과 상당히 밀접되어 있다고 생각한다. 그러나 그 제재를 확대시키면서, 비극적인 결말을 喜劇的이고도 敎訓的으로 이끌어가는 새로운 주제로 변화시키는 점이 <구운몽>이 이룩한 새로운 면모라고 생각된다.

2. 〈사씨남정기〉 〈창선감의록〉과 傳奇小說的 구성

두 작품을 아울러 거론하는 것은 두 작품이 매우 비슷하기 때문이다. 두 작품은 작품 구성의 유사성, 등장인물과 그 성격의 유사성을 지니고 있기에 영향관계가 있을 것 같다. 따라서 먼저 간단하게 두 작품의 유사성을 살펴보려고 한다.[77]

물론 유사성 못지않게 두 작품간의 차이점도 찾을 수 있다. 예컨대 <사씨남정기>의 선명한 도식성, <창선감의록>의 여러 남녀의 교차적인 구성이 큰 차이점이다. 이 점은 장편화에 필요한 새로운 구성이란 절에서 상술하겠다.

1) 두 소설의 先後문제

두 작품의 구성을 비교하기에 앞서서 두 작품이 어디에서 어디로 전해졌는가를 살펴보자. 대체로 <창선감의록>이 먼저 만들어지고, 그 작품에서 보이는 복잡한 구성가운데서 가장 선명한 구성을 뽑아내어서 <사씨남정기>가 만들어졌다고 한다. 이러한 관점에서 임형택, 엄기주, 진경환 교수 등이 <창선감의록> 선행설을 제시하

---

77) 두 작품간에 유사한 점은 기존의 글에서도 언급하고 있다. 엄기주, 창선감의록 연구, 성대 석사논문, 86- 95면, 진경환, <창선감의록>의 작품구조와 소설사적 위상, 고대 박사논문, 185-216면에 두 작품간의 문제를 다루고있다.

고 있다.

필자는 <창선감의록>보다 단순한 구성을 보이는 <사씨남정기>가 지어지고, <사씨남정기>에서 볼 수 있는 설정을 더욱 복잡하게 하여 만들어진 작품이 <창선감의록>이라고 생각한다.

이는 작자의 문제와 연결되는 부분이 많다. <창선감의록>이 분명한 조성기의 작이라면, 1689년 조성기가 운명하기 이전에 쓰여졌다는 점과, <사씨남정기>는 인현왕후 폐출사건 이후인 1689년 이후에 남해유배기간에 쓰여졌을 것이라는 점은 분명히 <창선감의록>의 선행설을 뒷받침한다.

그렇지만 이때 두가지 문제가 있다. 하나는 <창선감의록>은 반드시 조성기가 썼으며, <사씨남정기>는 반드시 인현왕후 폐출 이후에 쓰여졌다고 단언할 수 없다는 것이다. 다른 하나는 <창선감의록>이 먼저 지어졌다면 그렇게 복잡한 구성의 작품은 어디에서 왔는가 하는 점이다.

그래서 반대의 견해인 <사씨남정기>가 먼저 창작되었다면, 그리고 <창선감의록>이 조성기 작이라면 서포는 인현왕후가 폐출되기 전에 창작하였어야 시기적으로 맞는 말이다. 그러면 이때는 사씨의 남정을 즉 다가올 인현왕후의 폐출을 미리 예견하였거나, 아니면 의도했거나, 우연한 일치이거나, 혹은 아무 관련없이 지었을 것 등으로 생각할 수 있다.

이는 좀더 고찰할 부분이지만, 필자는 <사씨남정기>의 간단한 구성이 훨씬 복잡해진 <창선감의록>으로 나타난 것이 아닐까 생각하고 있다.

2) 두 소설의 傳奇小說的 구성비교

두 작품은 구성이 매우 탄탄하다고 여겨지는데, 이는 전체적으로 구체적인 因果關係가 잘 이루어져 있기 때문이다. 두 작품에 나타나는 구성의 유사성은 여러가지로 제시할 수 있다. 일단 먼저 宰相家의 才子佳人들인 아들 딸의 혼인문제를 서두에 다루고 있다.

<사씨남정기>의 서두에는 宰相家의 일인 점을 밝히고 있다. '화설 대명 가정년의 북경 순천부의 일위 宰相이 있으되 성은 류오 명은 희니--'라고 하여 재상가의 일임을 알리고 있다. <창선감의록>의 서두에도 宰相家의 일임을 밝히고 있다. 화장군 운의 칠세손에 병부상서 여양후 욱의 집안 일을 다루고 있음을 서두에서 알려주고 있다. 이처럼 宰相家의 일을 다루고 있는 점이, 이들 소설의 수용층과 관계가 된다고 여겨진다.

혼인 후에는 妻妾관계가 善惡의 관점에서 대비되어 다루어져 있다. 그러다가 악한 쪽의 인물군이 일시적인 승리를 한다. 그러나 마침내 선한쪽의 인물군이 다시 지위를 회복하고, 악한 쪽의 인물은 파멸한다. 이러한 善惡의 對比敍述的인 구성이 두 작품사이의 가장 큰 유사점이라고 할 수 있다.

엄기주 선생은 <창선감의록>은 善, 愚의 대비라고 설명하기도 하지만, 선우의 관계는 선악의 관계속에 포함되어 있다고 생각한다.

이러한 구성의 유사성은 등장인물의 기능을 유사하게 만들어

설정하기도 한다. 구원자로서의 승려, 간악한 첩, 첩과 내통하는 姦夫 등은 두 작품 모두 뚜렷하게 형상화되어 있는 인물들이다. 인물의 동질적 기능은 작품구성의 유사성을 말해주는 또 다른 한 요소라고 할 수 있다.

이제 두 작품에 나타나는 전기소설적인 구성을 찾아보기로 하자.

가) 神異한 만남의 形式과 두 作品의 差異

두 작품을 읽어보면 <九雲夢>처럼 세부적인 구성에까지 傳奇小說의 요소가 보이지는 않는다. 그렇지만 전체적으로 작품에 神異한 만남이 계속 등장하고 있다. 신이한 만남이라는 傳奇의 구성이 작품의 중요한 계기적인 사건이 되어있다는 점은, 이 두 작품도 전기소설의 영향을 받는 것을 보여준다.

그런데 두 작품을 비교해보면 <사씨남정기>가 꿈이라는 수법을 통하여 기이한 경험을 드러내는 반면에, <창선감의록>은 기이한 경험을 그냥 노출시키는 경우가 많다. 이 점에서 <사씨남정기>가 더욱 현실적인 구성을 취하고 있다고도 할 수 있다.

<사씨남정기>와 <창선감의록>은 매우 현실적인 삶에 바탕을 두고 지어진 작품이다. <구운몽>은 작품의 서두부터 상상의 공간이 펼쳐지지만, 이 두 작품은 모두 현실적인 공간으로 시작된다. 작품의 출발이 이렇듯 다른 분위기를 지니고 있음에서 작품의 전체적인 성격이 <구운몽>은 超現實的인 구성이 많아지고, 뒤의 두 작품은 그만큼 現實的인 사건을 기술하게 된 배경이 된 것이다.

이처럼 현실적인 서두를 보이는 <사씨남정기>와 <창선감의록>
도 전대의 전기적인 수법인 奇異한 만남은 없앨 수가 없었기에,
작품의 구성상 기이한 만남을 통한 전개는 중요한 계기를 이루고
있다. 그러나 비록 중요한 계기이지만 작품에서는 부분적인 구성
이다. 현실적이지 않는 인물이나, 사건을 만나는 방법이 傳奇小說
에는 소설의 중심구성이 되어 있었지만, 이들 두 소설에는 매우
부분적인 사건으로 되어 있다. 그런데 그 만남의 형식은 어떻게
처리되어 있는가 하는 점이 주목된다. 이제 두 작품에서 신이한
경험이 어떻게 처리되고 있는가를 검토하겠다.

<사씨남정기>에서 사부인이 쫓겨나서 성도에 있는 시부모의 산
소에 가 있을 때, 돌아가신 시부모를 만나는데 꿈으로 처리되었
다.(<사씨남정기>, 中冊, 張 10) 이 만남에서 돌아가신 시부모가
現夢하여 사부인에게 칠년재액이 있음을 알려주고, 다가오는 육년
사월에 백빈주에서 사람을 구할 것까지 계시한다. 또한 사부인이
기절하여 정신이 혼침한 가운데 순임금의 두 왕비를 만나고서 모
든 것을 알게된다.(<사씨남정기>, 中冊, 張 13-17) 이 부분은 상당
히 길게 서술되어 있는데, 그 내용을 이야기하며 어찌 꿈이라 하
겠는가 하면서 황능묘를 찾아간다. 이 부분이 사부인이 혼침한 가
운데 꿈속에서 경험한 사실이겠는데, 황능묘로 찾아가는 설정을
함으로써 꿈을 바로 현실과 연결시키고 있다.

사부인의 苦難에 이어 한림이 행주로 유배를 떠난다. 그곳에서
그는 전일의 총명함이 점차 되돌아오기 시작하여 주야로 탄식하
다가 병이 들었다. 그는 꿈속에서 동정호 군산사에 있는 백의 노
괴의 방문을 받아서 약수를 먹고 병이 낫는다. 또 아들 인아에 관

계된 사실도 꿈으로 처리되어 있다. 임씨의 모친인 변씨가 꿈을 꾸고서 울밑에 버려진 인아를 데리고 들어온 일이다. (<사씨남정기>, 下冊, 張 19)

<창선감의록>도 <사씨남정기>와 마찬가지로 현실적인 공간에 충실한 작품이다. 꿈으로 처리된 것은 우선 胎夢을 들 수 있다. 3회 서두에는 옥화와 여옥의 태몽이나 채봉의 태몽이 나온다. 그런데 神異之事는 꿈으로 처리되지 않고 바로 경험하는 것으로 되어 있다. 이 점은 <사씨남정기>와 서술태도의 차이를 보여준다. 남부인이나 화한림은 꿈을 통하여 경험을 하는 것이 아니라, 현실로 경험을 하는 것으로 그려져 있다.

남어사가 악주로 안치될 때 엄숭이 보낸 자객이 남어사부부를 공격하여 남어사는 부인과 더불어 투신한다. 이때 靑城山의 곽선공이 남어사부부를 구하고, 상군낭랑의 명으로 仙娥가 玉漿을 가지고 와서 남소저를 구한다. 이 대목은 <사씨남정기>에는 상군낭랑의 현몽으로 처리되어 있는데, 여기서는 꿈으로 처리하지 않고 있다. (26-28면) 또 마의 노구가 나타나서 남소저를 진소저의 집으로 가라고 안내해주고 사라진다.(28-29면) 이 대목도 꿈으로 처리되지 않았다. 그래서 기이한 경험을 바로 드러내고 있다. 그런데 이를 妖妄欺怪之說(43면)이라고 다시 말하고 있다.

이러한 사건을 바라보는 태도는 이 말을 주목하게 만든다. 그런데 요망기괴지설이라는 말은 신이하지도 기이하지도 않은 엉터리 같다는 느낌을 주지만, 이 말은 작자의 합리성을 의식적으로 드러낸 표현이라고 할 수 있다.

<창선감의록>에서 꿈을 통한 계시는 尼姑에게 나타난다. 관세음

이 청원의 꿈에 나타나서 남부인 채봉을 구하라고 일러준다.(73면) 구함을 받은 남부인의 꿈에도 관음이 현몽하여 청원을 따라서 촉으로 들어가라고 한다.(76면)

한림은 어느 날 밤에 친모인 정부인을 만나는데(79면), 이는 꿈이 아니라 바로 나타났다가 사라지는 것으로 되어있다. 유배를 간 화한림은 곽선공을 찾아가서 남어사부부를 만나고(112-114면), 다시 전세의 스승이었던 殷眞人을 만난다(116-118면). 그는 단 하룻밤을 은진인과 지냈지만, 세속의 시간으로는 겨울 내내 지낸 것으로 되어있다.

이는 <구운몽>의 양소유가 남전산의 도인을 만나서 하룻밤을 보내고 왔지만 세속에서는 봄에서 가을로 변해 있었다는 구성과 방불하다.

그런데 화한림이 은진인을 만나서 태공육도와 일축소족과 복요지부를 얻어 온 구성은 기이한 만남이지만 꿈으로 처리되지 않았다.

두 작품에 모두 꿈을 통한 초현실의 만남을 다루었지만, <사씨남정기>는 유한림과 사부인 등이 직접 꿈을 통한 경험을 하고 있고, 반면에 <창선감의록>에서는 꿈은 尼姑에게나, 태몽에 간단하게 처리되어 있을 뿐이다. 말하자면 꿈이라는 요소는 전체적으로 매우 약하다. 반면에 남소저나, 화한림이 기이한 경험을 하는 것이 바로 드러나 있다. <사씨남정기>에서는 기이한 경험이 모두 꿈으로 처리되었음에 비하여, <창선감의록>은 바로 드러나고 있다는 점이 구별된다고 할 수 있다

이 점에서 <창선감의록>이 傳奇的인 요소가 더욱 풍부하다고

할 수 있다. 따라서 구성상에서 전기적인 요소는 구운몽- 창선감
의록- 사씨남정기 순으로 점차 줄어들고 있다고 할 수 있다. 필자
는 이 점에서는 전기적인 요소가 더 많이 드러난 <창선감의록>이
<사씨남정기>보다 일찍 지어졌을 가능성도 있다고 생각한다.

나) 神異한 經驗과 구원자로서의 機能

  두 작품은 사건의 전개과정에서 전환을 이룰 때마다 神異한 힘
과의 만남을 경험하고 있다. 그 경험과정이 <사씨남정기>처럼 사
부인, 유한림, 인아에 관계된 사실이 모두 꿈으로 처리되기도 하
고, <창선감의록>처럼 실재로 그랬던 것처럼 처리되면서 꿈이 약
화되어 있기도 하다. 그렇다면 이러한 경험의 기능과 그 의미는
무엇인가.

  신이한 경험은 거의 모두 중심인물들에게 일어난다. 그리고 그
들이 위험한 순간에 처해있을 때 일어나고 있다. 그 점을 살펴보
자. <사씨남정기>에서 사부인이 꿈에 시부모를 만나는 순간은 매
우 위험에 처한 순간이었다. 냉진이 사부인을 납치하려고 계교를
세우고 들이닥치는 위험한 순간에 구고신명이 현몽하여 위험에서
벗어난다. 또한 사씨가 자살하려고 할때 꿈속에서 아황과 여영이
사부인을 만나서 남해도인에게 가 있으라고 한다. 꿈을 깨고 황능
묘에 가서 있을때 이고와 여동이 찾아와서 이들을 데려가서 구원
한다. 한림이 경험한 경우에도 위험한 순간이다. 그가 유배지에서
백의 노괴를 만나는 신이한 경험을 하는 것은 그가 병들어 위독

할 때이다. 그는 위급한 순간에 구원을 받는다.

이러한 구원자로서의 기능은 <창선감의록>에도 마찬가지이다. 남소저가 상군낭랑의 심부름으로 온 선아를 만나서 목숨을 구하고, 다시 마의 노고를 만나서 길을 안내받은 경우가 모두 위급에 처한 순간이다. 또한 화한림이 유배가 있을때 곽선공이나, 은진인을 만나서 도움을 받고 유배지에서 용약 출전장군으로의 도약을 준비한다. 이러한 모든 신이한 힘은 이들에게 원조자, 구원자로서의 기능을 지니게 한다. 이들과의 만남을 통하여 위급에서 안전으로 변화되고, 유배지에서 새로운 변신을 준비하게 된다.

이러한 구원자로서의 신이한 힘과의 만남은 일찌기 <崔陟傳>에도 잘 드러나 있었다. 傳奇小說에는 서로 다른 세계의 힘이 구체적으로 도와주는 경우는 드물었다. 그런데 가장 늦은 전기소설의 변모형태인 <崔陟傳>에 이르러 그러한 모습을 볼 수 있다. 옥영은 여섯번이나 만복사 장육불의 현신을 만나서 구원을 얻었기 때문이다.

여기서도 신이한 힘은 옥영을 도와서 그가 위험에서 벗어나도록 해준다. 이러한 신이한 힘이나 기이한 경험이 작중에서 구원자로서 기능한 것은 무슨 의미가 있는가. 이는 초현실적인 힘이 존재하고 있고, 존재하는 힘은 분명히 착한 남녀주인공을 도와서 그들이 잘 살도록 돕는다는 내용을 지니고 있다.

<사씨남정기>에서 사씨의 삶은 그렇게 '운명지워졌다'는 것으로 작품의 여러군데에 묘사되고 있다. 사부인의 고구가 현몽하여 그렇게 말하였다. 최씨부인이 며느리인 사부인에게 7년 재액이 있음을 말한다. 이는 정해진 운수가 있다는 뜻이다. <창선감의록>에

도 이러한 운수에 관한 말이 나온다. 선아가 와서 남소저에게 전하는 말가운데, 전세의 업원으로 일시 액운이 있으나 10년 후에 부모를 상봉할 것이라고 말한다.

이제 신이한 힘의 등장이 매우 현실적으로 처리되었지만, 그 대신에 天命, 運命이라는 철학적인 틀을 가지고 작품을 규정하게 된 것이다. 천명이나 운명에 따라서 초현실적인 힘이 등장하여 위급에 빠진 주인공을 구원한다.

신이한 힘은 儒敎的인 힘, 佛敎的인 힘, 道敎的인 힘이 모두 등장한다고 볼 수 있다. 아황이나 여영으로 나오는 상군낭랑이나 姑舅가 현신하는 것은 儒敎的인 힘이라고 한다면, 묘혜나 청원을 통한 관음보살의 힘은 佛敎的인 힘이고, 곽선공이나 은진인 등의 도사에 의한 구원은 道敎的인 힘이라고 할 수 있다. 또한 그러한 도움은 남자보다는 특히 여성이 많이 받고 있다는 것을 작품속에 차지하는 분량을 통해서 확인할 수 있다.

주제의 부분에서 후술하겠지만 여성의 삶의 모습을 그렇게 그리는 것은 문제가 있다고 생각한다. 현실적인 삶에서 문제의식을 느끼고, 가능한 노력을 하는 삶은 그리지 않고, 운명에 따라 초현실적인 힘에 의지하는 나약함을 보여준다. 오히려 적대적 인물들인 경우에는 그러한 적극성을 잘 그리고 있다. 이는 물론 운명에 따른 삶의 모습을 그리다보니 그렇게 되었다고 볼 수도 있다.

따라서 두 작품에서 보여주는 신이한 힘과의 만남이 작중에서 구원자로서의 기능을 하고 있다면, 그 意味는 하늘의 명이 그렇게 되어있다는, 혹은 운수가 그러하다는 의미를 지니고 있다고 생각한다. 이러한 天命觀 내지 運數觀은 기존의 傳奇小說이 보여주었

던 것보다 훨씬 분명하게 신이한 힘의 역할을 긍정하고 있다고
보인다.

3) 두 소설과 〈崔陟傳〉의 비교

두 작품은 이와같이 전기소설의 구성에서 많은 영향을 받고 있
지만, 특히 17세기 초에 변모된 전기소설인 <崔陟傳>과 유사한 점
이 보인다. 그 다루는 문제, 표현 방식 등이 서로 비교될 만한 점
들이 있기 때문이다. 이 점을 몇가지 거론하려고 한다.

가) 事件의 빠른 展開가 비슷하다.

<崔陟傳>에는 많은 사건이 들어가 있음은 앞에서 언급하였다.
그러한 사건들이 너무 빨리 전환되고 있어서 속도감을 주고 있는
데, 이러한 분위기는 다시 위의 두 소설에서 확인된다.

두 작품가운데서도 특히 <창선감의록>은 매우 빠른 사건의 전
개를 보이고 있다. 첫회에서 벌써 화진의 가계가 설명되고, 형인
춘과의 관계, 심씨의 성격, 화춘의 혼사, 윤혁의 만남과 정혼과정
까지 모두 그려져 있다. 이러한 빠른 전개는 <창선감의록>에 계속
이어지는 전개방식이다.

나) 家族의 離合集散을 그리는 점에서 비슷하다.

<崔陟傳>은 만남과 이별, 그리고 재회를 그린 소설이다. 이를 남녀 두 사람만이 아니고 가족의 단위에서 그리고 있다. <사씨남정기>와 <창선감의록> 또한 이러한 가족의 이합을 그리고 있다.

유한림이 사부인과 이루는 가정은 교씨에 의하여 흩어지게 된다. 그러나 온갖 고난을 무릅쓰고 다시 온 가족이 모인다. <창선감의록>은 여러 가족이 함께 나온다. 물론 府中이라고 표현되는, 우리 식의 家라는 곳의 집단이 흩어지고 재회하는 것을 그리고 있다.

남소저가 부모와 헤어져 있을 때도, 선아가 와서 10년 후에 부모와 상봉할 것이라고 말하였다. (26면) 가족의 상봉이 큰 문제의 하나였음을 보여주는 것이다.

이는 花府의 이산과 재회라는 것이 중심이 된 듯하지만, 또 다른 가족의 이산과 재회도 잘 그리고 있다. 남어사 一家의 再會는 그 점을 선명하게 보여준다.(153,154 면)

다) 神異한 힘이 救援者로서 登場하며, 특히 여성을 계속하여 도와주고 있다.

<崔陟傳>의 옥영은 그가 마지막에 '吾等之得有今日 寔賴丈六佛之陰騭' 이라고 했듯이 계속하여 도움을 받았다. 옥영은 투신하려고 하기도 하는데서, 사부인과 유사한 모습을 보인다. 그때마다 장육불의 현신으로 구원을 받는다. <崔陟傳>에는 모두 여섯차례나

장육불이 구원자로 등장한다. 가족과 이산한 여주인공이 방랑하면서 거듭 구원된다는 구성은 바로 두 소설에 잘 그려져있다.

앞에서 말한 것처럼 <창선감의록>에서 남소저가 상군낭랑의 도움을 받고, 진소저가 마의노인의 도움을 받고, 남부인이 여승 청원의 도움을 받아 구원된다. 이러한 구성도 위기에 처한 여성이 신이한 힘에 의하여 구원받는 구성이고, 이는 <崔陟傳>에서 많이 사용되던 구성이기에 그 유사점을 지적할 수 있다.

물론 남성의 구원도 말할 수 있지만, 그보다는 여성쪽의 구원에 비중이 더 크다. 그 점은 앞서도 말했듯이 여성쪽에서 신이한 힘과의 만남이 작품에 더 많은 분량으로 서술되어 있기 때문이다.

　　라) 揷入詩가 사라지고 乾燥한 文體로 되어있다는 점이 비슷하다.

17세기 초의 <崔陟傳>에 이르면 삽입시가 거의 없다. 작품 전체에 걸쳐서 두 수만 나와 있다. 이 또한 <사씨남정기>와 <창선감의록>에 이르면 시가 거의 사라졌다는 것은 매우 주목되는 부분이다.

<사씨남정기>에는 거의 詩가 보이지 않는다. 그리고 <창선감의록>에는 화진의 시 한수(5면), 윤소저, 남소저, 진소저의 시 각 한 수(40면), 윤공자의 시 한 수(44면), 이팔아의 시 두 수(184면) 로 모두 일곱 수가 나온다. 물론 시가 사건의 전개와는 거의 무관하게 이루어졌다.

이는 사건 위주의 전개과정을 따르다보니 시의 기능이 불필요

해졌다고 볼 수 있다. 傳奇小說은 남녀의 만남과 이별이라는 단일한 사건을 다루었지만, 사건자체가 그리 복잡한 것은 아니다.

그러므로 사건을 중요시한 소설이 아니다고 할 수 있는데, 17세기 후반에 장편소설은 복잡한 사건이 계속하여 얽어지기에 사건을 중요시한 소설이라고 할 수 있다. 삽입시는 감흥을 드러내는데 필요하지만 사건의 치밀한 전개에는 불필요하다는 것을 보여준다고 하겠다.

아울러 文體가 華麗한 만연체에서 乾燥한 簡潔體로 이동되었는데, 이 점에서도 이들 작품이 매우 유사함을 보인다고 할 수 있다.

3. 長篇化에 필요한 새로운 構成

17세기 후반 長篇小說들은 위에서 검토한 바처럼 기존의 傳奇小說的 구성을 어느 정도 수용하였으나, 그에 못지않게 새로운 구성을 개척하였다 새로운 구성을 개척한 점이야말로 이들 작품이 이루어낸 문학적인 성과인데, 그 새로운 구성 가운데서도 중심이 될만한 문제인 남녀결연의 문제를 어떻게 다루어서 장편화를 이루어냈는지, 그리고 장편화에 필요한 흥미를 지니기 위한 구성은 어떠했는지 살펴보고자 한다.

1) 男女結緣의 重層構成과 장편화

소설이 장편화되는 방법은 여러가지가 있다. 김홍균선생은 분량
확장방법으로 작품내의 갈등을 복합적으로 만들고, 여러 이야기를
결합하며, 사건을 반복시키는 것 등을 들고 있다.[78] 소설이 장편
화되기 위하여는 인물의 형상이 매우 중요하다고 생각한다. 소설
의 장편화를 위하여 주인공의 다양한 경험, 혹은 다양한 인물의
등장이 필요하기 때문이다.

초기 전기소설부터 17세기 후반에 장편소설이 성립되기까지에
는 작품 내의 등장인물이 계속하여 증가되어 왔다. 이러한 인물의
증가는 소설사의 발전에 따라 이루어졌지만 역으로 소설을 발전
하게 하는 원동력이 된 것이다.

그 중에서도 남녀 인물들이 만나는 과정을 확대하는 구성은 전
대의 소설을 이어받은 17세기 후반 장편소설들도 모두 보이고 있
다. 그러나 세 장편소설들이 그 형식에 있어서 새로운 모습, 서로
독자적인 모습을 보여주고 있는 점을 주목하여 살펴보고자 한다.

<구운몽>은 한 남자와 여덟여인의 만남이 순차적으로 반복되는
구성이다. <사씨남정기>는 사씨와 유한림, 유한림과 교씨, 교씨와
동청이라는 세 만남이 平行的으로 이루어지는 구성이고, <창선감
의록>은 화진, 윤공자의 결연담, 그리고 화춘의 결연, 또한 성공자
와 유성양의 결연담이 복합적으로 교차되어 있다.

---

78) 金泓均, 복수주인공 고전장편소설 창작방법연구, 1991, 정문연박사학위논
　　문, 이 논문의 제 3장에서 낙선재본 소설들을 대상으로 분량확장방법에
　　대하여 논의하고 있다.

필자는 이를 각각 反復構成, 平行構成, 交叉構成이라고 부르고
자 한다. 이러한 만남의 重層構成은 長篇化를 이루는 새롭고 중요
한 소설기법이었다고 여겨진다.

가) 〈구운몽〉과 男女結緣의 反復構成

〈구운몽〉은 성진의 입몽과 각몽과정을 통하여 양소유의 일생을
다루고 있다. 성진이 겪었던 龍宮의 세계, 풍도의 세계,79) 양소유
가 겪은 현실적인 공간 등은 그 배경이 매우 넓게 설정되어 있다.
이처럼 넓은 공간에서 일어나고 있는 주요한 사건은 남녀의 만남
과 결연의 문제이다.

그러나 〈구운몽〉에 이르면 그 방법에 있어서 만남과 결연을 여
러차례 반복시키는 변화를 보이고 있다. 이러한 反復構成이야말로
남녀결연을 둘러싸고 〈구운몽〉이 지니고 있는 특성이고, 또한 작
품구조의 근간이 되는 것이라고 할 수 있다.

기존의 연구에서는 대체로 〈구운몽〉을 二重構造로 보고 있다.
즉 현실 세계와 꿈 속 세계의 두 차원으로 이루어졌다는 것이다.
그러나 그 점은 〈구운몽〉자체의 특색이라고만 할 수 없다. 傳奇小
說들은 많은 작품이 액자-몽유구성을 보이기에 이중적인 틀을 지
니고 있다. 〈구운몽〉은 표면적으로 그러한 틀을 이어받은 것이라
고 해야 한다.

---

79) 풍도는 현재 중국 양자강 유역의 지명으로 그곳에는 지옥의 세계를 꾸
　며놓은 전시관이 있다고 한다. 풍도에 관한 사실은 〈酉陽雜狙〉에도 나
　오는데 여기서는 六天 鬼神의 宮이 있다고 하였다. 이 책은 우리나라에
　서 15세기에 간행된 사실도 있다.

혹은 적강구조라고 보는 것도 앞시대의 소설에 그 싹이 이미 보이고 있다. <萬福寺樗蒲記>에서 여인이 양생에게 봉래산에서의 일을 말한 것이나, <雲英傳>의 말미에서 김생이 유영에게 말하기를 두사람이 본디 선인이었는데 죄를 지어 인간에 적강하여 인간 괴로움을 갖추 겪었다고 하였다. 이 말은 운영과 김생이 세상에 적강하여 고초를 겪다가 다시 삼청궁에 올라갔다는 것이다.

따라서 <구운몽>을 이중구조나 적강구조로 보는 것은, 물론 그러한 구조를 갖추고 있으나, 이는 <구운몽> 자체의 성과라고 할 수는 없다. 많은 전대의 전기소설과의 관계를 검토하지 않고서는 새로운 성과를 확인할 수가 없다고 생각한다.

<구운몽>은 16회로 이루어져 있다. 1회와 16회가 성진이 양소유로 양소유가 성진으로 바뀌어지며, 2회부터 15회까지는 양소유가 진채봉을 비롯한 여덟 여인과 결연하는 대목이다. 물론 1회와 16회도 성진이 여덟 여인과 만나는 대목, 그리고 함께 극락으로 가는 대목이라고 할 수 있다. 남녀의 만남은 작품전개의 중요한 계기가 되고 있는데, <구운몽>이 남녀의 만남을 중심으로 分回되어 있기에 그 점을 더욱 잘 보여준다.

양소유가 여덟 여인과 만나는 것은 작품에서 매우 짜임새가 있다. 먼저 1회에는 성진과 팔선녀와의 만남이 그려져 있다. 여기에서는 성진이 非世俗的인 삶을 살면서도 世俗的인 욕망에 고민하는 모습을 그렸다. 그 고민은 유교적인 삶과 불교적인 삶 사이에서 오는 갈등이었다.

'남아 세상에 나 어려서 공맹의 글을 읽고--'로 시작되는 유교적 삶은 '출장입상하고, 눈에 고운 빛을 보고 귀에 좋은 소리를 듣고,

공명이 후세에 드리우는 삶'이라고 하였다. 고운 빛 좋은 소리는 아름다운 여인과의 관계를 뜻한다고 볼 수도 있다. 이러한 삶에 비해 '우리 부처의 법문은…'으로 시작되는 불교적 삶은 '道德이 비록 높고 아름다우나 적막하기 심하도다' (<구운몽> 13면-15면) 라고 하였다. 유교적인 삶과 불교적인 삶, 두 삶의 대비를 통하여 의미를 드러내고자 하였다고 할 수 있다.

그 갈등은 물론 八仙女와의 만남으로 인해서 일어난 것이어서, 성진은 양소유로 다시 태어나서 세속적인 욕망의 충족과정을 겪기 시작한다.

2회에서는 진채봉, 3회에서는 계섬월, 4회에서는 정경패, 5회에서는 가춘운, 6회에서는 적경홍, 7회에서는 이소화, 8회에서는 심요연, 9회에서는 백능파와 각각 아름다운 인연을 맺는다. 여기에서 보여주듯이 2회부터 9회까지 여덟 회에 거쳐서 팔선녀와 각기 인연을 맺는 과정이 그려진다. 그러나 그 과정은 모두 완전한 과정은 아니다. 인연만 이룬 채 이별을 하는 과정이다.

여덟 번에 걸친 만남의 과정은 양소유가 계속하여 반복하면서 인연을 맺는다는 점을 보여준다. 이러한 만남의 개별적인 형식은 傳奇小說的 구성을 많이 차용하고 있다.

<周生傳>에서 두 여인과의 사랑으로 변화를 보였던 만남의 방식이 <雲英傳>에 이르면 또 한번 변화를 보인다. 바로 안평대군과 열명의 궁녀와의 만남이다. 안평대군은 열명의 궁녀와 詩會를 열면서 동시적인 만남을 즐겼다고 볼 수 있다. 물론 궁녀라는 신분의 특성이 있지만 열명의 여인과 만남을 이루고 있다는데서 <구운몽>의 만남과 매우 근접되어있다. 열명의 궁녀와의 만남이 중심

적인 이야기라고 할 수는 없지만, 一男多女라는 소설사적인 원형을 보이고 있기 때문이다.

그런데 이들 여덟 여인과의 반복적인 만남이지만, 모든 만남이 각기 뚜렷한 특징과 개성을 지니고 있기에 반복이라는 의미를 평범하고 단순하다는 의미와는 다르게 보아야 한다. 양소유 한 사람이 여덟 여인과 차례대로 만나는 체험은 아홉이 상징하는 충만함의 의미를 지니고 있다. 여덟 여인은 모두 개성을 지니고 있어서 나름대로 독자적인 여성상을 지니고 있는 것도 주목되는 점이다.

八仙女라는 숫자는 양소유를 더하면 9가 되어 가득찬 수를 의미하기도 한다. 또 다른 면에서 생각하면 당시의 傳說에서 창작의 자료를 얻었는지도 모른다. 지금도 중국의 神仙이야기에 八仙仙話가 많이 있다. 특히 동정호 유역에 여덟 신선의 전설이 많이 남아 있는 점을 보면, 팔선녀와도 관계가 있다고 여겨진다.80) 이러한 여러 설화가 <구운몽>의 창작에 관계되지 않았나 생각된다.

여덟 명의 여인 가운데 어사의 딸인 진채봉은 詩才를 지니며 적극적인 성격을 지닌 여인이고, 계섬월은 詩評이 능하다고 하였다. 정경패는 音律에 널리 통한 여인이고 묘사되었으며, 적경홍은 활쏘기를 잘하였고, 이소화는 洞簫를 잘 부는 여인으로, 심요연의 劍術과 劍舞, 백능파의 이십오현을 다루는 曲調 등 모두 빼어난 재주를 지녔다.

9회까지 이루어지는 만남은 10회의 토번을 평정한 뒤에는 결연의 단계로 접어든다. 작품의 2회부터 9회까지 개별적으로 반복되

---

80) 팔선에 관한 이야기는 鄭土有, 陳曉勤 編, 中國仙話, 상해문예출판사, 1990년에 자료가 수록되어 있다.

던 만남이 10회를 거쳐서 11회부터는 만남이 반복되면서 결연을 이루게 된다. 11회에서는 정경패와 이소화가 서로 만나고, 12회에서는 진채봉을 첩으로 삼는다 하고, 가춘운이 등장하고, 13회에서는 두 공주와 혼인을 하고 계섬월과 적경홍이 찾아오고, 14회에서는 심요연과 백능파가 찾아와서 그들을 각각 첩으로 맞이한다.

婚姻을 주관하는 사람은 天子이다. 천자는 태후에게 진채봉을 양상서의 첩으로 삼자고 하였으며(287면), 두 공주와 양상서의 혼인을 주관한다.(309면) 정경패의 경우는 재상의 아들딸의 혼인을 천자가 주관하여 성사시킨다는 구성이기도 하다.

그런데 여기에서 천자가 재상의 아들딸의 혼인을 주관하는 이야기는 중국의 才子佳人小說들에 널리 쓰이던 구성이다. 예컨대 <平山冷燕>에서는 천자가 才子佳人들을 主婚하고있다. 이처럼 천자의 혼사에 대한 개입은 주인공의 과거급제와 연결되어 있다. 이런 구성은 <구운몽>에도 관련되어 있다.

<구운몽>은 성진이 처음에 만난 팔선녀를 양소유가 2회부터 9회까지 각각 반복해서 만난다는 점과, 다시 작품 후반에서 이들 여인과 각각 반복하여 만남과 결연을 이루어가는 구성을 보이고 있다. 필자는 이를 男女結緣에 있어서 反復構成으로 보고자 한다.

이러한 '反復構成'이야말로 <구운몽>이 장편화된 주된 요인이다. 일찌기 <雲英傳>에서 復數的인 만남이 長篇化의 길을 열었듯이, 양소유의 反復的인 만남이야말로 장편소설이 되게 만든 요인이라고 할 수 있다. 그리고 이러한 '反復構成' 수법이야말로 <구운몽> 스스로가 이룩한 서사기법의 독창성이다.

나) 〈사씨남정기〉와 男女結緣의 平行構成

　　〈사씨남정기〉에는 사씨와 유한림의 만남, 유한림과 교씨의 만남, 교씨와 동청의 만남이라는 남녀가 만나는 세 유형이 선명하게 다루어져 있다. 사씨와 유한림의 만남은 善人과 善人의 만남이고, 유한림과 교씨의 만남은 善人과 惡人의 만남이며, 교씨와 동청의 만남은 惡人과 惡人의 만남이다. 만남의 세가지 유형을 이렇게 설정한 것은 이 작품이 매우 구조적으로 짜여져 있음을 보여주는 것이라고 볼 수 있다.

　　〈사씨남정기〉는 〈구운몽〉보다는 남녀 만남의 횟수는 적지만, 단순한 반복보다는 훨씬 치밀하게 짜여져 있다고 할 수 있다. 그런데 〈구운몽〉이 남녀결연의 과정을 그린 것이라면, 〈사씨남정기〉는 남녀결연의 과정보다는 남녀결연의 형태를 유형화시켜서 다루었다고 할 수 있다.

　　대체로 고전소설에서 남녀결연의 과정을 중시하면 과거급제는 일찍 일어날 수 없다. 그런데 유연수는 일찌기 과거급제를 해버린다. 〈구운몽〉에서도 과거급제는 정경패와의 결연의 수단이기도 하여 고난의 해결방법으로 쓰이는 것인데, 〈사씨남정기〉에서는 일찌기 과거급제를 하는 인물로 그려져 있다. 고난의 해결방법을 미리 써버리는 것은 작품이 愛情小說이 아님을 보여주는 것이라고 생각한다.

　　작품은 男女結緣을 통한 善人과 惡人의 만남과 대결의 구도를 지니고 있다.81) 善과 不善(惡)은 작품속에서 계속하여 표현되는 용

____

81) 종래의 삼각관계가 아니라 이처럼 선악의 대결구도로 보는 관점은 최근

어이다. 이제 앞에서 들었던 세가지 만남의 유형을 검토해보자.

　　먼저 사정옥과 유연수의 만남이다.

　이들은 둘다 벼슬하는 집안의 자녀들이다. 두 사람의 만남은 작품에서 처음으로 이루어진 남녀간의 만남이다. 이 만남의 성격은 물론 <구운몽>에서의 만남과 많은 변화를 보이고 있다.

　사씨가 요조숙녀인 것은 매파인 주파의 말을 통하여 알 수 있다. 유현은 자부를 선택하면서 주파에게 色을 취하는 것이 아니라 德을 취해야 한다고 말한다. 또 남녀의 덕행은 필법에 나타난다고 하면서 사씨의 필법을 시험하기 위하여 관음찬을 짓게 한다. 이처럼 두 사람은 婚姻에 있어서 자유로운 만남이 아니고, 완전한 中媒에 의한 만남을 이루고 있다.

　이 만남에서는 두가지 價値 사이에서 의식적인 選擇을 하는 언어들이 많이 쓰이고 있다. 富貴와 色德사이에서 선택하라는 늙은 매파의 말을 통하여, 두 가지 가치가 대립되어 있음을 보여주고 있다. 또한 사정옥의 부친인 사급사는 본디 청렴정직한 인물로 적소에 가서 죽은 행위에 대한 찬양이 이루어지고 있다. 그와 아울러 사소저의 善不善(上冊,張2,앞), 善惡(上冊,張2,뒤)을 알아야 된다는 사실이 계속 강조되고 있다. 물론 사소저는 선한 인물임을 알려주고 있으며, 이러한 첫번째 남녀결연은 선한 인물끼리의 결연이라고 할 수 있다.

―――――――――――――――――――

의 연구에서도 지적되고 있다. 곽정식, <사씨남정기>의 구조와 의미, 고소설연구 제 1집, 1995, 한국고소설학회 작품에서 이루어지는 두번째 남녀의 결연은 유연수가 직임에 나아가 유한림이 된 뒤에 교씨와 만나는 사건이다. 유한림의 부부는 성친한지 십년이 넘었지만 사씨는 아들이 없다. 사씨는 첩을 들이라고 하지만, 한림은 첩을 얻음은 집안을 어지럽히는 근본이니 만부당하다고 말한다. 한림의 고모인 두부인도 집안에 첩을 두는 것은 화를 취하는 근본이라고 말한다. 여러 첩이 화합하는 것이 <구운몽>이라면 첩이 문제를 일으키는 것이 <사씨남정기>이다. 그러나 작중에서 <구운몽>은 첩의 문제가 작품의 뒷부분에 나올 뿐인데, <사씨남정기>는 앞부분부터 거론하고 있는 차이점이 있다. 바로 작중에서 첩의 문제를 표면화시키면서 그 초점을 모아가고 있다.

그러나 사씨는 매파를 통하여 첩을 구한다. 어떤 점에서는 사부인의 고난은 스스로 불러일으킨 면이 있다고도 할 수 있지만, 그런 관점은 작품에서 보이지 않는다. 그런데 첩으로 들어올 교채란이란 여인은 문제적 인물임을 암시하고 있다. 매파가 교채란이라는 여인을 소개하면서, 그녀는 스스로 말하기를 가난한 선비의 아내가 되느니보다 공후부귀가의 첩이 되기를 원한다고 하였다고 말하였기 때문이다. 그렇지만 교녀가 들어올 때는 그녀에 대한 칭찬이 그려져 있다. 교녀는 얼굴이 아름답고 거동도 경첩하여 해당화 한송이가 아침이슬을 머금고 바람에 나부끼듯 한다고 하였다.

첩이 된 교녀는 사부인이 아들을 낳게되자 간악이 일심하며 시심이 발동한다. 그러나 작자는 이때 어김없이 작중에 개입하여 교녀의 妖惡함을 들어 말한다. 한림과 교녀의 만남은 善人과 惡人의 만남을 이루고 있으며 작중에서 두번째의 남녀결연이다.

작중에서 세번째로 남녀가 만나면서 문제를 확대시키는 결연이 바로 교녀와 동청의 만남이다.

물론 이 만남은 부정한 만남이지만, 만남의 유형을 극단적으로 보이는 방법의 하나이다. 동청이 유한림의 서사로 들어오니 緊張이 고조된다. 작중에서 동청은 못된 인물로 미리 밝혀 말하고 있으므로 사단이 일어날 것을 알게 한다. 그러면서 교녀는 동청으로 더불어 가만히 사통하니 짐짓 한쌍의 요물이 상합한 것과 같았다고 하였다.

여기에서 악인과 악인의 만남이 이루어진 것이다. 그들의 계교는 사씨를 몰아내고 한림을 유배보내는 것까지 계속 이어진다. 惡人과 惡人의 만남은 이렇듯 온 가정에 화를 일으키는 것으로 되어 있다.

<사씨남정기>의 만남은 이러한 세가지 형태로 되어있다. 남녀가 결연하는 線이 사소저-유연수, 유한림-교녀, 교씨-동청이라는 세 형태로 치밀하게 구성되어 있다. 이는 善과 善, 善과 惡, 惡과 惡의 만남이라는 세가지 형태를 선명하게 그리고 있는 것이다. 그리하여 이 만남에 따른 결연이 어떻게 되어가는가를 보임으로써 작자의 의도를 드러내고자 하였다고 할 수 있다.

따라서 작품의 전개과정에서 첫번째의 결연 방식인 善과 善의 결연 방식은 고난을 당하다가 超現實的인 힘의 구원을 받아서 결국 그 관계를 회복하지만, 두번째, 세번째 방식은 파란을 일으키게 만들어서 그러한 만남이 잘못된 것임을 보여주고 있다. 필자는

이러한 구성수법을 善과 惡의 두 線路를 대립시켜서 보여주려고
하는 平行構成의 수법을 사용한 것으로 본다.

다) 〈창선감의록〉과 男女結緣의 交叉構成

위의 두 소설에 비하여 〈창선감의록〉은 남녀의 만남이 매우 복
잡하게 交叉되어 얽혀있다. 〈구운몽〉은 남녀의 만남이 한사람의
남주인공에 의하여 反復되어 있어서 長篇이 되었다면, 〈사씨남정
기〉는 세가지 만남이 순서대로 연결되어 있으며, 善惡의 개념에
따라서 평행의 구성을 보이고 있다. 그런데 창선감의록은 매우 복
합적이다. 우선 화욱이 세 사람의 자녀를 두었다는 것부터, 유한
림이 한명의 자녀를 두었던 〈사씨남정기〉와 대비된다.

여러 형제가 동시에 그려진 것은 〈창선감의록〉이 처음이다. 물
론 홍길동이 둘째 아들로 태어났지만, 형과의 갈등은 보이지 않는
다. 그런데 〈창선감의록〉에 이르러 갈등을 지닌 여러 형제가 등장
하게 된 것이다. 이는 조선 후기의 대장편소설의 구성에 영향을
끼쳤을 것이다.

화욱은 형부시랑을 거쳐서 병부상서까지 하였으니, 대단한 집안
의 세 자녀들이라고 할 수 있다. 이들과 결연하는 인물들도 모두
높은 벼슬을 하는 인물들, 예컨대 윤시랑, 남어사, 진제독의 자녀
들이다. 이처럼 모두 宰相의 자녀들을 등장시켜서 이들의 혼인문
제를 다루고 있다.

이 점에서 앞의 〈구운몽〉이나 〈사씨남정기〉처럼 신분이 높은
계층 자녀들의 혼인문제를 다루고 있는 공통점이 있다. 그러나

<구운몽>은 양소유가 스스로의 기행과 추구에 따른 남녀결연의 모습을 보이면서 뒷부분에서 천자의 주혼을 다루었다면, <사씨남정기>는 결연의 과정보다는 결과를 중시하며 천자의 주혼은 물론 아니다. 그런데 <창선감의록>은 재상집의 자녀들의 혼인과정을 다루되, 중매로 인한 방법으로 다루고 있고, 뒤에 가서 천자의 주혼으로 주변인물들의 혼인을 성사시키고 있다. 이러한 혼인방식의 차이는 주목할 점이라고 생각한다.

<창선감의록>은 이들 재상의 자녀들이 어떻게 만나는가를 그리고 있다. 이제 그 만남과 결연이 여러 線을 이루며 交叉하고 있는 모습을 살피기로 한다. 먼저 화춘이 형부상서의 손녀인 임소저와 혼례를 하는 것이 첫번째로 등장하는 남녀의 결연이다. 임소저는 '姿色이 雖不能絶美 而頗有德性이라'(3면)고 하였다. 여기에서도 자색과 덕성으로 구분하는 모습을 보이고 있는데, 이 임소저를 화춘은 매우 싫어한다고 하여서 심상치 않은 분위기를 조성하고 있다.

다음으로 일어나는 만남은 화진과 윤소저, 남소저와의 定婚이다. 그러나 이 만남은 정혼만 먼저 이루어진다. 두 남녀는 그들의 부친에 의하여 정혼을 하기만 한다. 미리 정혼을 하고 나서 어려움을 맞게 되나 이를 극복하고 나중에 혼인을 맺는 모습은 최척의 모습에서도 보이나, 최척과 옥영은 그들이 먼저 만나서 애정을 나누는 모습이 傳奇小說的 모습이다. 전기소설적인 만남은 여성의 적극적인 태도가 뚜렷하다. 그러나 화진의 정혼은 전혀 부친의 뜻에 의한 만남이다. 이 화진-윤소저-남소저로 연결되는 結緣線은 작품의 주요한 결연선이면서도, 또 다른 여러 결연선들과 교차되어

구성되어 있다.

그런데 첫회에서 화진이 정혼을 하지만, 그 결연선은 잠시 중단되고 다음 2회에서는 다른 인물들의 결연선이 등장한다. 먼저 태강소저와 유성양이 成禮하는 결연선이 짧게 나온다. 그에 이어서 화춘이 조녀를 만나는 또 다른 결연선이 교차된다. 3회부터는 윤소저, 남소저, 진소저의 성장담이 펼쳐지는데, 또 진소저와 윤여옥은 정혼을 한다. 또 다른 결연선이 생긴 셈이다. 그들은 모두 부친이 박해를 받자 함께 고난을 당한다. 이러한 여러 사건의 서술 뒤에 다시 서두의 정혼담과 만나게 된다.

이렇게 시간을 거슬러 올라가서 사건을 서술하는 구성은 매우 주목할만한 구성수법이다. 이는 단순하게 시간의 흐름을 따라 서술하는 구성의 수법보다는 훨씬 발전한 것이라고 하겠다. 이러한 구성수법을 쓸 수 있게 된 까닭은 등장인물이 복잡하여졌기 때문이다. 많은 등장인물을 다루다보니 미처 서술하지 못하는 인물의 사건이 있게 마련이고, 그 때문에 다시 시간을 거슬러 올라가는 수법이 사용된 것이다.

서두의 정혼담에 이어서 조문화가 진소저와 결연을 맺고자 하나 이루지 못한다. 男服으로 도망하던 진소저는 백한림의 여동생인 백소저와 정혼하여 또 다른 결연선을 만든다.

이러한 결연선은 매우 복잡하게 얽혀있다고 할 수 있다. 화공자가 윤소저와 남소저와 혼례를 올리는 것도, 여러 남녀의 결연에 이어져 있다. 여기서 작품의 배경은 다시 화부로 이동을 하여 화진, 유성양, 성공자는 과행에 올라서 모두 급제를 한다.

과거 급제하기 전에 혼인문제에서 장애를 받고 있지 않다. 양소유는 정경패와의 혼인을 이루기 위하여 과거에 급제하는데, <사씨남정기> <창선감의록>은 혼인문제와 과거가 결부되어 있지 않다. 이 점에서도 앞에서 말한 것처럼 애정소설이 아니라고 할 수 있다.

화춘과 조녀의 結緣線도 계속하여 이어진다. 그러나 이 결연선은 심각한 葛藤을 유발하고 있는데, 마치 유한림과 교녀의 결연선과 같은 역할을 하고 있다. 다시 조녀는 범한과 통하게 되는데, 교씨가 동청과 통하는 것과 비슷하다.

화춘이 현숙한 임소저를 맞이했으나, 다시 조녀를 첩으로 데려온 다음에 임씨를 내쫓고 조녀를 정실로 앉힌다. 마치 '임씨남정기'라고 할만하지만, 실은 남부인의 고난에 초점을 맞추고 있다. 그런데 화진과 화춘을 죽이고 화부의 금은보화를 취하여 범한과 함께 살려는 조씨의 꿈은 교씨의 꿈과 일치한다.

작품에서는 또 다시 남녀결연선이 등장한다. 윤공자와 월화의 결연선이다. 월화는 윤공자와 장래를 약속하고 그를 탈출시킨다. <창선감의록>의 남녀는 모두 만남과 이별의 과정을 거친다. 이는 <구운몽>의 경우와 같다. 그에 비하여 <사씨남정기>는 만남과 이별의 과정이 없이 바로 결연을 한다. 이 점에서 <창선감의록>은 <사씨남정기>보다 더 남녀의 결연을 그 자체로 문제삼았다고 할 수 있다.

윤공자인 윤여옥은 진소저, 백소저, 월화의 세 여인과 정혼을 하여 작품내에서 차지하는 비중이 매우 크다. 그는 양소유처럼 재치가 있으며 성격이 활달하게 그려져 있다. 화진의 성격이 침착하고 靜的인데 비하여, 윤공자는 매우 動的인 인물이다. 진소저와 바둑을 두겠다고 나서는 것이나, 女裝을 하고 화부에 들어가서 조녀를 혼내주는 모습이나, 엄부에 들어가서 화진을 구하고 월화를 차지하는 모습 등은 그 인물모습이 매우 활달함을 보여주는 점이다.

작품의 11회에서도 남녀의 결연선이 등장한다. 안남왕의 딸인 양아공주와 유성희와의 결연선이다. 그러다가 작품의 결말부인 13회에 이르면 임부인, 윤, 남부인 등이 모두 화부로 돌아온다. 그러면서 홍매아로 변장한 월화를 윤여옥의 소실로 삼으라고 천자가 특령을 내린다. 이 결연선이 완전하게 이루어진 것이다. 말미에는 남녀의 결연선을 정리하여 압축된 사건이 많이 나오는데, 계앵을 왕겸의 처로 삼게 하고, 이팔아를 서평후 유성희의 소실로 삼게 한다.

<창선감의록>은 화춘 - 임씨 - 조녀 - 범한의 구성이외에 화진 - 윤소저 - 남소저 그리고 화진의 처남인 윤여옥 - 진소저 - 백소저 - 엄소저와의 혼인이 男女結緣의 中心線으로 되어 있으며, 그 밖에도 빙선- 유학사, 유성희 - 양아공주 - 이팔아 등의 남녀결연이 서로 복잡하게 얽혀있다. 따라서 이들의 남녀관계 구성을 필자는 '交叉構成'이라고 부른다. 이러한 구성은 물론 작품의 長篇化에 결정적인 기여를 하고 있다.

2) 興味創出의 새로운 구성

위에서 소설이 장편화되기 위해 어떻게 남녀결연의 방법이 이

루어지는가를 중심으로 작품의 구성을 살펴보았다. 이제 여기에서
는 소설이 長篇化되기 위하여 어떻게 재미있는 요소가 덧보태지
는가를 살펴보겠다.

긴 소설을 읽을 때, 독자의 興味를 유지하기 위해서는 기존의
소설과는 다른 새로운 흥미를 지니는 요소가 필요하다. 장편화된
소설들은 인간관계의 다양한 설정을 비롯한 여러가지 요소를 통
하여 흥미를 불러 일으키고 있다.

예컨대 양소유가 누리는 지상의 가득찬 만족, 그러나 하룻밤의
꿈이라고 하는 구성은 독자에게 충격을 주었을 것이다. <사씨남정
기>가 보이는 처첩의 문제도 당시 여성들의 주된 관심사 가운데
하나였으니 흥미로운 요소였음에 틀림없다. <창선감의록>에 보이
는 형제관계나 여러 젊은 남녀의 혼인문제 등은 그 당시 사람들
이 이야기거리로 삼던 중요한 부분이었을 것이다.

이와 같은 모든 사람이 관심을 지니는 문제를 다루는 것이야말
로 흥미창출의 기본적인 요소이지만, 작품의 구성에서 意圖的으로
꾸민 諧謔的인 구성 또한 작품의 흥미를 가져오는 요소였을 것이
다. 해학적인 구성은 웃음을 유발하는 기능이 있어서 작품의 재미
를 증가시키는 면이 있지만, 당사자들의 갈등을 진지하지 못하게
하는 면도 있다. 따라서 이러한 해학적인 구성이 사용되는 작품에
서는 사건에 관계되는 인물들이 대부분 서로 친밀한 경우가 많다.

웃음을 유발하는 해학적인 구성은 두가지로 나누어 볼 수 있다.
첫째는 주인공을 속이는 수법이다. 물론 善意의 뜻을 가지고 주인
공을 속이기에 해학적인 구성이 되는 것이다. 이러한 관점은 일찍
이 신재홍 교수도 지적하였다.[82] 그렇지만 이런 구성은 중심된 것

은 아니고, 앞의 전기소설적 구성과의 관련에서 말하였듯이 전대의 전기소설적 모습이 어느 정도 작품속에 들어간 것이라고 보아야 한다.

다음으로는 등장인물이 다른 모습으로 變裝하는 구성이다. 남자가 여장을 하거나, 여자가 남장을 하는 일은 위기에서 벗어나려는 것이기는 하지만 그 자체로 웃음을 유발한다. 이 두 가지는 의도적으로 웃음을 유발시키며 작품의 흥미를 창출하려는 구성이라고 볼 수 있다.

말하자면 소설의 흥미는 일차적으로는 당시 사람들의 관심사를 다루는 것이지만, 또한 의도적인 재미를 창출하려는 구성을 통하여 독자의 흥미를 끌 수 있었을 것이다.

가) 속고 속이는 事件과 諧謔的인 構成

<구운몽>을 읽으면 해학적인 사건 구성이 많음을 주목하게 된다. 마치 '속고속이기 사연'같은 이러한 구성은 작품이 지니는 특성의 하나가 되는 것처럼 여겨진다.

등장인물 가운데 남자쪽 인물, 혹은 여자쪽 인물은 작품내에서 진행되고 있는 상황을 잘 모르는 것처럼 제시될 때가 있다. 이는 물론 등장인물이 의도적으로 속이는 사건으로, 작중에서 독자들도 아는 사건을 주인공인 등장인물이 모르는 사건으로 되어있다. 이러한 구성은 그 내용이 매우 해학적으로 변질되어 <구운몽>으로

---

82) 신재홍, <구운몽>의 서술원리와 이념성, 고전문학연구 5, 한국고전문학연구회, 1990

이어지고 있다.

먼저 양소유가 가춘운과 관계하는 대목이 그러하다. 이는 물론 정사도의 딸인 정경패의 꾸밈에 의해서 일어나는 일로써 모두들 알고 있는데 양소유 혼자서 그 사건의 내막을 모른채 진행된다. 이는 정소저가 雪恥하기 위하여 꾸민 것이다. 그녀는 정사도에게 설치의 계교를 말하고 십삼랑을 시켜서 준비하게 한다. 또 춘운에게 양랑을 속여서 설치하기를 시켜 종남산에 있는 산장으로 양생을 유인하여 간다. 양생이 만난 여인은 다음처럼 말한다.

'첩은 본디 요지왕모의 시녀러니 낭군의 전신이 곧 상천천자라 옥제 명으로 왕모께 조회하더니 첩을 보고 신선의 실과로 희롱하니 왕모 노하시어 상제께 사뢰어 낭군은 인세에 떨어지고 첩이 또한 산중에 귀양왔더니 이제 기한이 차 도로 요지로 갈것이로되 부디 낭군을 한번 보아 옛 정을 펴려 하는 고로 선관에게 빌어 한달 기한을 주니 첩이 진실로 낭군이 오늘 오실 줄 알더니이다.'(127면)

그런데 이 말이 사실이 아님을 모두들 알고 있다. 독자까지 이미 알고 있는데, 양생은 잘 모르고 있다. 이렇게 남주인공 혼자만 모르는 남주인공 속이기 수법이 그려져 있다. 그런데 이는 낯선 곳으로 찾아가기라는 전기소설적인 수법이 변화되어, 두 세계의 만남을 諧謔的으로 처리하여 다룬 것이라고 볼 수 있다.

속고속이는 사건은 양소유가 정경패를 속이고, 다시 정경패가 양소유를 속이는 사건으로 길게 다루어져 있다. <구운몽>의 4회, 5회, 6회에 걸쳐 쓰여져 있기에 이는 그 분량으로써도 대단히 중요하다고 할만 하다. 또한 10회 11회에서는 난양공주가 자기의 신분을 속이고 정경패를 만나서 궁중으로 데려온다. 또 12회, 13회에 걸쳐서는 태후가 양상서를 속여서 정소저를 알아맞추는가 보자고 하고, 정십삼이 다시 정소저가 죽었다고 속인다. 그러나 한참만에야 그 사실을 안 양승상은 꾀병을 내어 도리어 그들을 속인다.

이러한 구성은 부분적으로도 자주 등장한다. 예를들면 15회의 '부마가 벌주로 禁治酒를 마시다' 라는 대목도 그런 해학스런 모습이다. 술대신 설탕물을 마시다가 들킨다거나 하는 사건에서 웃음을 유발한다.

<구운몽>은 전체적으로 이러한 속고 속이는 듯한 웃음을 지닌 사건들로 가득 차 있다. 4회, 5회, 6회, 그리고 10회, 11회, 다시 12회, 13회, 또 15회 등에 그런 사건이 등장하고 있으니 그 구성의 자주 쓰임을 가히 알만 하다.

이러한 등장인물 속이기수법, 그 가운데도 남성쪽의 등장인물 속이기 수법은 후기소설에 오면 남주인공의 호색을 확대시켜서 남성의 훼절을 다루어 세태를 풍자하는 소설로 발전하는 것이다.[83]

따라서 남녀관계 풍자소설의 小說史的 淵源은 <구운몽>의 해학적인 구성에서 비롯되었고, <구운몽>의 이러한 구성은 傳奇小說的

---

83) 拙 稿, 男女關係 諷刺小說의 發展과 經驗的 世界의 受容, 한문학논집 8집, 단국한문학회, 1990년. 이 논문에서는 그러한 남주인공의 훼절담을 다루어 세태를 풍자하는 소설들이 어떻게 풍자의 강도를 높혀가면서 경험적 진실의 우위를 확보하는가를 다루었다.

인 두 세계의 만남을 새롭게 변형시킨데서 비롯된다고 할 수 있다. 두 세계의 연속성에 따라 주인공이 낯선 곳으로 찾아가기라는 수법이 전승되다가 낯선 곳이 이미 현실적인 의미를 잃게 되자 해학적으로 변하게 됨을 <구운몽>에서 잘 보여주고 있다.

나) 登場人物의 變服과 諧謔的인 構成

登場人物의 變服은 무척 재미있는 구성이다. 우선 여자가 남자로 된다거나, 남자가 여자로 변장한다는 사건은 긴장감을 불러일으키면서 흥미를 더해준다. 이러한 변장사건은 앞서의 소설에도 나타나고 있다. <崔陟傳>의 옥영은 남장을 하고 왜구의 위험에서 벗어나 일본으로 간다. 위기를 벗어나기 위하여 변장을 하는 사건이 뒤의 소설들에서는 흥미를 가져오는 것과 결합이 되어 있다.

<구운몽>은 중심인물들끼리 속고 속이는 사건이 많이 있지만, 그 가운데서도 변장하는 사건이 있다. 양소유가 정경패를 만나기 위하여 여장을 하고 정사도의 집에 찾아가서 정경패와 음률을 논하면서 수작을 한다.

정경패는 이 일을 매우 부끄러워 하고 있다. '일조에 간사한 사람에 속음이 되어 반일을 수작하여 씻기 어려운 욕을 보니 낯을 들고 어이 사람을 대하리오'(97면)라고 춘랑에게 한 말을 통해서도 알 수 있다.

그런데 두 가지 면을 합해서 이룬 구성이 <창선감의록>에 나타나고 있다. 말하자면 危機의 脫出과 여인과의 만남을 동시에 지니게 만든 구성이다. <창선감의록>에서는 變服事件이 두 군데 등장한다. 먼저 진소저가 변복을 하고 위기에서 벗어나는 사건이다. 진소저는 진제독의 딸로 매우 조숙한 여아였다. 진소저는 남소저가 집으로 찾아오자 집에 같이 있게 해달라고 말한다. 이때 진소저의 나이는 아홉살이다. 이러한 등장인물의 조숙성은 여러군데서 확인할 수 있으며, 인물의 특징적인 성격가운데 하나이다.

엄숭의 양자인 조문화가 조숙한 진소저에게 구혼했다가 거절당하자 진소저의 부친인 진평중을 獄事에 묶는다. 조문화는 오낭중을 시켜서 진소저에게 다시 구혼하니, 진소저는 부친을 위하여 허락하였고 진평중은 죽음 대신에 운남으로 귀양을 가게된다. 그러자 진소저는 바로 男服으로 변복을 하고 도피를 한다. 남장을 하고 도피하던 진소저는 백련교 다리 위에서 백한림을 만난다. 백한림은 그 자태가 絶美한 少年을 보고 말을 붙인다. 이때 진소저는 약혼자인 윤여옥으로 變姓名을 하고, 백한림의 부탁을 받아 그의 여동생을 맞이하게 된다.

남복으로 변복을 하고 도피하던 진소저가 오히려 한 여인을 얻는다는 구성은 매우 흥미있다. 危機를 反轉시켜서 利得을 얻는다는 설정은 미처 예상하지 못하였던 매우 빠른 변화이기에 재미가 있다.

<창선감의록>에 두번째 나타난 변복사건은 진소저의 변복사건보다 훨씬 흥미롭게 구성되어 있다. 장평은 엄승상의 아들 엄세번에게 윤부인을 바치는 계교를 낸다. 윤부인의 남동생인 윤여옥이 이 계교를 듣고 윤부인과 옷을 바꿔 입고서 하는 행동이 매우 해학적이다. 먼저 변복한 윤공자가 심부인과 화춘을 만나기도 하는데, 이 대목은 좀 과장이 심한 대목이기도 하다. 변복을 하더라도

처음 만나는 경우라면 몰라도, 심부인과 화춘을 만난다는 점은 좀 과장된 모습이라고 할 수 있다.

이러한 과장은 소설의 재미를 가져올 수 있지만 물론 현실적인 거리감도 아울러 지닌다. 윤부인으로 변복한 윤공자가 이어 조녀를 만나서 그녀를 혼내주는 대목(94면)은 가관이다. 조녀의 목을 잡아 끌고 손으로 뺨을 치고, 땅바닥에 내팽개친다. 국문본에는 발로 사정없이 두어번 밟는다는 대목도 있다. (화진전 일권, 하바드대 소장본 등)

이러한 대목은 그 묘사가 약간의 차이가 있지만 국문본은 대체로 매우 실감나게 그려져 있다. 이런 대목이 현실적으로 가능할 것인가의 문제와는 별도로, 작중에서 통쾌한 웃음을 가져오는 기능을 하였다.

윤공자는 교자를 타고 엄부로 들어간다. 윤부인으로 분장한 윤공자는 禮를 핑계로 엄세번과의 동침을 마다하고, 대신에 엄세번의 여동생인 월화와 동침을 한다. 그렇지만 둘은 서로 佳約을 맺고 월화는 윤공자의 탈출을 돕는다. 이러한 구성은 적중에 들어가서 오히려 여자를 얻는 일이어서, 위기적 상황에서 오는 긴장감을 나타내고 있는데, 그 긴장감은 엄세번이 찾아올 때마다 높아간다. 그러나 결국에는 월화와 동침을 하게되어 긴장감이 해소되면서 상황이 반전되는 실감나는 구성을 지니고 있다.

변복을 하는 일은 이러한 사건을 지니는 구성 이외에 단순한 경우도 있다. 南夫人이 男服을 하고 淸遠을 따라서 蜀으로 들어가는 것도 변복을 하는 경우지만, 변복에 따른 사건이 이어지지 않고 있다.

등장인물의 변복은 남자가 여장을 하는 양소유나 윤여옥의 경우나, 여자가 남장을 하는 진소저의 경우가 변복에 따른 사건을 지니고 있다. 그런데 그 사건들이 모두 웃음을 유발하고 특히 윤 공자의 변복은 매우 홍미롭다. 그것은 위기의 순간을 극복하고, 적대적인 인물을 오히려 조롱하였기 때문이다.

이러한 변복을 하는 해학적인 구성이 위기의 극복에 쓰이는 점은 일찌기 나타나기도 하였지만, 위기를 넘어서서 여인을 얻는다는 구성은 새롭게 만들어 냈다고 여겨진다. 이렇게 웃음을 자아내는 구성은 작품의 재미를 더하게 만드는 역할을 하였다. 따라서 17세기 장편소설이 이룩한 구성수법 가운데 하나로 興味創出을 위한 새로운 構成을 들어야 된다고 생각한다.

제 7 장

제 7 장 : 題材와 主題의 소설사적
변화과정

17세기 후반 소설이 長篇化되면서 다루는 題材 또한 多樣해졌다. 작품의 길이가 길어지면서 내용이 다양해질 수 있는 토대가 마련된 것이라고 할 수 있다. 傳奇小說은 대부분 단일한 사건으로 설정되어 있다. 그런데 17세기에 들어서면서 전기소설에 변모가 일어나 사건이 복잡해지는 변모과정을 거쳤다는 것은 앞에서 살폈다.

임란 이후 17세기 초의 전기소설적 구성을 지닌 작품들은 남녀 주인공의 기이한 만남을 비극적으로 처리하던 전기소설의 단순한 제재를 더욱 다양한 부분으로 확대시키고 있다. 이러한 과정은 전쟁이라는 현실적인 경험이 대거 수용되었던 때문이기도 하다.[84]

17세기 후반 장편소설들의 作者나 讀者는 모두 상층의 남성과

---

84) 임란 후의 문학작품은 이동근, 임진왜란과 문학적 대응, 관악어문연구 제 20 집, 1995에 개괄적으로 설명되어 있다.

여성들이었기에 사회의 전반에 걸친 제재를 포괄하기가 비교적 쉬웠다고 여겨진다. 장편소설의 條件가운데 하나가 社會現實의 폭넓은 反映이라고 한다면 이들 17세기 후반의 소설들은 個人의 문제에서 家庭의 문제로, 다시 朝廷의 문제로 그 背景이 擴大되어 가고 있다. 이렇게 개인의 삶에 대한 總體性의 확보는, 소설이 발전하는 데 있어서 대단히 중요한 의미를 지닌다고 할 수 있다.

소설이 총체성을 지니는 것은 이들 소설이 규방이라는 배경에서 성장하고 있었던 점과도 관계가 있을 것이다. 이러한 배경에서 말한다면, 규방은 폐쇄된 공간이기에 규방소설은 개방된 공간을 지향하고 있다고 볼 수도 있다. 그 제재가 전 사회적 삶을 그리는 것은, 이처럼 폐쇄된 속에서의 개방에 대한 욕구가 반영된 것이 아닌가 생각된다.

소설이 총체성을 지니게 되는 다른 까닭으로, 규방은 가문을 지키고 키워나가는 큰 역할을 하여야만 하였다. 그러한 역할의 수행을 효과적으로 하기 위하여 교훈적인 소설들의 창작과 수용에 직접 관여하게 되었다. 그러한 교훈성은 인생을 총체적으로 그리는 데서 가능하게 되었다고 볼 수 있다.

題材가 확대되면서 主題에도 변화가 일어나고 있었다. 애정류 전기소설의 주제는 그 남녀의 만남에 대한 욕구가 간절함에도 불구하고 세계를 바라보는 비극적인 관점이 제시되어 있으며, 그러한 비극을 뛰어넘는 초월성 등이 중요한 주제로 되어 있다. 그러나 17세기 후반 長篇小說들은 그런 관점에서 변화되어 있는 듯하다. 이는 소설의 작자층이나 독자층의 세계관과도 밀접한 관계가 있을 것이다. 여기에서는 題材가 包括性을 지니는 모습과 함께

主題의 變化를 살펴보기로 한다.

1. 題材의 擴大와 소설사적 의미

17세기로 접어들면서 傳奇小說의 틀이 변화되고 다루는 내용이 차츰 넓어지기 시작하였다. 17세기 초반 전기소설의 변모된 작품들에는 이미 간단하지 않은 문제들이 다루어지기 시작한다. 그리고 사건자체가 남녀간의 문제만이 아닌 좀 더 복잡한 문제들로 확대되어 간다.

소설이 단순한 경험의 서술에서 벗어나기 위해서는 現實的인 사건을 그려야 된다. 17세기 후반의 장편소설들은 모두 현실적인 사건과 갈등을 다루고 있는데, 등장인물의 구체적인 욕망에 따라서 갈등이 일어나고, 인간의 힘으로 갈등을 해결하는 사건들을 다루고 있다. 이제 소설에서 理性的 힘의 우위를 읽어보는 듯 하다.

물론 <구운몽>처럼 갈등이 약한 경우도 있지만, 요는 모두 현실적인 갈등이라는 점이다. 비록 군데군데 기이한 만남을 다루기도 하지만, 이 기이함도 작품의 주된 사건이 아니고 매우 枝葉的이다. 그리고 또한 충분히 현실적으로 가능할 수 있는 사건들이라고 할 수 있다. 그러면서 점점 제재가 확대되어 간다.

17세기 후반의 長篇小說은, 인물이나 사건이 單純하고 鮮明하였던 전기소설에 비하여 많은 사건을 지니고 있다. 그러니 나타내는 뜻이 많으면서 복잡하다. 이러한 단순한 내용을 다루는 것에서 여러가지 복잡한 내용을 다루는 것으로의 이행은 시대적인 요구에 의하여 일어났다고 할 수 있다.

두 소설군이 서로 깊은 연계관계가 있다는 점은 인물이나 구성을 통하여 살펴보았는데, 이러한 연계관계는 물론 제재의 문제까지 연결된다. 17세기 초의 전기소설적 작품이나 후반의 장편소설적 작품들은 모두 '남녀의 만남과 결연'을 중심 문제로 삼고 있다. 이 점에서 제재가 서로 밀접하게 연관되어 있다고 할 수 있다.

<운영전>에 계속되던 문제의식이 여러 궁녀의 초사 가운데 드러난 남녀정욕의 문제였는데, 이는 구운몽에도 성진이 '이 꿈을 꾸어 남녀 정욕이 다 허사인줄 알게 함이로다'고 한 말에서 서로 연결되는 문제의식이라고 할 수 있다.

그러나 17세기 후반의 장편소설은 앞서 말했듯이 남녀의 結緣을 重層으로 하여 창작된 소설들이다. 이전의 傳奇小說的 작품에서 보여 주었던 남녀의 만남의 문제를 반복하거나, 선명하게 구별하여 평행적으로 제시하거나, 여러 만남을 교차시켜서 그린 것이다. 그뿐 아니라 남녀의 만남을 부부간의 문제로 변화시키거나, 다른 다양한 인간관계로 확대시키고 있다.

이러한 확대의 기본적 動因은 바로 남녀의 결연문제를 中心으로 삼은 구성이다. 이 점에서 17세기 후반의 소설은 전반에 나타난 소설들의 제재를 수용하여 변화시켰다. 이제 다양한 인간관계를 가족관계와 사회적 관계로 나누어 살펴 보려고 한다.

1) 男女關係의 繼承과 家族關係로의 확대

17세기 후반의 長篇小說들은 남녀간의 문제 뿐만 아니고 다양한 인간관계를 문제삼고 있다. 먼저 들 수 있는 것은 부모와 자식간의 관계이다. 17세기 초의 전기소설적 구성에서도 부모와 자식간의 문제가 일부분 등장하지만, 이는 婚姻을 둘러싼 문제로 제기되고 있다. <韋敬天傳>이나 <周生傳>에는 위경천과 주생이 모두 부모에게 비밀을 털어놓게 되는데 부모는 자식을 위하여 바로 상대측에 請婚을 한다.

위경천의 부모는 '이와 같은 일을 빨리 알았더라면 너로 하여금 이 지경에 이르게 하지 않았을텐데'라고 말한다. 부모는 자식의 뜻에 따르고 있음을 보여준다. 주생은 물론 張老라는 친척이 혼인을 서둘러주고, 선화의 모친도 그 뜻을 들어주려고(欲成其志) 하였으나 주생의 소재를 모르던 차였다.

<雲英傳>과 <崔陟傳>에서는 부모와 자식간의 관계가 작품내에서 차지하는 면이 확연하게 구분된다. <雲英傳>은 거의 나타나지 않지만 <崔陟傳>은 三代로 확대되어 있다. 최척의 부친, 옥영의 모친이 등장하고 있고, 다시 아들과 며느리까지 등장하고 있으니 가족 관계가 삼대에 걸쳐서 나타나고 있다. 여기에서는 부모와 자식간에 약간의 갈등이 일어나고 있다. 최척과 옥영의 결연에 최척의 부친이나 옥영의 모친이 선뜻 동의하지 않는데, 그것은 경제적인 문제에 의한 이유이다. 그러나 그들은 마치 <李生窺牆傳>에서처럼 모두 부모를 설득시킨다.

부모 자식간의 갈등은 이 경우에도 크게 일어나지 않는 듯 하

다가, 옥영의 자살기도에서는 제법 확대된다. 옥영의 모친은 종군한 최척이 돌아오지 않자 이웃 양씨 집안의 부유한 재물로 인한 婚事를 받아들이려고 한다. 그런데서 갈등이 증폭되어 자살을 기도하게 되었으나, 바로 모친이 옥영의 뜻을 수용함으로써 쉽게 해결되고 만다. 그 밖에 부모 자식간의 갈등은 드러나지 않고, 이산과 재회의 문제를 그리고 있다.

가) 父子關係로의 확대

17세기 후반에 창작된 장편소설들에는 부모자식간의 관계가 주인공의 뜻에 따라서 이루어지고 있다. 이전의 소설들에는 모두 전란이라는 사회적인 고난에 따라서 부모와 자식이 이별하고 만나는 모습이 그려져 있지만, 이제는 부모와 자식사이의 意圖的인 관계가 형성된다.

<구운몽>에서 양소유는 일찍 모친의 슬하를 떠나 과행길에 오르고 출세하여, 양승상이 되어 모친을 모셔와서 편한 노후를 보내게 하는 母子간의 관계가 그려져 있다. 그런데 17세기 장편소설에는 이 부모자식간의 관계에서 늘 부모 가운데 어느 쪽이 일찍 세상을 뜬다는 설정을 하여 부모의 불완전성을 그리고 있는 점도 주목할 만하다.

이들 소설은 모두 부모가 구존하지 못하고 일찍 돌아간다. <구운몽>에서 양처사가 그렇고, <사씨남정기>에서도 유연수의 모친인 최씨부인은 일찍 돌아갔고, 부친인 유소사도 혼인을 이룬 다음에 바로 돌아간다. 또한 두부인도 일찍 과거하게 되었다. 또한 여

주인공인 사정옥의 부친인 사급사도 일찍 돌아갔다. <창선감의록>에서도 마찬가지로 화진의 부친인 화욱과 요부인, 정부인 등은 모두 일찍 세상을 뜬다. 이처럼 부모가 俱存하지 못한 것은 작가들의 개인적인 경험에 의한 것인지도 모른다.

장편소설들에 부모와 자식간의 관계가 먼저 등장하고 있다는 것은 世系를 表現하는 것이기도 하다. 이러한 世系表現의 수법은 <사씨남정기>와 <창선감의록>에 이르면 점점 확대되고 있다. 그러면서 부모와 자식간의 관계가 점점 비중있게 다루어진다.

<창선감의록>은 부모와 자식간의 관계가 가장 많이 다루어져 있다. 이는 서두에서 <孝經>을 읽는 점과 관계된다고 보인다. 정부인이 항상 <孝經>을 읽으면 화진은 어림에도 불구하고 그 곁에서 조용히 들으며 외워서 그 뜻을 알았다는 대목이 나온다. <孝經>을 通해서도 부모와 자식간의 관계를 중시하는 면을 보이는 것이다.

나) 兄弟關係로의 확대

家族關係가 확대되면서 兄弟關係도 다루어지고 있음을 <창선감의록>은 보여주고 있다. 이 형제관계의 설정은 구성을 복잡하게 만들어 장편화하는 요인이 되고 있다. 화춘, 화진, 빙선이라는 이복형제의 설정은 各各의 結緣線을 지니고 있을 뿐만 아니라, 화춘과 화진 간의 葛藤에 따라서 구성은 복잡하게 이루어져 간다. 형제관계가 가족관계에서 중요하게 다루어지고 있음은 물론 당시의 家族制度와 같은 시대적인 배경과 연관이 되었다고도 할 수 있겠으나, 兄弟關係는 夫婦關係, 父母子息 關係와 함께 家族關係를 다루는 기본적인 세 가지 관계 중의 하나이기 때문이라고 하겠다.

다) 妻妾關係로의 확대

家族關係가 확대되면서 일어나는 관계 중의 다른 하나가 妻妾間의 관계이다. 17세기 후반 장편소설들이 妻妾의 葛藤을 문제삼고 있다는 것은 여러 연구자들에 의하여 지적되어 오던 바다.

<구운몽>에는 처첩의 문제가 갈등이 아니라 쉽게 해소되고 있다. 진채봉은 '불행하여 취처하였으면 내 남의 둘째되기를 혐의치 아니하거니와 …' 라고 말하여서 스스로 첩이 될 수도 있다고 하였다. 공주가 정경패를 부인으로 맞아들이자는 대목도 일부다처제의 모습을 보여주고 있다. <구운몽>은 2처 6첩이 되었으나 하나의 갈등도 없이 살아감을 보여주고 있다.

그러나 和睦을 통하여 처첩의 문제를 다루었던 <구운몽>과는 달리 <사씨남정기>에서는 갈등이 표면화되고, 주요한 사건이 되어 있다. 사부인과 교녀사이에 생긴 처첩관계에서 둘 사이의 관계가 변화되어 가는 모습을 실감나게 잘 그리고 있다. 처음에는 관계가 좋았으나 교씨가 거문고를 타고 노래를 부른 사건에 대하여 사부인이 나무라고서부터 관계가 악화되어 가고, 그 사건은 작품의 전편에 걸쳐서 나타나고 있다. <사씨남정기>는 처첩간의 관계를 葛藤의 면에서 다루고 그 해결과정을 그린 소설이라고 할 수 있다.

<창선감의록>에도 처첩의 문제가 나타나 있다. 그러나 <사씨남정기>보다는 차지하는 분량이 적을 뿐더러 치밀하게 되어 있지는

못하다. <사씨남정기>는 사씨와 교녀의 갈등이 매우 잘 그려져 있지만, <창선감의록>에는 그렇지 못하다. 이는 화춘의 부인인 임부인과 첩으로 들어온 조녀 사이의 갈등이 잘 그려져 있지 못하다는 뜻이다. 임부인은 조녀에게 어떤 빌미를 제공한 것은 아니다. 화춘이 투기로 내쫓으려 하니 심씨조차 '임부의 죄는 가부의 풍정을 받아들이지 아니한 죄밖에 없으니 안된다'(66면)고 하였다. 그런데 바로 흉물을 묻어 누명을 씌워서 내어쫓으면서는 조녀가 투기가 심하다고 한다. (같은 면)

그렇지만 <창선감의록>에서도 처첩갈등은 중요한 계기적인 사건의 하나가 되고있다. 조녀의 등장부터 임부인을 내쫓고, 또한 화한림이 삭탈관직을 당하고 남부인이 내쫓기고, 윤부인도 산동으로 떠나가는 구성은 중요한 부분을 이루고 있는 것은 틀림없다.

17세기 초의 傳奇小說的인 구성을 이어받은 소설들에 나타난 남녀간의 관계는 부부가 되려는 갈망을 그리고 있으며, 그 과정의 비극을 다루었다고 할 수 있다. 그런데 17세기 후반의 장편소설들은 부부관계 뿐이 아니라 위에서처럼 가족관계가 확대되고 있다. 부모자식간의 관계, 형제관계, 그리고 처첩관계에 이르기까지 그 題材가 넓어지고 있음을 보여준다.

2) 社會的 關係로의 擴大

가) 師弟關係로의 확대

작품에서 다루는 인간관계는 가족관계에 한정되지 않고, 사회적인 관계로 확대되고 있다. 그 가운데 먼저 들 수 있는 것은 師弟간의 관계이다. <구운몽>에서 보여주는 육관대사와 성진의 관계는 師弟關係를 잘 보여주고 있다. 성진은 수부에 들어가서 용군에게 회사하는 심부름을 스스로 청한다. 여기에서 부지런한 제자의 모습을 보이는데, 심부름을 다녀온 그는 팔선녀와의 관계를 스승에게 숨긴다. 그는 儒家의 功名을 생각하다가 佛家의 寂寞함을 한하기도 하다가 눈앞에 팔선녀가 어른거리자, 다시 향을 피우고 일천부처를 念한다. 그러나 스승은 이미 모든 사실을 알기에 '성진아, 네 죄를 아느냐' (15면) 라고 말하면서 성진을 질책한다.

스승의 질책은 매섭기만 하다. 스승은 성진에게 세 가지 행실을 일시에 무너뜨린 죄를 말하니, 성진은 울면서 자신의 죄가 어쩔 수 없이 이루어졌음을 말하면서 '제자가 죄있으면 달초하실 일이지 어찌 차마 내치려 하시나이까 …'라고 하지만, 대사는 성진을 풍도 지옥으로 가게 하여 새로운 경험을 시킨다.

그렇지만 성진을 풍도지옥으로 보내면서 스승은 위로의 말을 한다. '네 만일 오고자 하면 내 손수 데려올 것이니…'(19면) 라고 말하는데서, 스승의 행위가 단지 성진을 내쫓기 위함이 아니고, 성진에게 가르침을 주기 위함인 것이 드러난다.

양소유로 환생한 성진, 그는 儒家로서 男兒의 길을 걸으면서 出

將入相과 功名을 널리 드리우는 삶을 경험한다. 그러다가 양승상은 '인생의 덧없음'(411면)을 깨닫게 되니, 그때 한 胡僧이 나타난다.

작품의 서두에서 한 말처럼 이제 양승상이 佛道로 돌아가려고 하니 손수 데리러 나타난 것이다. 스승은 제자에게 약속한대로 그를 데리러 왔다고 할 수 있다.

그는 성진에게 삶의 허무함을 알게 하려 했던 것이다. 다시 성진으로 돌아와서 생각해보니 '더불어 즐기던 것이 다 하룻밤의 꿈이라 마음에 이 必然 師傅가 나의 念慮가 그릇함을 알고 나로 하여금 이 꿈을 꾸어 人間富貴와 男女情欲이 다 虛事인줄 알게 함이로다'(419면)라고 말하였다.

성진은 스승에게 '…師傅 慈悲하사 하룻밤 꿈으로 弟子의 마음 깨닫게 하시니 師傅의 恩惠를 千萬劫이라도 갚기 어렵도소이다.'(419면)라고 말한다. 그러나 사부는 '네 오히려 꿈을 채 깨지 못하였도다'라고 말하며 莊周의 나비 故事를 인용하면서 다시 가르침을 주고나서 <金剛經> 큰 법을 일러 강론을 한다. 대사는 그의 法統을 성진에게 물려주고 西天으로 돌아가고, 그후 성진도 菩薩大道를 얻어서 極樂世界로 간다.

이러한 점에서 <구운몽>은 스승이 제자에게 깨달음을 주는 내용이고 師弟之間의 관계에서 일어나는 사건을 그리는 것이라고 할 수 있다. 스승의 가르침은 결국에 제자가 그의 道를 이어가는 것에서 끝나게 된다.

나) 君臣關係로의 확대

17세기 후반에 장편화된 소설들은 여러 인간관계가 다루어져 있는데, 사회적인 관계의 다른 하나는 君臣關係를 들 수 있다. 이 君臣關係는 <구운몽>과 <사씨남정기> <창선감의록>에 모두 포함되어 있어서 매우 중요한 사회적 관계 가운데 하나였음을 보여주고 있다.

主人公은 모두 臣下로 등장한다. 임금과 신하의 관계가 <구운몽>에서는 권위와 위엄과 맹목적인 충성의 관계는 아니다. 그 점은 여러군데서 보여주고 있다. 먼저 성진이 儒家的 삶을 꿈꿀 때도 '堯舜같은 임금을 만나기를'(13면) 꿈꾸었다. 그러한 聖君을 꿈꾸는 것은 반대로 君主가 어떠해야 되는가를 요구하는 것이기도 하다.

예부상서가 된 양한림은 天子의 婚姻之命을 거역하고 上疏를 올려 태후를 격노하게 만들어서 獄에 갇힌다. 이는 '臣의 情理는 他人과 같지 아니하니 --'(195면)라고 말하면서 '天子의 命'보다 '臣의 情理'를 내세웠기 때문이다. 천자의 명에 무조건 순종하지 않는 신하가 바로 양소유였다.

그는 토번을 무찌르며 돌아오면서도 '-- 내 만일 벼슬을 드리고 鄭家 婚事를 청하면 天子 어이 듣지 아니시리요'(299면) 라고 생각한다. 그는 천자의 명보다는 鄭家의 혼사를 중히 여기고 있다. 말하자면 臣의 情理를 중하게 여긴 것이다. 그러나 천자는 이미 정경패도 태후의 양녀로 삼아 公主를 만들었고, 진채봉도 미리 양상서의 妾으로 삼았다. 이처럼 天子가 婚姻을 주관하는 점도 君臣

關係에서 주목되는 부분이다.

　<사씨남정기>나 <창선감의록>에서는 천자가 奸臣의 말을 듣고서 忠臣을 귀양보낸다. 천자는 간신의 말도 듣는다는 설정을 하여서, 천자라고 언제나 올바른 결정을 하는 것은 아니라는 모습을 그리고 있다고 하겠다. 그런데 두 소설에서는 '천자의 명'을 거역하는 부분은 하나도 없다. 유한림이나 화한림이 모두 귀양을 가는 것이 누명에 의한 것이기 때문에, 천자의 불명을 속으로 나타내는 것이기도 하지만 겉으로는 不忠을 드러내지 않는다.

　두 소설은 천자에 대하여 忠臣을 그리고 있으나, 천자의 모습은 일단 奸臣의 말을 듣다가 다시 忠臣의 말을 듣는 성격으로 그리고 있다. 이렇게 천자의 모습을 변화시키는 점은 임금의 새로운 각성을 기대하는 시대적인 의미도 담겨있다고 여겨진다.

다) 朋友關係로의 확대

　사회적 관계의 또 다른 한 모습은 朋友關係이다. <구운몽>에도 양소유와 어울리는 친구들이 나오는데 鄭十三郎과 越王 등이다. 정십삼랑은 양소유를 속이는 인물로, 월왕은 양소유와 놀이로 겨룸을 하는 인물로 나오고 있다. 그러나 이들은 붕우관계처럼 보이기도 하지만, 단지 가까운 처남 매부관계가 되어 있다.

　<사씨남정기>나 <창선감의록>에 이르러서 분명하게 붕우관계가 그려지고 있다. <사씨남정기>에는 동청의 벗으로 냉진이 나온다. 그렇지만 동청이 냉진을 '심복의 벗'으로 말하고, 또 일을 시키고 있어서 대등한 붕우관계는 보여주지 못한다. 동청이 계림태수가

되어있을 때 찾아간 냉진을 심복으로 삼는데서도 그러하다. 그러다가 냉진은 동청을 고발하여 둘 사이의 관계는 파탄을 일으킨다.

그렇게 된 동기는 천자가 前日을 깨달으사 엄숭을 삭직하는 것이다. 그렇지만 천자가 잘못을 깨닫는 과정은 치밀하지 못하다. 특별한 이유없이 전일의 잘못을 깨닫고 엄숭을 내친다. 이 부분을 처리하기 위하여 <창선감의록>에서는 다시 화한림의 군담을 넣어서, 천자가 깨달을 수 밖에 없게 만든 것일 수도 있다.

붕우관계는 <창선감의록>에서는 더욱 분명하게 그려져 있다. '時에 瑃이 有兩友하니…'(18면)라고 말하면서, 화춘의 벗으로 범한과 장평의 모습을 그리고 있다. 또 화공자와 윤공자의 친밀함을 그리고 있다. 이들은 처남매부지간이지만, 화공자는 윤공자가 없으면 밥을 먹어도 젓가락이 잡히질 않고, 윤공자도 화공자가 없으면 앉아도 자리를 못 찾을 정도로 서로가 가까운 사이가 되었다.(57면)

화공자는 또 유성양, 성공자 등과 나란히 科行에 올라서 모두 함께 及第함으로로써(61면), 이들과도 매우 친밀함을 그리고 있다. 말하자면 <창선감의록>은 화춘을 둘러싼 朋友關係와 화진을 둘러싼 붕우관계의 두 가지 모습을 보이고 있다고도 할 수 있어서 친구를 사귀는 모습을 보여주는 일면도 있다.

17세기 후반의 장편소설들에서는 등장인물들의 사회적 관계를 이처럼 여러 부분으로 확대하고 있다. 세 작품에 모두 나타난 것은 君臣關係여서 가장 중요한 사회적 관계가 되고 있으며, 그리고 師弟關係는 <구운몽>에, 朋友關係는 <창선감의록>에 각각 잘 드러나 있다.

　이처럼 17세기 후반의 소설들은 題材가 家族關係에 있어서나, 社會的 關係에 있어서나 등장인물들 사이의 관계를 포괄적으로 그리면서 장편적인 구성을 이루어 가고 있음을 알 수 있다. 이제 그러한 題材의 확대에 따라서 主題는 어떤 방향으로 이루어지는지 살피기로　한다.

2. 主題에 있어서 敎訓性의 강조

　소설의 題材가 包括的으로 擴大되면서 主題도 어느 한가지로 한정되지 않는다. 소설의 주제는 작자가 설정하는 것인가, 독자가 파악하는 것인가의 문제도 어려운 문제이다.　작자는 인물이 겪는 사건을 통하여, 혹은 작품의 지문을 통하여 자신의 뜻을 계속하여 나타내고 있다.

　또한 독자는 독서행위를 통하여 스스로 그 작품의 뜻을 알아차린다. 작자의 의도와 독자의 파악이 일치할 경우도 있겠지만, 일치하지 않는 경우도 있을 것이다. 그러니 주제란 독자의 수용태도와 관련지어서 생각해야 되지만, 작품이 지니는 그 나름대로의 일정한 방향은 찾아낼 수 있다고 생각한다.

　17세기 후반 장편소설들은 앞서 살핀대로 가족관계, 사회관계 등에 있어서 매우 포괄적인 내용을 담기 시작하였다. 그렇게 되니 주제를 각각의 제재에 따라서 여러가지로 파악할 수 있게 되었다고 생각한다.

이러한 주제의 **多義性**을 바탕으로 하면서도, 작품에는 여러 개별적인 주제를 엮어내는 통일된 주제의 원칙과 방향을 지니게 된다고 하겠다. 그 방향가운데 하나가 **價値論**의 문제를 드러내는 것이라는 점을 들 수 있는데, 이제 그 내용을 살펴보기로 한다.

1) 남녀관계, 가족관계의 변화와 **主題**의 **多義性**

家族關係의 확대에 의하여 일어났던 **多樣**한 **人間關係**가 어떠한 **意味**를 지니고 있는 것일까? 가족관계 가운데 가장 먼저, 남녀관계의 문제를 들 수 있다. 이들 장편소설들에는 남녀의 만남이 일시적인 경험이 아니라 결연을 이루어서 부부관계로 발전되고 있다. 전대의 소설들은 남녀관계가 결말에 있어서 부부관계로 발전하지 못하였거나, 일시적인 결합에 머물고 있다.

가) 남녀간의 규범적 만남의 강조

장편소설들은 남녀가 모두 결연을 하여 부부관계를 이루게 된다. 그러면서 남녀가 만나는 방법에 변화가 일어난다. 이 경우에 있어서는 남녀의 결연에 문제점을 보이기도 한다. **傳奇小說**은 남녀의 주체적인 만남을 진지하게 모색한 반면에, 장편소설은 남녀의 만남이 중매위주로 비주체적일 뿐만 아니라, 남녀의 만남자체를 진지하게 문제삼고 있지 못하다. 양소유의 '미인모으기'(389

면) 라는 표현이나, 그 운명론적인 만남에서 현실적인 진지한 고뇌가 약하다는 생각이다.

말하자면 <구운몽>에 들어오면 남녀의 만남은 스스로 만나던가 아니면, 소개 즉 仲媒에 의해 만나던가 하는 두가지를 모두 포괄하고 있다. <사씨남정기>나 <창선감의록>에는 중심인물들은 모두 仲媒婚을 하고있다. 화춘의 자유혼은 물론 첩으로 들어오는 것이기는 하지만 비판적인 시각으로 그려져 있다. 이러한 중매혼으로의 이동은 남녀간의 만남을 개성적인 만남이 아니라, 규범적인 질서에 의한 만남으로 강조하는 것이다.

나) 家門의 안정과 번영의식

이렇게 남녀의 만남이 변화되는 것과 더불어서, 그들 사이의 애정의 성취와 더불어 '家門의 繁榮'을 이루는 것이 중요한 목적의 하나로 되어 있다.

양소유의 여덟 부인이 모두 자녀가 있었다. 유부인은 나이 상수에 오른 후에 이별하고 승상의 모든 아들이 이미 조정에 벌였으니 번성한 집안이 되었다. 가족제도에 대한 양반들의 이상이 가장 완벽하게 반영된 것이 바로 <구운몽>이라고 할 수 있는데, 이 점은 여러 연구자들에 의하여 지적되었던 것이다.

다) 孝의 강조

장편소설들은 忠, 孝, 烈, 友愛 등이 대체로 잘 드러나 있다.[85]

그렇지만 중심인물들이 부모에 대하여 어떻게 대하는가는 작품마다 의미가 다르다고 생각한다. <구운몽>의 양소유는 작품의 결말에 이르러 모친을 모셔온다. 그러나 그 대목에서도 그다지 감동적인 묘사는 빠져있다. '유부인이 기쁨이 극하여 눈물을 흘리더라'(341면)라고 되어있을 뿐이다. 모친을 모시고 오면서도 낙양을 지날 때 섬월과 경홍을 찾았으나 못만나고 어긋남을 차탄한다.

모친에게 獻壽하는 잔치를 베푸는데 있어서도 '부인이 크게 즐기고 四座가 칭하하더니…'(343면)라고 간단하게 언급되고 곧 이어 계섬월과 적경홍의 두 사람이 찾아오는 일이 이어진다. 뒤에 월왕과의 낙유원 잔치에 비하여도 모친에게 베푸는 壽宴이 너무 간단하다.

<구운몽>의 저작동기가 모친을 위로하기 위하여 지었다면, 왜 작품속에서 모친에게 베푸는 잔치가 이다지 간단하게 처리되고 있을까가 필자는 의문이다. 물론 임금이 금은 채단 열수레를 상으로 주어서 壽宴을 한다는 호사스러움은 있지만 차지하는 분량이 좀 미약하다는 생각이다.

부모에게 孝誠스런 모습은 <구운몽>이나 <사씨남정기>나 부족하다는 느낌이다. <사씨남정기>에도 오히려 사씨를 내어쫓아서 부모에게 불효하는 모습을 보여주고 있다. 물론 不孝를 통하여 孝를 강조하고 있다고 할 수 있지만, 작품 속에서 姑舅가 사부인의 꿈에 현몽하여 도와주는 사건 이외에 부모자식간의 관계가 잘 드러나지 않는다.

---

85) 이금희 교수도 이데올로기의 형상화로 표현하고 있다. 이금희, 17세기 소설의 연구, 고소설연구 제 1집, 한국고소설학회, 1995

부모자식간의 관계가 작품의 전개에서 구체적으로 나오는 소설
은 <창선감의록>이라고 할 수 있다. 화진의 꿈에 현몽하여 알려주
기도 하지만(79면), 화진이 심씨에게 대하는 태도가 친모가 아님에
도 불구하고 일관된 마음을 유지하고 있다. 작품에는 심부인과 화
춘이 뉘우치기 시작하면서, 화진이 孝子라는 용어도 계속 등장하
고 있다.

'荊玉之至誠이 如一하야 終不見怨尤之色하니 此眞孝子라'(129
면) 심씨 왈 '…老母凶罰하야 使孝子로 抱冤하니 皇天이 震怒하사
罪罰이 疊至어늘 偸命假息하야 訖保餘喘이 莫非汝孝子之恩也로
다'(166면) 라고 孝子라는 용어가 계속 사용되고 있기 때문이다.

라) 형제간 우애의 강조

兄弟關係 또한 <창선감의록>의 화춘과 화진의 관계를 통하여
잘 나타나 있다. 부친이 賞春亭에서 화진을 편애하는 것이 일의
발단이 되고 있음은 심부인의 말에서 알 수 있다. 그 때문에 형제
사이의 갈등이 일어나게 되었는데, 둘 사이에 더욱 갈등을 일으키
게 한 사람은 바로 조녀였다. 그녀는 화춘에게 동생이 무서워 일
을 못하다니 상공을 위하여 슬퍼하노라(65면)면서 둘 사이의 갈등
을 부추긴다. 그러나 화춘은 나중에 화진을 聖弟(129면), 賢弟(167
면)라고 부르면서 잘못을 뉘우친다. 형제간의 우애를 강조하여 가
문의 안정을 추구하고 있는 면을 보여준다.

마) 처첩의 갈등과 부덕의 선양

家族關係 가운데 장편소설의 妻妾關係는 여러 연구자들이 매우 중요하게 다루고 있다. <구운몽>은 여섯 명의 妾이 나오지만 모두 화목하게 지낸다. 兩夫人이 六娘子를 거느리고 觀音畵像에 나아가 焚香하고 告하는 대목(401면)에는 妻妾의 화목이 극에 이른다. <구운몽>은 처첩의 화목을 통하여 처첩관계를 제시하였다면, <사씨남정기>와 <창선감의록>은 처첩의 갈등을 통하여 올바른 관계를 제시하고자 하였다.

그 가운데서도 <사씨남정기>는 작품의 전체적인 구성이 처첩의 갈등을 그리고 있다. 남녀의 세 가지 만남가운데 두 가지가 妾으로 인한 만남을 그렸기 때문이다. 첩은 물론 惡하게만 그린 것은 아니다. 유연수는 임씨를 데려와서 첩으로 삼고, 임씨는 교씨와는 다르게 窈窕德行이 있다고 하였다. 이는 妾의 두 가지 모습을 보인 것이라고도 할 수 있다.

<사씨남정기>는 家族關係중에서도 妻妾關係가 작품에서 매우 큰 비중을 차지한 반면에 <창선감의록>에는 일부분으로 되어 있다. 그러나 그 일부분이라도 작품속에서 중요한 사건으로 그려져 있다.

<창선감의록>의 처첩관계는 <사씨남정기>보다는 덜 선명하며, 조녀가 심씨를 비판하는 말을 통해서 첩에 대한 일방적인 비난이 제거되어 있음을 알 수 있다. 여기에서 정규복 교수가 말한 共存共榮의 문제가 거론될 수 있을 것이다.[86]

---

86) 丁奎福교수는 <창선감의록>의 共存共榮의 문제, 複合構造의 문제를 중

2) 사회적 관계의 확대와 그 주제

위와 같은 가족관계를 통한 주제만이 아니라 사회적인 관계에서의 주제도 작품에서 다의적으로 나타나고 있다. 그런데 세 작품 모두 君臣關係를 그리고 있어서, 이를 통하여 무언가 의미하고자 하였던 것이다. 천자는 언제나 옳은 모습을 지닌 것은 아님을 세 작품은 공통적으로 보여주고 있다. 앞서 말했듯이 <구운몽>에서는 臣의 情理가 君의 命보다 중요하다는 점을 보여주어서 일반적으로 연구자들이 지적하는 맹목적인 忠을 그리고 있지는 않는다.

그러나 <사씨남정기>나 <창선감의록>에서는 上에 대항하는 일이 없지만, 유한림은 엄숭을 비난하는 글을 쓰면서 송 휘종의 어지러운 시절에 비기기도 하였다. 천자의 不明을 지적하는 이러한 대목은 주목할 만한데, 천자는 곧 깨달음을 얻는 것으로 되어 있다. (<사씨남정기> 下冊, 張14, 앞)

작품에서 천자는 전 일을 깨달아서 엄숭을 내친다고 하였는데, 천자가 깨닫는 이유가 잘 그려져 있지는 못하다. 바로 앞에 동청의 불인함이 남방에 진동한다고 하였는데 그 때문에 천자가 깨달았을지도 모르지만 잘 연결이 되지 않는다. 역시 한림이 귀양을 가서 적막한 가운데 고초를 당하니 전일의 총명이 점점 돌아온다고 하였는데 이 때도 성격의 변화를 섬세하게 그리는데 부족한 부분이라고 생각한다.

요한 점으로 지적하고 있다. 정규복, 창선감의록의 유가사상과 소설사적 의미, 다곡 이수봉선생 회갑기념논총, 고소설연구논총, 경인문화사, 1990

가) 忠의 강조

<창선감의록>에서는 天子와 臣下의 관계가 치밀하게 그려져 있다. 嚴崇에 대하여 都御史 夏春海라는 신하가 대척되어 있다. 대립하는 신하들 가운데 어느 한 편은 잘못된 쪽이라는 것을 작품은 계속하여 보여주고 있다. 그러나 천자는 잘못된 쪽의 의견을 일시적으로 수용함으로써 그 우매함을 드러내고 있다. 천자는 우매할 수도 있으므로 늘 교육을 받아야 한다는 생각이 작품의 말미에 천자가 늘 독서를 할때마다 漢唐에서 등공과 이백을 제일의 공으로 삼지 못한 점을 후회한다고 하는 데서도 드러난다.(169면)

<창선감의록>에서 尙書 夏春海는 매우 비중있는 인물이다. 작품의 결말부에 천자가 文華殿에서 여러 大臣들을 불러놓고 論功定封 할때 夏尙書가 화진을 구한 功을 으뜸으로 하였다. 작품의 결말에는 다시 하각로가 削奪관직을 당하자 晉公 화진이 구하는 대목을 덧붙여서 화진이 빚을 갚는 것으로 설정하기도 하였다.

夏尙書 다음으로 花元帥 화진, 다음으로 유성희의 순서로 공을 돌린다. 天子는 이렇게 臣下들의 功을 치하하고, 신하들은 만세를 부르는 데서 이상적인 君臣關係가 매우 잘 그려져 있다고 할 수 있다. 또 화진의 世篤忠貞(169면)을 칭찬하는데서 臣下의 忠을 기리고 있다는 점도 알 수 있다.

나) 붕우, 사제 간의 교훈

사회적 관계에서 師弟關係와 朋友關係도 제재로 사용되고 있는 것은 앞에서 살펴보았다. <창선감의록>에서 화춘의 경우는 매우 부정적으로 그려져 있어서 그들은 화춘을 농락하고, 나중에는 獄에 넣기까지 한다. 그러나 화진의 경우는 매우 바람직하게 그려져 있다. 가까운 이들이 모두 科擧에 及第하여 벼슬을 하게 된다.

<구운몽>의 師弟關係는 매우 바람직한 관계로 그려져 있다. 제자인 성진의 깨달음을 위하여 스승인 육관대사는 하룻밤의 꿈으로 인간세계를 경험하게 한다. 그러나 하룻밤의 꿈으로 인간세상의 쓴 맛을 보았던 調信과는 달리 인간의 부귀와 남녀의 정욕을 모두 누리게 하였으나, 그러한 것은 모두 허사인줄 알게 만들었다는 것이다. 이것이 스승의 가르침이라고 할 수 있다. 그러니 설성경 교수가 지적하듯이 <구운몽>은 스승과 제자 사이의 禪的인 문답을 빌어 진리를 드러내는 것으로도 볼 수 있다.

3) 주제의 교훈성과 새로운 가치론

이들 작품의 主題는 앞에서 말한 것처럼 그 題材에 따라서 여러 角度에서 살필 수 있다고 생각한다. 소설이 장편화되면서 다루는 내용이 넓어지고 그에 따라서 주제도 여러가지로 제시되는 것은 당연한 일이다.

위에서 제재를 家族關係의 확대, 社會的 關係의 확대로 나누어서 고찰한 바를 따라서 주제를 多義的으로 살펴보았다. 필자는 17세기 후반 장편소설들을 읽을 때, 主題의 多義性을 생각하여야 될 것으로 믿는다.

가) <구운몽>과 두 가지 삶

대개의 연구자들이 <구운몽>의 주제를 불교의 깨달음에 두고 있다. 최근에도 설성경 교수는 다시 金剛經의 핵심진리를 깊고 오묘하게 끌어올린 작품으로 평가하고 있다. [87)

필자는 <구운몽>의 주제에 대하여 두 가지 삶의 태도를 대비시켜서 삶에 대한 물음을 던진 것이라고 보고 있다. 그러나 이 작품은 인간의 惡한 모습이나, 갈등적인 면은 하나도 없어서, 화합과 조화의 시각으로 세상을 바라보고 있다.

그러한 점에서도 작품내에서는 유교적 삶과 불교적인 삶은 대립적인 관계가 아니라 연계적인 관계로 바라보고 있다는 생각이다. 작자는 어느 한 가지가 아닌 두 가지 삶의 방식을 다 드러내주면서, 독자들이 삶의 방식을 다양하게 생각하도록 하게하는, <구운몽>의 주제야말로 그 열린 多義性에 있다고 생각한다.

17세기 후반의 장편소설들은 남녀관계를 비롯한 인간관계의 확대를 통하여 敎訓을 제시하고 있다고 할 수 있다. 17세기 전반의 傳奇小說的인 구성을 지닌 소설들은 한가지 사건을 중심으로 그리는데 그치고 있어서, 독자에게 삶의 방향을 제공하지 않았다.

---

87) 설성경, 구운몽의 夢幻體系와 禪問答, 동방학지, 제 92집, 1996, 연세대 국학연구원

그 소설들은 주인공이 아주 짧은 기간의 삶을 거치면서 겪은 일을 그렸기에, 삶을 어떻게 살아야 한다는 家族關係에 있어서 혹은 社會的 關係에서의 價値를 제시하지 않았다. 그 대신에 독자에게 충격을 주면서 삶에 대한 물음을 던지고 있다.

그러나 17세기 후반에 나타난 장편소설들은 태어나서 죽기까지의 전 삶을 그렸기에, 살아가면서 지녀야하는 삶의 가치가 무엇인가를 나타내고 있다. 그런데 그러한 삶의 가치가 당시의 시대적인 교훈들과 연결되어 있다.

이들 소설들의 주제는 앞에서 살핀대로 삶에 대하여 교훈적인 내용을 담고 있다. <구운몽>에서는 액자-몽유 형식을 사용한 점부터 교훈적인 의도가 담겨있다고 할 수 있다. 사제관계를 통하여 스승이 제자에게 가르치고자 하였거나, 세상의 無常함, 인생의 덧없음, 그에 따른 불교적인 결말이 나 있는 것이나, 혹은 양소유의 삶을 通한 현세적 삶에 대한 가치제시 등의 모습은 모두 작자의 가치관에 따른 교훈적인 의도가 담겨져 있는 내용들이다.

나) 〈사씨남정기〉와 〈창선감의록〉에 나타난 교훈성

이러한 儒教的으로, 혹은 佛教的으로도 매우 이상적인 삶의 모습을 보이면서 주제를 나타내려고 하였던 <구운몽>에 비하여, <사씨남정기>나 <창선감의록>은 현실적인 삶의 갈등을 통하여 주제를 나타내려고 하였다. 작품의 결말에 있어서는 <구운몽>이 불교적인 결구로 되어 있다면, 이 두 작품은 유교적인 결구로 되어 있다. <사씨남정기>는 그러한 유교적 가문의 이상적인 가치를 그리고 있다고 할 수 있다. 이를 도덕주의의 승리라고 하여 중세적 한계를 드러낸 작품이라고 보기도 하지만,[88] 오히려 새로운 가치의 창출로 보아야 할 것으로 생각한다.

상서와 부인은 해로하여 팔십여세에 이르렀고, 네 아들도 높은 벼슬을 하여 모두 조정에 벌였고, 임씨 역시 사부인을 잘 모셔 수를 누리었고, 內訓 10篇 (혹은 女行 12章)과 烈女傳 3卷 (혹은 續烈女傳 3卷)을 지어 세상에 전하고 네 자부등을 잘 가르쳐 모두 현덕이 있게 하였다고 되어 있다.

<사씨남정기>와 <창선감의록>은 善惡의 對比敍述이 작품의 전체적인 구성에서 돋보이는데, 이를 통한 교훈의 제시는 주목할만한 것이라고 여겨진다. 이러한 선악에 의한 교훈은 널리 영향을 미쳤다.

조선후기 淵泉 金履陽(1755-1845)은 「諺稗說」에서 말하기를 '세상에서 가장 이름있는 국문소설을 몇편 읽도록 하여 들었는데, -- 그 내용은 천리의 올바른 귀결을 그린 것이고 복선화음이 그림처럼 선명하다'고 하였다. 또 '세상사람들로 하여금 善을 행함에 믿는 바 있고, 惡을 행하는 자는 두려운 바를 알 수 있도록' [89] 만든 것이라고 하였다.

그런데 <사씨남정기>는 惡에 대한 징벌을 통하여 善의 바름을 내세웠지만, <창선감의록>은 인간이 惡하다는 것이 아니라, 본래

---

88) 박태상, <사씨남정기>의 미적 가치와 의미, 한국방송통신대 논문집, 제 21집, 1996. 이 글에서는 <사씨남정기>를 중요한 소설로 인식하면서 다양하게 검토하였다.

89) 金履陽, <諺稗說>, 金履陽文集, 성균관대 도서관 소장본

는 善하다는 性善說의 바탕에 서 있는 것 같다. 이러한 점은 <사씨남정기>와는 다르게 악인들이 회개하고 그들을 긍정적으로 바라보는 자세에서 알 수 있다. 이를 앞에서 언급하였듯이 조화로운 세계관, 혹은 共存共榮의 틀을 제시한 것으로 볼 수 있다.

<창선감의록>에서 심씨와 화춘은 모두 회개하였고, 만년에는 심부인을 진국대부인으로 삼고 거창하게 송수연을 베푼다. 또 성부인이 심부인을 가리켜서 '斯人야 有斯하니 人性之本善이 乃如是라'(179면)라고 하는데서도 알 수 있다.

또한 天子의 특명으로 嚴崇과 윤시랑이 사돈관계를 맺고 있으며, 엄숭 자신이 눈물을 흘리며 평생의 죄에 대해 용서를 비는 (185면) 모습에서 본성이 惡한 인물을 그리지는 않았다. 이런 면에서 조녀를 斬하는 모습도 생략한 것이 아닌가 한다.

善惡을 통한 儒敎的 인간상을 강조하는 敎訓的인 논리는 가족관계나 사회적인 인간관계의 곳곳에서 그려지고 있다. 부부관계에서의 婦德의 강조, 부모자식간에서 孝의 강조, 형제관계에서의 友愛의 강조, 처첩간의 和睦의 강조, 君臣간의 역할의 강조, 師弟之間의 가르침, 朋友之間의 관계 등을 모두 교훈적으로 보여주고 있다. 이러한 모습에서 작품은 당시 사회를 비판하기보다는 삶의 가치를 나타내는 교훈적인 내용을 담고 있다고 할 수 있다.

이를 봉건가부장적인 가족제도와 축첩제의 불합리성과 그 사회적인 폐해, 양반 귀족사회의 부패상을 폭넓게 폭로비판한 작품으로 평가하기도 한다.[90] 그러나 귀족사회를 비판하는 것이 아니라 오히려 그러한 귀족사회의 유지를 위하여 작품이 쓰여졌다고 할 수 있다.

다) 남성과 여성의 유교적 인물형의 제시

남성들의 모습은 忠孝를 통한 功名意識을 나타내고 있다. 이들 소설에서 형상화하는 중심인물은 나라에는 충신이고 집안에서는 孝子로 그리고 있는데, 이런 인물형상이 완성되는 것은 <창선감의록>의 화진이라고 하겠다. 儒敎的인 삶을 살았던 양소유에서 유연수로, 유연수에서 화진으로 점점 완성된 儒敎的인 人物型을 창출해가고 있다고 생각한다.

여성들의 모습은 婦德을 강조하고 있다. 그러나 그 내용은 자칫 순응적 세계관을 드러내고 있다고 보인다. 이는 一父多妻制, 혹은 妻妾制를 옹호하고 있음을 보아서도 알 수 있다. 여기에서 妬忌하지 말아야 된다는 현실적인 교훈도 작품속에 짙게 들어가 있다. 그러다보니 여성 중심인물은 자신의 운명에 대하여 매우 忍耐하고, 順應하는 모습을 보이고 있다.

적극적인 방법으로 자신의 삶을 개척하였던 교씨, 조씨 등의 파멸을 그려서 여성의 주체적 욕망을 제거하고자 하였는데, 이들 여성의 모습을 통하여 人欲의 문제로써 여성을 교훈시켰다고도 말할 수 있다.91)

이러한 남성과 여성인물의 교훈적인 형상화를 통하여, 이들 소

---

90) 허문섭, 김만중의 문학관과 소설, 조선고전작가 작품연구.
91) 이를 여성길들이기 소설이라는 시각으로 바라보고 연구를 진행한 업적
  도 주목할 만 하다. 김연숙, 고소설의 여성주의적 연구, 서강대 박사학위
  논문, 1995

설은 家門의 안정과 번영을 그리고 있다. 말하자면 家門意識을 드러내고 있는데, 이 점은 <구운몽>보다는 뒤의 두 소설에서 더 잘 보여주고 있다. 그뿐 아니라 가문의 회복과 조정의 환국은 서로 연결되어 있다는 것을 잘 보여준다. 이처럼 가정의 문제가 바로 조정의 문제와 연결되는 것은, 당시 문벌가문의 사회적인 실상이었음을 보여주는 것이다.

이들 작품은 <구운몽>처럼 佛敎的인, 혹은 儒敎的인 삶의 모습을 통해서 인생에 대한 敎訓을 제시하거나, <사씨남정기>나 <창선감의록>처럼 家門의 安定과 繁榮을 의도하면서 다양한 인간관계를 유교적인 관점에서 敎訓적으로 그리고 있는 것이라고 할 수 있다.

필자는 이를 傳奇小說의 存在論的인 물음에서 長篇小說의 價值論的인 물음으로 주제가 변한 것이라고 생각한다. 전기소설은 필자가 생각하기에는 인간의 유한한 삶을 의식하며, 무한한 삶의 연속성을 꿈꾸고 있다. 이는 불교적인 세계관이 뒷받침되는 不生不滅의 연속적인 세계관이다. 이를 위하여 죽은 사람들이 나타나는 것이다. 이를 기이한 사건으로만 바라보는 것은 전기소설에 대한 올바른 태도라고 할 수 없다.

요컨데 17세기 전반까지 이어져 오던 전기소설적 문제의식, 바로 삶이란 존재론적 물음이 이제 17세기 후반의 장편소설에서는 살아가는 방식, 삶의 가치론적 물음으로 넘어가고 있다고 생각한다. 이를 좀더 확대해서 말한다면 불교적 존재론에서 유교적 가치론으로 넘어가고 있는 것이다.

제 8 장

제 8 장 : 맺는말

　이제 간단하게 앞의 내용을 정리하고자 한다. 고전소설사에서 임진왜란 이후 17세기 前半에는 傳奇小說의 전통을 이어받은 작품이 계속하여 창작되었다. 그렇지만 점점 복잡한 사회현실을 담아내기 위해 기존 전기소설의 형식은 변모와 발전을 거듭하게 된다.

　그 결과로 17세기 후반에는 18세기 이후 소설사 전개에 중요한 디딤돌이 되었던 章回體 形式의 長篇小說이 등장한다. 한 세기 동안에 일어난 이러한 변모과정을 상호연계적인 관점에서 살펴보려는 것이 이 글의 목적이었다.

　17세기 전반 소설의 분화과정은 매우 多面的이었다고 생각한다. <홍길동전>이나 <최문헌전>같은 역사적 인물을 소재로 한 소설들이 창작되었으며, 중국소설의 번안작품들도 나타났다.

　그러나 그 가운데서도 가장 뚜렷한 모습은 愛情類 傳奇小說的인 작품들이다. 이들 작품은 17세기 후반의 長篇小說의 성립과 관계가 깊다. 따라서 본고에서는 임란 이후 17세기 전반에 나왔던 애정류 전기소설적인 작품인 <周生傳> <韋敬天傳> <雲英傳> <崔陟傳>의 네 작품을 들어 17세기 후반의 장편소설들인 <구운몽> <사씨남정기> <창선감의록>과 그 상관관계를 고찰하였다.

17세기 후반에 나타난 장편소설들은 소설사적인 의미가 매우 크다. 이 소설들에는 이미 軍談的인 요소, 家門 내에서의 사건, 주인공의 苦難克服談들이 들어 있는데, 이런 요소는 18세기 이후 소설사의 발전적 측면에 중요한 바탕이 되었다.

이들 소설은 가문의 사건을 복잡하게 하여 만들어낸 후대의 大長篇小說들이 나타나게 된 소설사적 바탕을 마련한 셈이고, 또한 閨房小說의 성립이란 면에서도 소설의 발달에 큰 역할을 하였다.

17세기 후반에 창작된 이들 장편소설은 그 성립에 있어서 여러 줄기의 양분을 받았다고 생각한다. 소설사적으로 중국소설의 일정한 영향을 받은 듯 하고, 또 창작의 배경으로는 여성독자층의 성장을 꼽아서 말할 수 있다. 그렇지만 필자는 성립과정에 있어서 가장 중요한 내재적인 요인은 앞시대 傳奇小說的 요소가 발전되어서 이루어졌다는 점을 들고 싶다.

17세기 前半의 傳奇小說은 그 변형양상의 특징으로 몇 가지가 있다. 우선 작품의 길이가 길어지고, 등장인물의 수가 많아지면서 다양한 인물을 그리기 시작하였다는 점이다. 또 사건이 남녀 주인공의 結緣을 중심으로 하면서 조금씩 복잡해지고, 題材가 확대되는 양상을 드러내고 있다. 이러한 변모양상은 17세기 전반 소설사의 내재적인 원동력이었으며 그 발전방향 위에서 17세기 후반의 長篇小說은 창작되었다고 볼 수 있다.

이러한 동인을 이어받았기에 이들 작품들은 상호 연관되는 면이 많다. 우선 등장인물에서는 주인공이 모두 혼인을 앞둔 才子佳人이다. 이들은 文才를 갖춘 청춘남녀로 남녀의 결연욕구를 그들 행위의 내면적 동기로 지니고 있다. 이 점에서 傳奇小說과 長篇小說의 인물이 서로 비슷한 면을 지니고 있다.

그러나 물론 변화된 점도 있다. 장편소설은 그 등장인물의 성격에 있어서 남주인공의 적극성과 여주인공의 운명론적인 삶의 태도를 드러내어 남성의 功名적인 행위와 여성의 婦德을 강조하는 쪽으로 변화되어 있다.

또한 인물의 성격이 다양하게 발전되었는데, 그 중에서도 敵對的인 인물이 차지하는 역할이 중요하게 되었다. 이러한 주인공에 敵對的인 惡人類型 인물의 서술태도 변화는 소설의 長篇化를 이루어내는 중요한 요인이 되었다고 할 수 있다.

작품의 구성에서도 <구운몽>은 額子-夢遊 形式을 비롯하여 세부적인 사건들이 傳奇小說的인 구성의 영향을 받았다. <구운몽>보다는 영향을 덜 받았지만 <사씨남정기>와 <창선감의록>도 서로 다른 두 세계의 만남이 자주 등장하여 傳奇小說的인 면을 보여주고 있다.

또한 남녀의 情은 傳奇小說의 표면적인 문제의식이었는데, 이들 장편소설은 모두 이러한 人情問題를 발전시켜서 그 핵심적 구성으로 삼고 있다.

그러나 장편소설은 장편적인 구성이 필요했기에 많은 변화가 일어났다. 새롭게 창출한 구성은 바로 남녀의 결연을 복잡하게 만드는 것이다. 말하자면 전기소설에서는 비교적 단순하였던 남녀결연의 구성을 다양하게 확대시켰다. 그 점에서 <구운몽>의 '反復構成', <사씨남정기>의 '平行構成', <창선감의록>의 '交叉構成'과 같이 남녀의 결연을 重層化시킴으로써 長篇的 形式을 이루어냈다고 할 수 있다. 그뿐 아니라 <구운몽>에 보이는 諧謔的인 사건도 소설적 재미를 위해, 일정부분 傳奇的 수법을 이어받아서 창출한 구성이라고 할만 하다.

題材의 면에서는 傳奇小說에서 보이던 이러한 남녀의 결연문제를 다양한 인간관계로 확대시켰다는 점을 주목할 필요가 있다. 말하자면 남녀의 결연을 발전시켜서 가족간의 관계와 사회적 관계를 넓게 그리고 있다. 가족간의 관계에서는 一男多女의 문제로 확대되어 妻妾의 문제를 다루어 나갔으며, 사회적 관계에서는 君臣간의 문제를 거론하여 개인의 삶과 사회적 삶을 연결하여 다루어 나갔다.

長篇小說은 題材가 확대된 만큼 主題가 다양하게 되었다. 主題의 면에서는 일단 남녀의 情을 긍정하는 모습을 보이는 점이 서로 통한다고 하겠으나, 확대된 題材에 따라 새로운 가치를 제시하는 면도 많다.

그런데 인간관계의 다양함을 통하여 제시된 삶의 가치들은 모두 교훈적인 방향을 짙게 나타내고 있다고 할 수 있다. 이런 교훈적인 방향이란 가정에서의 삶의 태도, 조정에서의 역할 등 모두 새롭게 제시하는 가치관이다.

이 점에서 이들 장편소설은 유교적인 가치에 따른 敎訓性을 뚜렷하게 드러내고 있다고 할 수 있다. 이를 필자는 앞시대 전기소설에서 보였던 삶의 存在論的 물음에서 삶의 價値論的 물음으로 이행되는 것으로 보고 있다.

이들 17세기 후반의 **長篇小說**은 앞 시대의 소설들과는 그 독자층이나, 작품형식, 그리고 표기문자에 있어서 많은 변모를 보인다. 그러나 위에서 밝힌 바와 같이 인물의 면이나, 구성의 면, 그리고 제재의 설정 면에서는 17세기 **前半**의 **傳奇小說的** 작품들이 지니고 있던 많은 요소를 물려받았다고 할 수 있다.

17세기 후반 장편소설은 한편으로 앞시대의 소설을 물려받으면서, 다른 한편으로 소설의 시대를 본격적으로 열기 위하여 앞에서 지적한 많은 면들을 새롭게 개척하였다는 데서 소설사적인 성과와 의의를 지닌다.

水滸傳　91, 111

(ㅅ)

17세기　13, 14, 76, 166

18세기　13

사소저　148

士小節　110, 112

사씨남정기　16, 17, 97, 107, 108, 111, 117, 123, 149, 169, 194, 195, 214, 217, 238, 249, 257

三綱行實圖　72

三國志　91

三韓拾遺　22, 114

瑞石譜　102

서주연의　111

石洲　權韠　46, 68

薛公瓚傳　100

설성경　256

성소부부고　68

소설배끼기　108

蘇賢聖錄　16, 17, 98, 103, 111

수삽석남　30

殊異傳　26

(ㅇ)

惡女類型　158

惡人類型　151, 165

惡漢類型　152

安平大君　60

애정소설　64

額子　77

額子-夢遊構成　180, 182

野談　14

諺稗說　258

엄기주　194

女誡　105

女論語　105

女範　105

女四書　105

女性讀者　100, 104

女子小學　105

歷史小說　90

열녀전　105

염정소설　64

玉嬌梨　130

慵齋叢話　102, 155

（ㅎ）

조선시대 소설사 연구

인쇄일 초판 1쇄   1996년 10월 20일
           2쇄   2015년 04월 10일
발행일 초판 1쇄   1996년 10월 25일
           2쇄   2015년 04월 20일

지은이 김 대 현
발행인 정 찬 용
발행처 국학자료원
등록일 1987.12.21, 제17-270호

서울시 강동구 암사동 463-25 2층
Tel : 442-4623~4 Fax : 442-4625
www. kookhak.co.kr
E- mail : kookhak2001@hanmail.net

가 격 10,000원

★저자와의 협의 하에 인지는 생략합니다.